君と出逢って 1

Junna & Takane

井上美珠

Miju Inoue

エタニティ文庫

Contents

君と出逢って 1

1

やたら整った顔のイケメンがいるなぁ、と思った。

全員真っ黒な服装をしている中、黒い礼服が一際似合っている。

今日は、純奈《じゅんな》の母の伯父に当たる人のお葬式だ。

親族席に座っているということは、あのイケメンは純奈の親戚ということになる。

でも、あんな人いたっけ？

純奈は隣にいる母にそっと声をかけた。

「お母さん、あれ、誰？　あの、眼鏡かけてて黒いスーツがバシッと決まった、無駄にイケメンな人……美人と美青年の間にいる」

母は見るなり、ああ、という風に頷いた。

「貴嶺《たかね》君ね。亡くなった伯父さんの息子の子供。新生《にいお》貴嶺君、あんたの二従兄《はとこ》に当たる人よ。ちなみに、右隣が姉の雪嶺《ゆきね》ちゃんで、左隣が弟の秋嶺《あきね》君。初めて会ったかしら？」

母が首を傾《かし》げながら言うので、うん、と頷く。

「ハトコ？　えーっと……お母さんの従兄弟《いとこ》の子供、ってことかな？」

「そう。貴嶺君、頭が良くてね、T大卒業して外務省にお勤めしているエリートさんよ」

「……ガイムショウ？」

純奈は視線の先のイケメンを見た。

「外交官なんですって。ずっと海外と日本を行き来していて、凄く忙しいらしいの。キャリア、とか言うらしいわよ。この前までは、フランスにいたみたい。詳しいことは知らないけど」

外交官と言えば、なんだかお偉いさんのように聞こえる。

収入も半端なさそうだな、と勝手な想像をしながら貴嶺から目が離せない。

一応、純奈も女なのだ。やっぱりイケメンには目が行くわけで。

でも、純奈の場合はそこまで。

彼氏とか、そういうものは苦手だ。というか、お付き合いも恋愛も今までまったくしたことがない。

男の人が苦手なわけではないが、純奈にとって異性は空想や想像の中だけの存在でいいのだ。

「ふーん。たかね、って変な名前」

「純奈、聞こえるわよ。……まったく、あなたが貴嶺君みたいな男を落としてくれたら、褒《ほ》めてあげるのにねぇ」

母はちくりと嫌みを言う。

つい一ヶ月前、純奈は約五年間のＯＬ生活にピリオドを打った。

二十七歳で無職になり、家でゴロゴロしている純奈は、母に何も言い返せない。

だが貯金は充分にあるし、今のところ、親に金銭的負担はかけていない。だから、別にいいじゃんと思う。ＯＬ時代はいろいろ疲れることもあったので、せめて一年はゴロゴロしていたい。

「もう、あなた、結婚したほうがいいんじゃないの？」

二言目にはこれだよ、と純奈はうんざりする。年齢も年齢だけに、彼氏やら恋愛やら結婚やら、周りのプレッシャーがきつくなってきた。

「だったら、お見合いでもなんでも持ってきてくれてイイケド？」

自棄《やけ》になって、思わずそう言ってしまった。

「あら、言ったわね？」

「……あー……できれば、専業主婦でもＯＫな人にしてね。次の就職先なんて、まだ決めてないし。しばらく仕事する気ないから」

とはいえ、自分は結婚なんてしないんじゃないかな、と思う。二十七年間彼氏がいなかったわけだし、もうここまで一人で自由に暮らしてきたのなら、ずっと一人でもいいか、と。

でも、もし結婚するんなら、あんな人がいいな、イケメンだし、と心の中で思う。純奈はハトコだというイケメンに、じっと見入ってしまった。

眼鏡越しに見える目は切れ長だけど、瞳は大きい。鼻筋はスッと通っていて高め。唇の形も魅力的で、女の子が好きそうな整った顔だ。どちらかと言えば綺麗系で、スーツがとても似合う。

まじまじと見つめていたら、そのイケメン貴嶺君と目が合った。

とっさに笑みを浮かべて会釈《えしゃく》すると、相手も会釈を返してくれる。にこりともしなかったけど、冷たい感じはしなかった。

なんとなく、感じが良さそう。

それが、初めて会った彼の印象だった。

☆　★　☆

お葬式の後、喪主である母の従兄弟《いとこ》から、よかったらと精進落《しょうじんお》としの席に誘われて、純奈は母と二人でお付き合いすることになった。

「さぁ、座って。やあ、純奈ちゃん、綺麗になったねぇ」

純奈は緩《ゆる》く笑って会釈《えしゃく》をする。

「いくつになったのかな?」

純奈が母の従兄弟《いとこ》と会ったのは今日が初めて。でも、相手は純奈のことを知っているようだった。

もしかしたら小さい頃に会っていたのかもしれないが、とんと覚えていない。

ちなみに母の従兄弟も結構かっこいいオジサマだ。そして、オジサマの奥様も美人。

「二十七、です」

「おお、そうか……貴嶺、純奈ちゃんの隣、空いてるぞ」

え? と思って母の従兄弟の視線を辿《たど》ると、貴嶺が携帯で電話をしていた。彼の携帯はスマホではなくガラケーで、純奈はいまどき珍しいものを見たような気分になる。

電話を終えた貴嶺が、純奈の隣に座った。

「みなさん、どうぞ召し上がってください」

母の従兄弟が言うと、みんな箸《はし》を取った。

純奈も改めて目の前に並べられた料理を見る。まるでコース料理のような豪華さだ。

一口食べた煮物は、文句なく美味《おい》しい。でも肉料理はさらに絶品だった。噛んだらすぐに切れるくらいトロトロに柔らかい肉は、純奈を感動させた。

「なにこれ、うまっ」

思わず口から出た言葉が聞こえたらしく、隣に座ってた貴嶺が口元だけで笑う。

どうせ、庶民。これくらいの言葉しか出てこないもん、と思った。

そう思っていたら、隣の母が肘をつつく。

「あんた、食べてばっかりいないで貴嶺君にビール注《つ》ぎなさいよ」

ここそこと言われて、隣のグラスを見ると空《から》だった。

確かに母の言う通りだな、と思ったので、純奈はビール瓶を持ち上げる。

「あの、ビールお注ぎしますね」

純奈が言うと、貴嶺は手でグラスに蓋《ふた》をする。

「いえ、食べたら仕事に行くので」

仕事？　と思いながら首を傾《かし》げると、母の従兄弟がため息まじりに声を出した。

「貴嶺、お前、また仕事か？　今日はじいさんの葬式だったんだぞ？」

「わかってるけど、他にロシア語ができる人がいないらしくてね」

「この前も、帰ってきたと思ったらすぐ、って感じだったじゃないか……」

「仕事だから」

「今度はどこだ？」

「ウズベキスタン」

純奈はビール瓶を持ったまま、パチパチ、と瞬《まばた》きをする。

ウズベキスタンってどこ？　しかもロシア語ができる、とか言っていた。

なんだか純奈とは次元の違う話をしていて、これは確かにエリートだわ、と思う。

「ビール、冷たくないですか？」

ぼーっと話を聞いていると、隣からそう声をかけられた。

「は？　……っああ！　置きます」

純奈はビール瓶をテーブルに置いた。すると代わりに貴嶺がそれを持ち上げ、こちらを見る。

「あなたは？　ビールを飲みますか？」

「えっ？　あ、ああ、はい、いただきます」

イケメンがにこりと笑うと、めっちゃ威力がある。内心ドキドキしながら、純奈はグラスを傾けた。ビールを注《つ》がれる間も目線が顔にいってしまう。

「コップ、元に戻してくれます？」

「え、ああ！　すみませんっ！」

慌《あわ》てて傾けたグラスを元に戻す。我ながら、さっきから挙動不審だな。

すると母が貴嶺に、ごめんなさいねぇ、と声をかけた。

「もう、気が利かないし、ぼーっとしてる娘で……」

母からバシンと肩を叩かれる。痛いよ、と思いながらビールを一口飲んだ。

イケメンにお酌《しゃく》してもらったら、普通、緊張するだろう。

「いえ」

貴嶺は、母に一言そう答えると、箸《はし》を取って食事を始める。

見るともなしに見ていると、煮物の椎茸《しいたけ》を微妙によけているのに気が付いた。自分の煮物を見ると人参《にんじん》ばかりが残っている。

純奈は、こっそり隣の貴嶺に話しかけた。

「私、椎茸が好きなんですよね。でも人参は嫌いで」

純奈は椎茸が好物。大きな椎茸を焼いて醤油をかけて食べるのが好きだ。

「……食べます？」

一瞬、驚いたような顔をした貴嶺は、そう言って煮物の皿を差し出す。

「いいんですか？」

「……どうぞ。俺、人参食べましょうか」

「き、嫌いじゃないですか？」

「人参は好きでも嫌いでもないです」

じゃあ、と純奈は貴嶺の皿から椎茸を取る。代わりに、貴嶺は純奈の皿から人参を取った。

「何やってるんだ？　二人とも」

貴嶺の父がそう言ったので、純奈はピタッと箸《はし》を止める。

「互いに嫌いなものを交換してるだけ」

貴嶺がさらりと言うと、父親が笑った。

「まるで勝手知ったる夫婦みたいなことをするなぁ」

フウフ⁉

箸を持ったまま固まった純奈は、顔が熱くなるのを感じた。

「す、すみません！」

「……何か謝ることでも？」

貴嶺は涼しい顔でそう言った。彼はなんとも思ってないらしいが、純奈はどうにもいたたまれない。

「お互い独身だし、純奈ちゃん、貴嶺なんかどうだい？」

こんなにイケメンなのに、まだ結婚していないのか。

でも、こういう人には、きっと彼女がいると思う。というか、いないほうがおかしい。

「純奈さんに迷惑だよ、お父さん」

当たり障《さわ》りなく流してしまうのが、上手《うま》いなぁと感じた。無表情ではないが、淡々とした感じ。あまり物事に動じないタイプかもしれない。

貴嶺は落ち着いて見えるし、純奈より一歳か二歳くらい年上だろう。落ち着いて見えるのは、眼鏡のせいもあるだろうが。

一応、形だけ迷惑ってところを否定しておこうと、純奈は貴嶺を見て首を振る。

「そんなことないですよ……あはは」

「純奈ちゃん、悪い気しないのかぁ。だったら、貴嶺、結婚してもらえよ」

純奈は内心ないないと首を振った。貴嶺はといえば、まるで意にも介していないように、平然と返事をする。

「はいはい」

なんというか、親戚同士の集まりで結婚していない男女がいると、こういう話の流れになるのだなと実感した。

若干《じゃっかん》の面倒くささを感じながら、純奈はビールをゴクゴク飲んで、美味《おい》しい料理を食べる。

「細いのに、いい食べっぷりですね」

そう声をかけられて、純奈は隣へ視線を向ける。

「美味しいです。きっといい仕出しなんでしょうね」

料理を口いっぱいに頬張りながら言うと、貴嶺は小さく笑った。

「普通です」

あっさり言われて、ああ、そう、と思う。イケメンだけど、基本、素っ気ない感じだ。

貴嶺はちらりと腕時計を見ると、持っていた箸《はし》を置いた。そして黒い縁の眼鏡のブリッジを押し上げて、一つ瞬《まばた》きをする。

その眼鏡を押し上げる仕草は、いかにもエリートっぽい感じがした。しかも、眼鏡のテンプルには芸能人御用達《ごようたし》のブランド名が刻まれている。

結構なお値段のしそうな眼鏡フレーム。この手のシンプルでスタイリッシュな眼鏡フレームは、顔が小さい人のほうが似合う気がする。貴嶺は顔が小さく綺麗系なので、かなり似合っていた。

こんなイケメン、女が放って置くわけがない。しかも国家公務員だ。

絶対に、純奈と、なんてことはないだろう。

「俺、失礼します。すみません、中座して」

貴嶺はそう言って立ち上がる。思ったより背が高い。見上げるほどの長身、というのはこういう人のことを言うのだろう。しかし、座っている時はそんなに高いようには思わなかったが……

座高が低い、イコール足が長い。

思わず足元からウエストまで確認すると、ビックリするほど足が長かった。

「うっそー……」

純奈のつぶやきが聞こえたらしい貴嶺は首を傾《かし》げた。だが、すぐに気を取り直したのか、椅子の横に置いてあったブリーフケースを手に持つ。

その時、先ほど貴嶺の姉だと教えてもらった雪嶺も席から立ち上がった。

「あ、じゃあ私も帰ります」

「雪嶺！」

貴嶺たちの母親が窘《たしな》めるように声を上げると、ごめんなさい、と少し高めの綺麗な声がそう言った。美人は声まで綺麗らしい。もちろん貴嶺もイケメンらしく、低い美声だ。

「実は、旦那が熱出して寝込んでるの。子供も一緒にダウン中。早く帰ってあげないと……ごめんね、お母さん」

家族が二人も熱を出しているなら、大変だろう。

「貴嶺、私も一緒にタクシー乗るから！」

そう言って小走りに出て行く雪嶺はスタイルのいい美人だ。とても子持ちには見えない。

ふと、貴嶺の皿を見ると半分くらい残っている。でも、純奈の人参《にんじん》だけはしっかり食べてくれていた。思わず出て行く貴嶺の後ろ姿を目で追う。

新生貴嶺。

イケメンで、学歴も職業もハイレベルで、背が高くて、足も長い。一昔前なら、三高と言うのだろう。いまどきあんな人もいるんだなと思った。

淡々としてはいたけれど、なんとなく優しい人な気がした。人参《にんじん》も食べてくれたし、と心の中でつぶやく。

思わず、じっと見つめていたくなる人。

純奈がここまで男の人のことを思うのは、生まれて初めてのことだった。

☆★☆

それから数日後、純奈は中学の同窓会に来ていた。

会場の隅でビールを飲みながら、周囲を眺める。

この年になると、さすがにお母さん、お父さんになっている人も多い。中には子供連れで来ている人もいた。

早生まれの純奈は二十七歳になったばかりだが、同級生のほとんどは今年二十八歳になる。その同級生が五歳くらいの子供を連れているのを見ると、いくつで結婚したんだ、と目を丸くしてしまう。

つくづく、時の流れは早いもんだと思った。

そういえば先月、退職する時にも寿《ことぶき》退社かと聞かれたっけ。

OL時代、純奈はそこそこ、いや結構仕事ができた。

苦労して一流企業と言われる会社に入って、バリバリ仕事をしていた。女性の多い職場では、純奈以外にも独身の女性が多くいた。

純奈は基本、年上とも年下とも仲良くするのがモットーなので、結構上手《うま》く立ち回っていたと思う。

でもある日、それがとても面倒になってしまった。みんなにいい顔をして、ニコニコしている自分が嫌になった。

だから二十五歳の時、お金を貯めるだけ貯めて会社を退職しようと決意した。

そして一ヶ月前、ついにそれを実行したのだ。もちろん上司にも同僚にも引き留められた。引き継ぎをどうすればいいんですか、と泣きついてくる後輩もいた。でも、その辺はきっちりやって行くのが純奈の心意気。

全ての引き継ぎを終え、めでたく退職と相成《あいな》った。

そんなことを思い出しながら黙々とビールを飲んでいると、隣に座っていた男友達が笑った。

「純奈、相変わらずイイ飲みっぷり」

彼、松尾《まつお》隆介《りゅうすけ》は中学時代から仲のいい友人だ。もう一人仲のいい女友達と三人で、よくバカをやったり、遊びに行ったりした。今日、その女友達は仕事で来られないらしい。

お互い社会人になると忙しくなり、ほとんど会う機会がなかった。

「それほどでもないけどね。隆介は、そろそろ帰んないでいいの？」

隆介が結婚したのは知っているが、奥さんにはまだ会ったことがない。

「うん。今日は嫁さんも遊びに行ってるから」

隆介はにこーっと笑う。そして、これから別の場所で飲まないかと純奈を誘った。

「え？　どこに？」

「行きつけの店。こうして会うのは久しぶりだから、ちゃんと話したいじゃん」

「それもそうだね、行こうか」

「あ、でも純奈、明日は仕事、大丈夫？」

「大丈夫、だって今無職だし」

「は？　無職!?」

隆介が驚くのは当然だろう。この間まで普通に働いていたし、辞めたことを彼に言うのは初めてだ。

だが、隆介のいいところは深く聞いてこないところ。話したくなったら話せよ、という感じである。

驚いていたけど、今日もいつも通り「そっか」で済ませてくれた。

二人で同窓会の会場を出ると、純奈はタクシーへ押し込まれる。

「え、どこまで行くの？」

「霞ヶ関《かすみがせき》の近く？　実は、そこで約束してるんだ。同じ職場の上司のような人なんだけど……まぁ、とにかく、一緒に飲もうよ」

「ええっ⁉」

知らない人と飲むなんて聞いてないよ。それに、職場の上司なら、きっと男の人だろう。

「まさか紹介したい人、とか言わないでよ？　私そういうの興味ないって知ってるよね？」

純奈が警戒していると、隆介はカラッと笑った。

「知ってるって！　全然、紹介とかじゃないから」

「私を結婚させようとか、思ってない？」

以前から隆介は、結婚には興味がない純奈に、「そんなの、この先はわからないよ」とよく言っていたのだ。でも、今日は違うようだ。

「っていうか、もったいない」

「は？」

「これから会う人は、純奈にはもったいないってこと」

なんじゃそりゃ、と心の中で突っ込む。

「エリート官僚だったのに、上司の娘との結婚話を蹴《け》って、ウチの部署に飛ばされて来たっていう噂なんだけど、掃き溜《はだ》めに鶴って感じ。性格いいし、仕事はできるし、七ヶ国語を流暢《りゅうちょう》に話せて、しかも超絶イケメン」

イケメンをかなり強調したあたり、本当にそうなのだろう。隆介もルックスは悪くない。むしろ、カッコイイほうだと思う。そんな隆介が、〝超絶イケメン〟と言うのだから、よっぽどだ。

「とにかく尊敬できるんだよね。俺より年上で大人なのに、凄くフランクに接してくれて、その人と話してると勉強になるっていうか」

エリート官僚で、七ヶ国語を流暢《りゅうちょう》に話せる、超絶イケメン。

それを聞いただけで、なんだか会いたくない。そういう人は、だいたい高学歴でプライドが高く、自分を特別だと思っている人だと思う。純奈なんか相手にしないだろう。

純奈は、普通。

人より特別優れているようなものは何もない。容姿も十人並みだ。

気が重いなぁと思っていると、隆介はニコニコしながら言った。

「ただ、久しぶりに会ったんだし、純奈ともっと飲みたいだろ。だから、三人一緒に飲もう。楽しいよ、きっと」

大らかで、単純で、誰からも好かれる隆介らしい考えだった。

「ウチの部署忙しいのに、その人、嫌な顔ひとつせずに仕事するような良い人なんだよ。あ、俺、一応、外務省勤務なんだけど」

「ガイムショウ?」

隆介が公務員なのは知っていたが、外務省勤務だったとは知らなかった。いつ電話しても、忙しくて会う暇が、と言っていたような気がする。

「うん、まあ、ノンキャリアだけどな。これから会う人は総合職試験パスした、キャリアなんだぜ。今朝、ウズベキスタンから帰国したところを、無理言って誘ったんだ」

ウズベキスタンってどこ？

そういえば最近、その国名をどこかで聞いた気がする。

「私、あんまりお金持ってきてないよ？」

純奈は、同窓会の会費プラス五千円くらいしか持ってきていなかった。今は無職なので、できれば出費は抑えたい。

「俺が奢《おご》る。そのつもりで誘ってるし……ほら、着いた。降りて、降りて」

そうしてタクシーから押し出された。タクシー代も隆介が払ってくれる。知らない人と飲むのはやっぱり気が進まないが、奢ってもらえるならまあいいか、と目の前の店を眺める。

そこにはどう見ても高そうなバーがあった。バーなんて初めて来たよと思いながら、迷いなくドアを押す隆介について行く。店の中にはカウンターしかなくて、ぱっと見る限り客は一人しかいなかった。

「新生さん、先にいらしてたんですね。待たせてすみません」

ニイオさん、という言葉を聞いて隆介の後ろから顔を出した純奈は、思わず目を見開いてしまった。

相手も驚いたような顔をしていたが、にっこりと笑う。

「お疲れ様。中学時代の友達？」

「そうです。友達の高橋《たかはし》純奈。サッパリしたいいやつなんですよ」

「そう」

貴嶺は純奈に視線を移すと、一つ息を吐いて瞬《まばた》きをする。そうして隣の椅子を引いて、どうぞと言った。

「先日はどうも、純奈さん」

隆介は驚いたように、えっ？　と大きな声を出した。

「新生さん、純奈と知り合いなんですか？」

「従妹《はとこ》らしくてね。この前、祖父の葬式で初めて会ったんだ」

そう隆介に向かって言うと、貴嶺は純奈に視線を戻す。その目は切れ長で、瞳が大きくて、綺麗な形。

「えっ!?　はとこ？」

隆介は、貴嶺と純奈を見比べている。

外交官で、何ヶ国語も話せて、エリートで、超絶イケメン。そして性格もいい。

純奈は、さっきタクシーの中で隆介が言っていたことを思い出し、今さらながらに納得した。

確かにそれは、葬式で会った新生貴嶺そのものだ。

しかし……まさか、こんなに世界が狭いとは思わなかった。

「ど、どうも」

「お互い、驚きましたね」

彼は口元だけで笑い、おだやかに言う。

「純奈、とりあえず座れよ。新生さん、椅子引いてくれてるだろ?」

隆介から言われ、まだ椅子の背に置かれたままの貴嶺の手を見る。大きいが、綺麗な手だ。爪の形まで美しい。

貴嶺の顔を見ると、こちらをじっと見ていて、純奈は瞬きを繰り返した。

「あ、あり、ありがとうございます」

純奈はてっきり、貴嶺の隣に隆介が座り、隆介の隣に純奈が座るのだと考えていた。

この席順はまったくの想定外。

とはいえ、このまま立っているわけにもいかず、貴嶺が引いてくれた椅子に座ろうとした。だが、ショルダーバッグが邪魔をして上手《うま》く座れない。

すると、貴嶺がさりげなくバッグの下を持ち上げてくれた。おかげで純奈は、スムーズに座ることができた。

　持ち上げていたバッグを純奈の膝の上にスッと置いたその仕草は、凄く手慣れている気がして、今度は純奈が貴嶺をじっと見てしまう。

「どうかしましたか？」

「いいえ……」

　純奈がヘラッと笑っていると、貴嶺の反対隣の席に隆介が座った。

　隆介！　遠いよ！　と、心の中で叫ぶが、純奈の前にはすぐにコースターが置かれ、おしぼりを渡されてしまった。

　いい年をしてバーなんてものに来たことがない純奈は、これからどうしていいのかわからない。今まで、居酒屋でしか飲んでこなかった自分を呪《のろ》った。

　棚にはオシャレな酒瓶がずらりと並んでいるけど、飲んだことのないものばかり。知識では知っているお酒もあったが、大人な味がしそうで、とても飲める気がしない。

「俺、新生さんと同じものにしようかな」

　隆介がバーのマスターにそう言った。えーっ!?　と思いながら隆介に視線をやり、助けて合図を送るが、まるで気付いてくれない。

「スコッチですが、どのようにお飲みになりますか？」

「新生さんと同じストレートで。あと、スープとガーリックトーストを」

はい、と返事をしたバーのマスターが、今度は純奈に顔を向ける。

「何になさいますか?」

「えっ……?」

スクリュードライバー? モスコミュール? ってカクテルの名前で合ってたかな?

と心の中でつぶやきながら視線をさまよわせると、隣に座る貴嶺が笑った気配がした。

隣を見ると、口元に拳《こぶし》を当てた貴嶺が純奈を見ている。

なんだろうと首を傾《かし》げると、すぐに視線を外された。

「彼女に何かブルーのカクテルをお願いします、マスター」

貴嶺がそう言って、マスターに純奈の飲み物をオーダーしてくれる。ブルーって、青い色のカクテルってこと?

「承知しました。スープとガーリックトーストはいかがいたしますか?」

「あ、ください」

貴嶺の頼んだカクテルが気になったが、まだ少しお腹が空《す》いていた純奈は思わず頷いてしまった。

「どうしてブルーのカクテルなんですか?」

ちょうど隆介が貴嶺に尋ねるのを聞いて、次の言葉に耳を澄ませる。

「ああ、ピアスが……透明で青い石だし」

そう言って、貴嶺は純奈の肩にかかった髪の合間を指さす。その際、貴嶺の長い指が軽く髪に触れた。

途端に耳が熱くなってくる。純奈は思わずちょっとだけ身体を引いて、彼と距離を取った。

「バッグもブルーだからね」

今日の純奈は服を黒っぽくまとめ、ブルートパーズのピアスとブルーのバッグをアクセントにしていた。純奈のことをよく見ているような貴嶺の発言に、落ち着かない気分を味わう。

ほどなくして目の前に置かれたのは、ロンググラスに入ったカクテルだった。グラスの下の方がほんの少し白くなった、あざやかなブルーのお酒。

「キレーイ！　わぁ……」

その時口元に笑みを浮かべた貴嶺とバッチリ目が合ってしまった。慌《あわ》てて視線を逸《そ》らす。内心の動揺を誤魔化すように、純奈はグラスにさしてあるマドラーでカクテルを混ぜると、ゴクゴク飲んだ。

「美味《おい》しい……ラムネ味みたい……」

「よかったです。似合いますよ、そのカクテル」

カクテルが似合うなんて、言われたことない。なんというか、男の人に面と向かってそんなセリフを言われるなんて、純奈の今までの人生ではあり得ないことだった。

仕事帰りだからか、今日の貴嶺はバシッと決まったスーツ姿。細身のスーツをこんなにもかっこよく着られる人は、なかなかいないと思う。

「純奈、新生さんがイケメンだから気後《きおく》れしてんのか？」

「そ、そうよ！」

当たり前だよ、緊張するもん！　と、隆介が隣にいたら言うところだが、その言葉をぐっと我慢した。何より、ほぼ初対面の貴嶺に悪印象は残したくない。

純奈も女なので、やはりそこは気にするのだ。

どうにも居心地が悪くなった純奈は、残りのカクテルを一気に飲み干した。

「美味しーい！」

いい気分になった純奈は、バーのマスターが出してくれたスープとガーリックトーストも食べる。そうしたら、いつの間にか貴嶺がこちらを見ていた。

「パン屑《くず》、ついてますよ」

貴嶺が自分の口元を指さして教えてくれる。

慌てて教えてもらった場所をこすると、違うという表情をされた。

「ここですよ」

貴嶺はなんの躊躇《ためら》いもなく純奈の手を取り、パン屑のもとへ導く。

「ああ、取れました」

こんな風に異性に手を握られたことのない純奈は、思わず手をバッと離した。

「あ、ありがとうございます。お酒も美味《おい》しいです！」

「よかったです」

純奈は取り繕《つくろ》うような笑みを浮かべた。

「お葬式のすぐ後からお仕事で、大変でしたよね？　お疲れでしょう？」

とりあえず、当たり障《さわ》りのない会話を、と思ったがこんな言葉しか出てこなかった。

まぁ、でも、会社に勤めていた時から男性に対してはこんな感じだった。男性社員とは仕事の話しかしなかったので、気の利いた会話などまるでできない。

「いえ、仕事は、すぐ済みましたから」

そう言って琥珀《こはく》色のお酒を美味しそうに飲む貴嶺は、凄く大人な感じだ。その琥珀色の液体はそんなに美味しいのだろうか？　と興味がわく。

「お仕事できるんですね、隆介の言った通り」

「いえ、そんなことはありません」

純奈は貴嶺に相槌《あいづち》を打ちながら、ちっとも会話が弾まないなぁと思った。

その時、隆介が会話に入ってきて、ほっとする。

「新生さん、仕事できるじゃないですか」

「ただこなしているだけだから」

「そうやって、こなせるのが凄いんですよ。俺、尊敬してますよ！」

貴嶺は隆介の言葉にただ微笑んで、琥珀の液体を飲み干した。

彼は純奈のグラスが空《から》なのに気付いたらしく、綺麗な目を純奈に向けてくる。

「何か飲みます？」

「え？　あ、いえ！　さっき一気に飲んだので、もう少しいいです」

「そうですか」

「新生さんは？　何か飲まれないんですか？」

「そうですね……じゃあ、ウイスキーで」

棚を軽くざっと見回して、貴嶺の目が一つの瓶に留まる。

「エドラダワーをストレートでください」

貴嶺はウイスキーに詳しいのだろうか。

水も氷も入れずストレートで飲むのを見て、そんなに美味しいのかな？　と思わず見てしまう。

「どうしました？」

視線に気付いたのだろう、彼は不思議そうに尋ねてくる。純奈は、少し迷ってから答える。

「いえ、それ美味《おい》しいのかな、って。ウイスキーは飲んだことがないので」

「ああ……じゃあ、次は……」

ウイスキーを頼んでくれそうだったので、首を横に振った。

「いえ、ちょっとでいいんです……味見してみたいな、って思っただけですし」

貴嶺の手にあるウイスキーをじっと見ていると、貴嶺の視線もグラスに移る。

「これ、ですか？」

「はい……。あの、ダメですか？」

ほぼ初対面の男の人。いきなりそんなことを頼んだ自分が恥ずかしくなるが、別に親戚だからいいか、と思い直す。

「どうぞ」

差し出されたグラスを受け取って香りを嗅《か》ぐと、なんだか甘くていい香りがした。

だから躊躇《ためら》いもなく、ゴクッと一口飲む。

「うぁ……っ！」

だが、初めて飲んだウイスキーは舌も喉も焼けそうな味だった。

思わず舌を出して、声を上げてしまうほど。

「ばっかだなぁ、純奈。いきなり飲むからだよ。マスター水ください」

すかさず水を頼んでくれた隆介に感謝したいが、感謝の言葉よりも、まずは水だった。

受け取った水を、一気にゴクゴク飲んでしまう。

「ありがとう、隆介」

隆介に礼を言うと、はぁ、とため息をつかれた。

「純奈、甘い酒好きじゃん。急にどうした？　ウイスキー飲みたいなんて」

「え？　だって、新生さんが、美味しそうに飲んでるから……」

純奈が貴嶺を見上げると、彼は眼鏡の奥の目を瞬《またた》かせて、口元に笑みを浮かべた。

「ウイスキーは、ゆっくり飲むのが美味しいんです」

そうなんだ、と思いながら、純奈は息を吐く。その時、鼻から抜ける芳《かぐわ》しい香りに気付いた。

「あ、でも、なんか凄く甘い匂い、っていうか……後味が、いい感じ？」

「ウイスキーは、そういうところを楽しむんです」

貴嶺はほとんど表情を変えないけれど、彼の持つ雰囲気や優しげな口調に、心臓がドキドキ鳴り出す。

それを紛《まぎ》らわせようと視線を落とすと、貴嶺のグラスに純奈の口紅がついているのが見えた。

「す、すみません、グラスに口紅がっ！」

慌《あわ》ててグラスの縁についた口紅を指で拭《ぬぐ》ってから、これって逆に汚いかもしれないとさらに焦る。

やってしまった、と思いながら貴嶺に頭を下げた。

「あ、や、あの、すみませんっ！」

「……いえ」

返事がやや遅れたのは、きっと不快だったからに違いない。

イケメン相手にテンパって失敗。

焦りと羞恥《しゅうち》で無駄に暑くなり、顔も火照《ほて》ってきた。

急激に酔いが回った感じだ。

これはきっとさっきのウイスキーのせいだと思いながら、はぁ、と息をついて下を向く。すると、グラッと目の前が揺れた。

そして傾いた身体が、隣の貴嶺に当たってしまう。

「す、すみません」

一体自分は、何度貴嶺に謝っているのか。

これは強い酒を飲んだせいに違いない。前髪を直しながら、落ち着け、と自分に言い聞かせる。

「大丈夫ですか？　顔が赤い」

貴嶺の綺麗な指が純奈の頬をかすめた。

そんなことされたら、ますます落ち着けない。

「あの、ちょっと、トイレに行ってきます」

バッグを持ち上げて席を立つ。

トイレへ行き、とりあえず用を済ませた純奈は洗面台で手を洗った。

鏡に映った顔を見ると、顔がほんのり赤くなっている。それほど酒には弱くないのに、と思いながら、先ほどのことを思い出した。

「……何やってんだろう私……。でもあの人、私を女扱いしすぎっていうか。いや、確かに女だけどさ。もう、あんなイケメン、心臓に悪いよ……」

顔が熱いのは、酒だけでなくたぶん貴嶺のせいもあるだろう。男に免疫《めんえき》がない純奈には、彼の何気ない言動がいちいち大きな刺激になる。

「はぁ……」

ため息をついた純奈は、鏡に映る自分の唇を見て、色が落ちていることに気付いた。

お気に入りのストロベリーピンクの口紅を塗り直し、よし、と思ってトイレの外へ出た。

が、一歩踏み出した途端ちょっとだけフラッとしてドアに背中を預ける。

「純奈さん？」

低い艶《つや》のある声が聞こえて顔を上げると、そこに貴嶺がいた。

「あ、に、新生さん⁉」

なんでいるの⁉　と瞬《まばた》きをして貴嶺を見る。

しかし慌《あわ》てて姿勢を立て直すと、パンプスのヒールが横滑りして体勢を崩してしまう。

「わぁっ⁉」

「純奈さん！」

こける、と思った瞬間、貴嶺に抱き留められていた。

この状況、どうしよう⁉　混乱して頭の中がぐるぐる回り始める。さきほどウイスキーを飲んだことも影響しているのか、顔が熱くなってきた。

彼の微《かす》かな吐息が耳にかかる。ドキドキして、さらに耳まで熱くなる。純奈はギュッと目を閉じた。

すると、今度は首筋に吐息を感じる。なんだか唇が当たっているような感触がして、ドキドキが限界に達した。

「す、すみません！」

なんとか体勢を整えて身体を離すと、貴嶺がじっと純奈を見下ろしていた。

「……いえ、大丈夫ですか？」

落ち着いた、冷静な低い声。さっきと変わらない表情。

貴嶺はただ、こけた純奈を抱き留めてくれただけだ。なのに、私ときたら何を意識しているんだ、と心の中で叫ぶ。

「はっ！　はい！　だ、大丈夫、です」

「なかなか戻ってこないから、心配しました」

心配して迎えに来てくれたのか。それなのに、また迷惑をかけてしまった、と純奈は自分を責める。

「マスターが水を用意してくれています。戻りましょう」

「は、はい」

「足は、平気ですか？」

「大丈夫です！」

彼はさりげなく身体を支えるように、肩に手を回してきた。さっき転びかけたため、心配してくれているのだろう。しかし、この体勢は、純奈にとってドキドキ以外の何物でもない。

「だ、大丈夫、ですから」

ぱっと貴嶺から離れ、一人できちんと歩いて席に戻る。

純奈は、席に用意してあった水を一気に飲んで、ほっと一息ついた。

冷静になれば、首に唇が当たるなんてこと、あるわけないとわかる。自分はなんてエロいことを考えているんだろうと赤くなった。

相当、自分が恥ずかしい。イケメンを前に、何を夢見ているんだか。

純奈は水をお代わりして、再び一気に飲んだ。

「あの、隆介、えっと、酔ったみたいだから帰るね！　あの、新生さんも、すみませんでした！」

純奈はバッグから財布を取り出し、とりあえず三千円置いた。隆介は奢《おご》ってくれると言ったが、もうそんなものはどうでもいい。

「え、おい、純奈？」

「帰らないと、親が心配するし！　ごめんね、なんか」

そうして焦って店のドアを出ようとしたら、躓《つまず》いてしまった。どうにか転ばずに済んで、店の外に出る。そこで大きく深呼吸して、純奈はほっと息を吐いた。

「もう、なに、あれ……めっちゃ優しいし、女慣れしてるし」

あれじゃ、誰だって勘違いするよ……

「なんて心臓に悪い人なんだ。本当に」

赤くなった顔に手を当てながら、純奈はタクシーを探してとぼとぼ歩く。

楽しく酒を飲むどころか、貴嶺が隣にいたことでひどく緊張してしまった。

二十七年間、一度も会わなかった親戚だというのに、偶然とはいえ、こんな短期間に二度も会うなんて、不思議なものだ。

——そして、二度あることは三度あるという。純奈は、まさかそれが自分に起こるとは思ってもいなかった。

☆　★　☆

「もう、やる気ないのはわかるけど、背筋伸ばしなさい！　やっぱり着物のほうがよかったかしらね」

今日の純奈は、綺麗めのベージュのワンピースに、黒のパンプス。髪の毛を軽くセットして、コットンパールのピアスをつけている。

母から背を叩かれて、純奈はため息をつきつつ肩を落とした。ここは高級ホテルのレストラン。

フレンチがとても評判で、テレビで紹介されたこともある。が、目の前にはフレンチではなく、アフタヌーンティーなるものが運ばれてきた。

今、純奈はお見合い相手を待っている。

というのも、母が突然、見合い相手を見繕《みつくろ》ってきたのだ。

『ゴロゴロゴロゴロ、ゴロゴロして！　そんなに毎日ゴロゴロしてるんなら、見合いでもしなさい！』

と、母の雷が落ち、尻を引《ひ》っ叩《ぱた》かれてこの場にいる。

しかしゴロゴロと言うが、純奈なりにちゃんと家事の手伝いもしている。時にはご飯だって作っているじゃないか。なら、それ以外の時間をぼーっと過ごして何が悪いんだろう。もともと、そうしたくて仕事を辞めたというのに。

もちろん、母が娘の行く末を心配してくれていることはわかる。

かといって、見合いをしろと言った二日後にもう見合いだなんて。

そうして今、相手を待つこと二十分。

待ちくたびれてため息をつくと、母が遅いわねと言った。これから会う相手はずいぶんと忙しいらしく、母が見合い話を持ちかけた二日後しか、予定が空いていなかったらしい。

「本当に忙しいのね。遅れると思います、って事前に連絡あったもの」

「それ、どうなの？」

「仕方ないでしょ……ああ、お母さんだけ先にいらっしゃったようね」

えー、と思って母の視線の先を見ると、見覚えのある人が小走りにやってくる。

「ごめんなさいねぇ、秋絵《あきえ》さん！　もうすぐ、もうすぐここに来るわ。どうも、道が混んでいるみたいなの。成田《なりた》にいるのかと思ったら、あの子、普通に外で仕事をしていたみたいで」

「こちらこそ、ごめんなさいね。いきなりの話で急がせちゃって」

「いいのよ、こうでもしないとあの子、結婚しないからぁ」

母と話しながら、ほほほ、と笑うその人は、この前のお葬式で会った新生家の奥様である。

これは、つまり……

「もしかして、お見合いの相手は、貴嶺、さん？」

貴嶺さん、と呼ぶのは面映《おもは》ゆいが、ご両親も新生なので苗字では呼べない。

そして、純奈の勘は当たったらしい。

母は、ニコッと笑ってこちらを見る。

「そうよ！　お葬式の時、意気投合してたじゃない！　貴嶺君も三十四歳になるのにまだ独身だっていうし、純奈よりちょっと年上だけど、そんなの大した問題じゃないと思うのよね。だから、結婚前提ってことでこのお見合いをセッティングしたの」

母が言うと、貴嶺の母も乗り気で頷く。

えっ、結婚前提⁉　そんなの聞いてないよ！　と純奈は心の中で驚いた。

それに、貴嶺は一つか二つくらい上だと思っていたら、結構年が離れている。貴嶺の外見を思い出して、若いなぁと感心した。

「本当に忙しい子で……外交官って、婚期が早いか遅いかのどちらかみたいなのよ。この前、普段無口なあの子が、純奈さんと凄く喋《しゃべ》ってたじゃない？　きっと、あの子もあなたのこと気に入ったんだと思うの」

ふふふ、と口元を隠して笑う貴嶺の母。

確かに口数は少ない人のような気はした。でも、ちょっと話していただけで意気投合したと思うのは、正直どうかと思う。

あんなにスペックの高いイケメンが、純奈のようなフツーの女を気に入ることなんてないだろう。

初めからあまり乗り気じゃなかったこの見合いに対して、ますますやる気をなくし、断ろうと心から思った。

そうしてふと横を見ると、足早にこちらへ向かってくるスーツ姿の男性。

髪の毛を軽く直しながら近くまで来た相手は、純奈に気付いて目を丸くした。

きっと彼も、見合いの相手を知らされていなかったのだろう。

「純奈、さん？」

貴嶺は驚いたように純奈の名を呼ぶと、下を向いて小さく笑う。

そして椅子に座った彼は、純奈をまっすぐ見て言った。

「二度あることは三度あるというのは本当ですね。三度目は、もう、縁でしょうか？」

貴嶺の母は、首を傾《かし》げている。純奈の母も同じだ。

二度あることは三度ある。

一度目はお葬式。お互いほんの少し言葉を交わしただけ。

二度目は友人に連れて行かれたバー。そこでは、もう少しだけ言葉を交わした。

そして三度目は今日。結婚前提でセッティングされたお見合いの相手として会っている。

貴嶺が言うように、本当に、この出会いは縁なのだろうか。私が、この人と……

「……結婚？」

貴嶺は首を傾げて、にこりともせず言った。

「そのつもりですか？」

「えっ？」

「純奈さんは、結婚前提で、この場にいるんですか？」

知らずに、考えていたことが口から出ていたらしい。

純奈は忙《せわ》しなく瞬《まばた》きをしながら、思わず膝の上でスカートを握った。どうしよう、と思う。

貴嶺のように、安定した職業についているうえ超絶イケメンとくれば、結婚相手としてこれほど優良な物件はないだろう。

普通はそう考えると思う。結婚に望むのは収入の面での安定だ、と会社の先輩も言っていた。国家公務員なら、そのあたりはばっちりだろう。まあ、人を物件呼ばわりするのはよくないとは思うが。

しかし。

いきなり降ってわいた結婚という話に、純奈はどうしていいかわからない。

とりあえず顔を上げて貴嶺を見ると、綺麗な顔がまっすぐ純奈を見ている。

純奈が、貴嶺と結婚する。そんなこと、まったく考えられない。

だいたい、まず結婚って何をすればいいんだろう。一緒に住んで一緒にご飯を食べて、それから毎日一緒にいて、仕事へ行くのを見送って？

しかし、いや、しかし。

結婚なんかしたら、ベッドでスッポンポンの刑に処せられるじゃないか。

スッポンポンの刑は無理だ。純奈はこれまで誰とも付き合ったことがない。中学時代のフォークダンス以来、男子から手を握られたことすらない。当然キスをしたこともなければ、それ以上先だって。

純奈もいい大人なので、エッチに対する知識がまったくないわけじゃないけれど、よっぽど好きな相手じゃないと、スッポンポンになんてなれないと思う。

でも、両家の母親が同席している前で、今なんと答えればいいのだろうか。

ほんの少しの間にいっぱい考えた挙句《あげく》、テンパっておかしなことを言ってしまった。

「だ、だ、大事に、してくれる、なら……」

きっと貴嶺は引いているだろう。もう、ここは笑って誤魔化すしかない。そう思っていると……

「それは簡単にお約束できませんが」

その端的な返事に、高揚していた気持ちが一瞬で冷めていく。

でも、簡単に約束できないというのは、ある意味、誠実なのかもしれない。

だが、貴嶺の母はそうは思わなかったらしく、彼の肩をバシンと叩いた。

「あなた、純奈さんになんてこと言うの！　失礼でしょ！」

というか、このまま断ってくれて構わないんだけど、と心の中でつぶやく。

彼は純奈の手には負えない。第一、こんなイケメンに相手がいないわけがないんだし、おそらく無理やり見合いに引っ張り出されたのだろう。

「や……いえ、大丈夫なので……」

純奈がそう言うと、貴嶺は口を開いた。

「あの、あなたを大事にできるかどうかは簡単に約束できませんが、あなたとの縁は大事にしたいと思います」

「へっ？」

純奈は、ぽかんと口を開けたまま貴嶺を見る。

今、エンをだいじに、と聞こえたような気がする。

エンをだいじに、というのは縁を大事に、ということだろうか。

思わず瞬《まばた》きをして、目を泳がせた。えっと、つまり、と心の中でつぶやく。

「つまりは、あのぅ……？」

首を傾《かし》げて混乱のあまりヘラッと笑うと、貴嶺は目の前で紅茶を一口飲んだ。それから純奈をまっすぐ見て、口元に笑みを浮かべる。その笑みから、純奈は目が離せなくなってしまった。自然と鼓動が高鳴っていく。

「結婚を考えるには、良い縁かと」

その笑顔は罪だ。そんな笑みを向けられたら、誰だって惚れるでしょ！

「あ、あの……ほ、本当、ですか？」

呆気《あっけ》にとられてポカーンとしながら、頭の中は大混乱だ。

この人が、私と結婚？ どうしたって戸惑ってしまう。

でも気付けば、純奈は自然と笑みを浮かべていた。

2

——彼女との最初の出会いは、祖父の葬式だった。

父の従姉妹《いとこ》の娘、貴嶺からすると二従妹《はとこ》に当たる高橋純奈。

丸い大きな目が印象的な可愛い人。純粋にそう感じた。

綺麗な肌と、控えめなピンクベージュの口紅を塗った、ぽってりとした唇に好印象を持つ。瞬きをすると大きな目が際立ち、気付けばつい彼女を目で追ってしまっていた。

葬式の後、親戚が集まる精進落《しょうじんお》としの席で、貴嶺は父の一言により純奈の隣に座ることになった。

「なにこれ、うまっ」

小さな声が聞こえて隣を見ると、純奈がリスのように口いっぱいに料理を頬張って、忙しく口を動かしていた。

その様子が可愛くて眺めていると、目が合った途端、彼女は視線を下に向けてしまった。

しかし、貴嶺が好物の椎茸《しいたけ》をとっておいたところ、彼女は嫌いなものをよけていると勘違いしたようで、声をかけられた。

「私、椎茸が好きなんですよね。でも人参《にんじん》は嫌いで」

本当は、貴嶺も好きなのだが、彼女はとても食べたそうにしている。

「……食べます？」

そう言うと、彼女の目が嬉しそうに輝いた。椎茸ごときで、ずいぶんと嬉しそうな顔をする。

貴嶺にとって純奈のファーストインプレッションは、目が丸く大きいこと、食べ方が気持ちいいこと、そして可愛い人だということだった。

その後、姉の雪嶺と一緒に会場を出た貴嶺は、すでに呼んであったタクシーに乗り込む。すると、隣に座った雪嶺が肘でつついてきた。

「貴嶺、味が染みた椎茸《しいたけ》、好きじゃなかった？」

悪戯《いたずら》っぽい笑みを浮かべて聞いてきたので、そのまま答えた。

「好きだよ」

「じゃあ、なんであの子、純奈ちゃんにあげたの？」

「物欲しそうだったから」

何の期待をしていたのか、姉はがっかりした目を向けてくる。今日初めて会った相手と、何が起こるわけもないだろうに。

「……あっそ。可愛い子だったしぃ、珍しく貴嶺が気に入ったのかなぁと思ったのにー」

嫌みったらしく言うのを聞きながら、貴嶺は眼鏡を押し上げる。

「でも、貴嶺が女の子とあんなに長く話してるの、初めて見たかも」

「そうかな？」

「ハトコって、結婚できるよね？」

そんな姉の言葉を、ただの冗談だろうと笑って流した。

「とにかく、元気で日本に帰って来てよ？」

「わかった」

そう答えると、雪嶺はそこで降ろしてくださいと言ってタクシーを降りた。

二千円を置いて手を振る雪嶺に、貴嶺も手を振る。

「次はどちらですか？」

「外務省へお願いします」

貴嶺は後部座席に深く背を預けて目を閉じ、純奈の顔を思い出す。知らず笑みが浮かんでいた。

また会うことがあるだろうか。

そんなことを考えながら、貴嶺はほんの少しだけ眠った。

☆　★　☆

二度目の出会いは偶然だった。

異動先の、松尾という人懐《ひとなつ》っこい男に飲みに誘われ、待ち合わせたバーになぜか彼女が現れたのだ。お互い驚いたが、聞くと松尾の中学の同級生なのだと言う。

世間の狭さに驚いた。

純奈は、こうした店に慣れていないのか、どこか居心地悪そうにしている。そんな彼女の戸惑うような仕草が可愛らしくて、悪いと思いつつ口元が緩《ゆる》んでしまった。

見ていると、純奈は素直で可愛い人らしい。くるくると変わる表情に、気付けば目を奪われていた。

しかし、貴嶺が話しかけるたびに、純奈は黙って俯《うつむ》いてしまう。

どうしたらいいのだろうと思った。

「純奈、新生さんがイケメンだから気後《きおく》れしてんのか？」

すると横から、松尾が茶化すように言った。

「そ、そうよ！」

純奈は、頬を赤く染めながら力一杯肯定する。

その反応が可愛くて、思わず唇に笑みを浮かべてしまった。

「お葬式のすぐ後からお仕事で、大変でしたよね？　お疲れでしょう？」

不意に純奈から仕事のことを振られて、口下手《くちべた》な貴嶺は、とっさに答えを用意できなかった。

「いえ、仕事は、すぐ済みましたから」

そっけない言い方だったかもしれない、と反省しつつ内心ため息をつく。次に話しかけられたら、どう返事をしようかと、ウイスキーを飲みながら考えた。

「お仕事できるんですね、隆介の言った通り」

「いえ、そんなことはありません」

純奈は貴嶺の言葉に何度か瞬《まばた》きをして、ちょっと俯いた。

また失敗したか、と頭を抱えたい気持ちで琥珀《こはく》色の液体を揺らす。純奈には、もっと優しい言い方を用意すべきだった。

「新生さん、仕事できるじゃないですか」

松尾の気遣いと明るさにほっとしつつ、ただ首を横に振る。本当に、自分が仕事できると思ったことはないのだ。

「ただこなしているだけだから」

「そうやって、こなせるのが凄いんですよ。俺、尊敬してますよ！」

褒《ほ》め上手だな、と思いながらウイスキーを飲み干した。

飲んだ後、純奈のグラスが空《から》なのに気付く。

「何か飲みます？」

「え？　あ、いえ！　さっき一気に飲んだので、もう少しいいです」

スープやガーリックトーストも食べていたし、もうお腹がいっぱいなのかもしれない。

「そうですか」

「新生さんは？　何か飲まれないんですか？」

軽く小首を傾《かし》げて聞いてくる仕草を、可愛いと思った。自然で、凄く好感が持てた。

普段なら、女性のこういう仕草は敬遠するところなのに、可愛いと思うとは。今日の自分はどこかおかしいのかもしれない。

「そうですね……じゃあ、ウイスキーで」

並んでいる酒瓶を一通り見た貴嶺は、一本の酒瓶に目を留めた。

「エドラダワーをストレートでください」

ほどなくして、ストレートで置かれたウイスキー。それを一口飲むと、純奈がじっとこちらを見ていることに気付く。

「どうしました？」

大きな目でじっと見られると、なんだか心が落ち着かない。

「いえ、それ美味《おい》しいのかな、って。ウイスキー、飲んだことないので」

ウイスキーを見ていたのか、と若干《じゃっかん》残念な気持ちがあることに貴嶺は驚いていた。

「ああ……じゃあ、次は……」

純奈でも飲みやすそうなウイスキーは、と考えつつ自分の感情に戸惑う。

「いえ、ちょっとでいいんです……味見してみたいな、って思っただけですし」

貴嶺のウイスキーを見ながら言われ、手の中にあるウイスキーグラスを揺らす。

「これ、ですか？」

「はい……。あの、ダメですか？」

にこりと笑う唇。彼女は何を考えているのだろう、と思う。

純奈とはこの前知り合ったばかりで、会うのは今日で二度目だ。

親戚だから気安く思ったのか、それとも何か特別な意味でもあるのか……

「どうぞ」

彼女の言葉の真意が測れないままに、貴嶺はグラスを純奈に渡す。

すると彼女は貴嶺が口をつけた酒を飲んだ。それが好意の表れなのか、なんなのか。

まったく見当がつかない。

「うぁ……っ！」

純奈から視線を外して考え込んでいた貴嶺は、純奈の声でハッとする。

「ばっかだなぁ、純奈。いきなり飲むからだよ。マスター水ください」

舌を出している純奈を見るに、どうやら何も考えずウイスキーを飲んだようだ。グラスの中身が結構減っている。

すかさず水を頼む松尾を見て、なぜか後れを取った気分になった。

純奈のことは自分が、と思う貴嶺がいる。

「ありがとう、隆介」

ひとしきり水を飲んだ純奈は、ほっとしたように息をついた。

「純奈、甘い酒好きじゃん。急にどうした？　ウイスキー飲みたいなんて」

「え？　だって、新生さんが、美味《おい》しそうに飲んでるから……」

自分を見上げてくる純奈に、これは好意以外のなんだろうと考える。

「ウイスキーは、ゆっくり飲むのが美味しいんです」

「あ、でも、なんか凄く甘い匂い、っていうか……後味が、いい感じ？」

貴嶺が言うと、純奈は何かに気が付いたように目を丸くする。

「ウイスキーは、そういうところを楽しむんです」

そうなんだ、と素直そうな目が向けられた。

貴嶺は知らず口元に笑みを浮かべながら、その表情を見ていたのだが……

「す、すみません、グラスに口紅がっ！」

いきなり純奈が謝り、グラスに手を伸ばしてきた。グラスには純奈の口紅がしっかりついている。

そのピンク色の痕跡《こんせき》を見て、心がまた落ち着かなくなった。

貴嶺のグラスについた口紅を指で拭《ぬぐ》うのもまた、なんだか思わせぶりな行為に感じてしまって、そんな捉《とら》え方をする自分に戸惑う。

「……いえ」

内心の動揺を抑えて気にしていないと伝えるが、純奈は顔を赤くして下を向いてしまった。

もしかして言い方が冷たかったのだろうか。そっと純奈の様子を窺《うかが》おうとすると、肩に寄りかかってくる。明らかに、心臓が音を立てて跳ねた。

「す、すみません」

純奈はすぐに謝って、パッと身体を離した。

貴嶺は何度も落ち着け、と自分に言い聞かせる。だが、どこか期待している自分がいる。

「大丈夫ですか？　顔が赤い」

平静を装いながら、赤くなった彼女の頬を親指でそっと撫《な》でた。

「あの、ちょっと、トイレに行ってきます」

彼女は赤い顔のまま、バッグを持って席を立った。

「すみません、新生さん。あいつ、新生さんの酒を飲んでしまって……そういえば、さっき、なんで謝ってたんですか？　純奈」

「……ああ、少し酔ったみたいで、肩に寄りかかられてね。悪いと思ったんじゃないかな」

「そうですか」

酔っただけ。きっとそうだ。もう一度自分に言い聞かせて、グラスの酒を飲もうとした。しかし、純奈が口をつけたものだと思うと、なぜか心臓が騒ぐ。

恋をしたての十代じゃあるまいし、と酒を呷《あお》った。

しばらく酒を飲んでいると、松尾が先程の会話の続きを口にする。

「酒は弱くないんですけどね、純奈」

「そう。弱くないい、か。ウイスキーは初めてだったからかな」

「そうでしょうね……っていうか、遅いですね。本当に酔ったのかな？」

うーん、と言いながらトイレの方向を見る松尾に、空《から》のグラスを置いて言う。

「見てくるよ」

「あ、いいですよ！　俺が……」

「酒を飲ませたのは俺だから。松尾君は座っていていい」

手で制して、立ち上がってトイレの方向へ向かう。

すると純奈は、俯《うつむ》きながら背をトイレのドアに預けていた。

「純奈さん？」

気分が悪いのかと思って声をかけると、彼女はハッと気付いたようにこちらを見た。

「あ、に、新生さん⁉」

慌《あわ》ててドアに預けていた背を起こしたからか、純奈の身体が不自然に前に倒れてきた。

「わぁっ⁉」

「純奈さん！」

倒れ込んできた身体を抱き留める。ほっとして、息を吐くと、純奈の肌が近くにあった。そこから薄《うっす》らと甘い香りがする。同時に抱き留めた身体の柔らかさを意識して、貴嶺は息を詰めた。

彼女の胸が、貴嶺の腕と肋骨のあたりに当たっている。

純奈は腕も細く、華奢《きゃしゃ》らしい。けれど当たっている胸はかなり大きい。

純奈はバランスを崩したまま上手《うま》く立てないようで、縋《すが》るみたいに貴嶺の腕を掴《つか》んでくる。

純奈の柔らかさや香りをより近くに感じてしまい、堪《たま》らない気持ちになった。

貴嶺の目の前には、純奈の形のいい耳と薄《うっす》らと色づく細い首。気付けば顔を寄せ、彼女の首筋へ唇を這《は》わせていた――

「す、すみません！」

焦った純奈の声に、ハッと瞬《まばた》きをする。慌てて身体を離す彼女に、一気に理性を取り戻した。

幸いにも、唇を這わせたのには、気付かれていないようだ。

「……いえ、大丈夫ですか？」

いつの時も、貴嶺は冷静で表情が乏《とぼ》しいと言われる。それは自分の長所であり短所でもあるが、今は長所として働いたようだ。そのまま冷静に声をかける。

「はっ！　はい！　だ、大丈夫、です」

「なかなか帰ってこないから、心配しました」

肩を支えると、純奈は申し訳なさそうに俯《うつむ》く。その様子を見る限り、彼女には思わせぶりな態度を取ったつもりなど欠片《かけら》もないのだろう。なのに貴嶺は、そんな彼女にぐらついてしまった。それこそ、一瞬、理性が飛んでしまうくらいに。

「マスターが水を用意してくれています。戻りましょう」

「は、はい」

「足は、平気ですか？」

上手《うま》く立てなかった様子なので尋ねると、力一杯返事をされる。

「大丈夫です！」

彼女はそう言って一人で歩いて席に戻って行ってしまう。

純奈は用意してあった水を一気に飲み干すと、赤い顔のまま立ち上がった。そして財布を取り出し、三千円をテーブルに置く。

「あの、隆介、えっと、酔ったみたいだから帰るね！　あの、新生さんも、すみませんでした！」

「え、おい、純奈？」

いきなりのことで、声を掛けることもできなかった。とっさに椅子から立ち上がるものの、そのまま彼女の背中を見送ることしかできない。

「きちんと帰れるかな？」

いろいろと悪いことをしてしまった気分になった。

「純奈ですか？　大丈夫ですよ。純奈は自分の限界知ってますから。きっと、バーの雰囲気に酔ったんじゃないですかね」

「だったら、いいけど。松尾君は、純奈さんとずっと友達？」

「ええ。中学の時からずっとですね。純奈は真面目《まじめ》でさっぱりした性格なんで、昔から付き合いやすいんです。でも、なぜかずーっと、彼氏いないんですよね」

松尾は笑いながらそう言って、一気に残りのウイスキーを呷《あお》った。

それはさすがに嘘だろう。いくらなんでも、あの純奈がずっとフリーだったとは思えない。葬式の後、確か母が、一月に二十七歳になったばかりだと言っていた。

「男にも人気があったし、顔も結構可愛いんですけどね。純奈はあんまり男に興味ないみたいで。だから、友達以外の男がいると、キョドるんですよ」

「キョドる？」

「はい。純奈の態度、ちょっと変だったでしょ？　新生さんに女扱いされて、挙動不審になったんですよ、きっと」

「そうなのかな」

酒を飲みながら、先ほどまで一緒だった純奈を思い出した。

久しぶりに女性に対して自《みずか》ら興味を持ち、好ましいと思った。

というより、出会ってからこんなに短期間で好ましいと思える女性は初めてだった。

だが、もう会うことはないだろう。自分は仕事が忙しいし、連絡先さえ交換していない。

きっと、これで最後。

自分でそう心を整理しながら、ウイスキーのお代わりを頼む。

でも、もし三度目があったら——

心のどこかでそれを願って、貴嶺は新しいウイスキーを飲むのだった。

☆★☆

見合いの話は突然だった。

本省で書類仕事をしている時に母から着信があった。何事かと思い昼休みに電話をかけると、開口一番に、お見合いをして欲しいと言われた。

「は？」

『だから、お見合い。早い方がいいんだけど、いつなら大丈夫なの？　貴嶺』

「そんなの、する気ないけど」

今は、恋愛や出会いを求めてはいなかった。この間、珍しく心が動いたけれど、きっと純奈ともう会わないだろうと思っている。それなら最初から求めない方がいい。

『相手方には、このお話を進めてもらってるの。お母さんの顔を立てると思って、会うだけ会ってくれない？』

「顔を、立てる？」

『向こうが乗り気なのよ。相手のお嬢さんは家事手伝いをしていて、結婚したら専業主婦ができる人。貴嶺、忙しいから、家にいてくれる人がいいでしょ？　それに、もし転勤となったら、ついて来てくれる人がいいじゃない？』

「乗り気って……」

頭痛を感じて目を閉じる。それから眼鏡を押し上げ、ため息をついた。

「断ってくれない？」

『ダメ、断れないの！　だって、相手の親御さんに、こっちは日付けさえ合えば大丈夫って伝えちゃったもの！』

親というのはなんて勝手なんだろう。そう思って、貴嶺はまたため息をつく。

「……スケジュール、確認する。こっちの予定に合わせて貰《もら》っても大丈夫？」

『もちろんよ！　ありがとうね、貴嶺！』

母は、言うだけ言うと電話を切った。

こんな強引な母は初めてだが、気持ちはわからないでもない。

気持ちを落ち着かせてスケジュールを確認すると、二日後の昼間しか予定が空いていないことがわかった。重いため息をつきながら、貴嶺は母親に連絡する。

結婚は、縁があったらと思っていた。

その縁が、まさか会ったばかりの二従妹《はとこ》へ繋《つな》がっているとは、この時の貴嶺は考えもしなかった。

だけど、見合いの席にいた彼女を見た瞬間、この縁を大事にしたいと思ったのだ。

3

『結婚を考えるには、良い縁かと』

そう言ったのは、新生貴嶺という美形の代名詞のような人。よく見ると、目の下に小さな黒子《ほくろ》があった。彼のかけている黒縁眼鏡は野暮ったく見えず、とても似合っている。

「あとは二人で話して来たらどうかしら？　ねぇ、秋絵さん」

「そうねぇ。庭に出て、お話でもねぇ」

本格的に見合いっぽくなってきている。ちらりと貴嶺を見上げると、表情が少し柔らかくなったような気がした。

「庭に出ますか？」

「あ、ええ、はい」

慌《あわ》てて立ち上がると、貴嶺が見上げてきた。

「寒いですよ？」

「え？」

「コート、着た方がいいと思います」

貴嶺は立ち上がって自分のコートを羽織った。確かに外はまだ寒い。純奈も椅子の上のコートを手に持つ。すると傍に来た貴嶺が、純奈のコートを持って着やすいように広げてくれた。

こんなことをされたことがない純奈は、途端に心臓がうるさく鳴り始めた。

「行きましょうか」

さらに背を抱くようにして促《うなが》され、心臓がパンクしそうになる。男慣れしていない純奈には、過ぎたサービスだ。

「あ、あのっ！」

「はい？」

「て、手を、離してくれますか？」

「……はい？」

「せ、背中です。普通に歩きましょう！」

純奈が貴嶺から一歩離れると、貴嶺が自分の手を見る。

「ああ、すみません」

外交官で、外国人を相手にすることが多いからだろうか。なんだかエスコートされているみたいで、ドキドキして困ってしまう。

けれど庭に出るまでの間も、貴嶺はことあるごとに紳士的な振る舞いを見せ、女扱いされたことがない純奈はとにかく緊張した。そうして、二人で庭に出ると――

「にゅー……」

あり得ないくらい寒かった。冷たい風に身を縮める純奈を見て、貴嶺が声をかけてくる。

「向こうに回って、母たちの視界から消えましょう。確か、この階にはコーヒーショップが入っていましたから」

コーヒーショップ、と聞いて何度も頷いた。すると、貴嶺が口元に拳《こぶし》を当てて笑った。

その笑顔は反則だ。魅力的すぎて、まさに惚れてしまいそうだ。

前を歩く貴嶺の後について、庭から室内に戻る。少しの間に手がかなり冷たくなってしまった。

いくら見合いの定番とはいえ、こんな寒い日に庭に出ろなんて、あんまりだ。

冷えた手を擦《こす》り合わせていると、貴嶺がポケットに入っていたものを差し出してくる。

見ると使い捨てカイロだった。なんだか似合わなくて、貴嶺の大きな手をじっと見てしまう。

「俺はもう使わないので、よかったらどうぞ」

純奈は、ありがたく受け取る。とても温かくて、ほっとした。

貴嶺は再び歩き出す。純奈は彼の後ろ姿を見ながら、ふと思う。忙しい人だと聞いているが、こんなところでお見合いなんかしていて大丈夫だろうか？

そんなことを考えていると、目的のコーヒーショップに着いた。

「何を飲みます？」

「えーっと……チャイティーラテを、トールサイズでって……あ、ああ、お金、ないっ！」

ここにきて、レストランにバッグを置いてきてしまったことに気付いた。

やってしまったと思って貴嶺を見上げると、彼は首を振った。

「いいですよ」

そう言って、自分のコーヒーと一緒に純奈のチャイも注文してくれる。奢《おご》ってもらうつもりなんてなかったのに、申し訳なく思って頭を下げた。

貴嶺はスーツの胸ポケットから財布を出すと、カードを抜いて電子マネーで支払いを済ませる。

なんてスマートでイマドキなんだ、とまじまじと見入ってしまった。こんなところさえもイイ男感満載で、いやはやと首を振る。

ランプの下で飲み物ができるのを待っていると、貴嶺が口を開いた。

「……チャイ、お好きなんですか」

「あ、はい。マサラとか入っていると、さらに好きです。チェーン店のチャイだったら、最後にシナモンをたっぷりかけるのがお気に入りで」

「シナモンにマサラですか。俺も好きですよ。本場のものは、結構スパイシーですけど」

純奈はまだ、本場のチャイを飲んだことがない。インドのミルクチャイは、いつか飲んでみたいと思っているけれど、この人は飲んだことがあるのだろうか。

それぞれコーヒーとチャイを持って空いている席に落ち着いた。貴嶺に一言お礼を言ってから、チャイを飲む。あったかくてほっとした。

……やっぱり、何か話したほうがいいのだろうか、と目の前の貴嶺を見る。席に座ってから、まだ一言も会話していない。さすがの純奈も、そわそわしてくる。

すると彼は、コーヒーを飲みながら時計を見た。

もしかして、この後も仕事があるのだろうか。そう思って、何気なく彼の腕時計を見る。銀の光沢を放つ金属ベルトに青いフェイスの時計は、誰もが知っている高級ブランドのものだ。純奈は以前、必要に迫られてブランドものについて勉強した時期がある。だから、大抵のものは見てわかる。貴嶺が身に着けているブルーフェイスの時計は、確か一昨年《おととし》出たモデルだったはずだ。

話題が見つからないので、とりあえず時計を褒《ほ》めてみようと口を開いた。

「いい時計ですね」

「はい？」

「腕時計です。それ、一昨年出た人気のモデルですよね？」

すると貴嶺は、ああ、と言って時計を見た。

「そうなんですか？」

「えっ？」

まさか聞き返されるとは思わず、純奈は戸惑った。

「祖父の遺品なので、よくわかりません」

「はぁ……。そうなんですか」

「はい」

そうして再び沈黙が訪れ、純奈は下を向いてチャイを飲む。

無言攻撃はきついよー！　と思いながらちらりと顔を上げると、貴嶺と目が合った。

無表情というわけではないけれど、何を考えているのかよくわからない。

「あ、あの……さっきの『縁は大事にしたい』っていうのはどういうことですか？」

思い切って聞いてみると、貴嶺は口元に少しだけ笑みを浮かべた。

「そのままの意味ですが」

「え……っと、結婚を、考えていると？」

おずおずと上目づかいで聞くと、貴嶺はコーヒーを一口飲んで息を吐いた。

「実はそういうつもりで来てなかったんです。初めから、この見合いはお断りしようと思っていました。だから仕事の合間に来たんです」

ああ、そうですか。

わかりやすいけれど、言い方が凄く端的。つまり、この見合いは、相手が純奈でも他の誰かでも、断ろうと思っていたと。

純奈は肩の力が抜けた。とりあえず、スッポンポンの刑に処させることはなさそうだ。

ほっとした気持ちと、なぜかがっかりした気持ちが、胸の中に渦巻いている。

「でも純奈さんだったので」

「えっ？」

「結婚を考えようと思いました」

貴嶺の言葉に、純奈は目を見開いてしまった。

「目が、落ちそう」

「や、落ちないですけど」

貴嶺の顔を見ていられず、純奈は目を泳がせる。

「あ、わ、私も、実はそういうの、まったく考えてなくてですね。その、毎日、家でゴロゴロしてるから……お見合いを勧められたのであって、その……」

「そうですか」

間髪《かんはつ》を容《い》れずにそう返され、続けて質問された。

「ずっと、ご実家にいるんですか？」

「いいえ。この前まで会社勤めをしてました。毎日、書類と企画の見直しをして、企画リーダーなんかもやったりして……」

純奈は割と仕事ができた。担当していた企画自体は小さなイベントがメインだったが、評判が良くて何度か企画リーダーをやらせてもらった。

「だけど、まあ、いろいろあって、少し前に退職しました」

「以前は一人暮らしを？」

「あ、はい。一応、大学を出てから」

「そうですか」

貴嶺はコーヒーを飲んで、また腕時計を見た。

さっきからずっと時計を見ている。そういえば、さっき仕事の合間に来たと言っていたな。

「あの、お仕事……戻っていいですよ？」

純奈がそう言うと、貴嶺は何も言わず腕から時計を外して、コートのポケットに入れた。

「最近、時計を見るのが癖で。すみません」

それだけ忙しいのだろう。気にせず、仕事に戻っていいのだけど。

「純奈さんは、俺との結婚を考えられますか？」

ストレートに聞かれて目を泳がせる。

「……っう、あ、えっと……正直、あの……新生さんみたいなハイスペックな人との見合いを、母が取り付けて来るとは思ってなくて……」

「……ハイスペック？」

首を傾《かし》げて貴嶺は純奈を見てくる。だから余計に、目を泳がせてしまった。

「私、英語とか喋《しゃべ》れませんし……今、無職ですし。それに、いいところのお嬢さんでもありません」

時々貴嶺を見上げながら、純奈はしどろもどろになって言葉を羅列《られつ》した。

「……新生さん外務省でも、なんというか……一つ頭が飛び出ているような人なんでしょう？　隆介……いや、松尾君が、掃き溜《はだ》めに鶴って、言っていたし。公務員で、そんな感じだったら……その、出世とか……やっぱり相手は然《しか》るべきお嬢様とかの方が。って、言ってることが上手《うま》くまとまらないんですけど……つまり……」

純奈は俯《うつむ》いた。隆介の話を聞いた後では、きっと貴嶺はこれから出世をしていく人なのではないかと思う。だから、結婚相手は純奈のようなごく普通の者でないほうがいいのではないか？

それを、なんと言って伝えたらいいのだろう。

「相手は、私じゃないほうがいいかと……その、美人でもないですし」

俯いた顔を上げてヘラッと笑うと、貴嶺は椅子の背にもたれてため息をついた。

そのまま残っていたコーヒーを飲み干し、カップをテーブルに置く。

純奈は、どうにもいたたまれなくなって再び俯いてしまった。

すると視線の先に、一枚の名刺が置かれる。何だろうと思っていると、貴嶺はそこにボールペンで何かを書き始めた。そしてその名刺を、テーブルの上を滑らせて純奈に差し出してきた。

「はぇっ⁉」

変な声が出たのはしょうがない。

だってそこには、貴嶺の携帯電話の番号とメールアドレスが書かれていたのだ。

さっき、見合いをそれとなく断るような言葉を口にした純奈に、どうして個人情報なんかを……

「俺は、上司のお嬢さんとの縁談を断って、今の部署に異動になりました」

「えっ？」

思わず声を上げてしまう。そういえば、隆介もそんなことを言っていた気がする。

「もともと出世に興味はありませんし、然《しか》るべきお嬢様とやらとの結婚にも興味はありません」

確かに、縁談を断ったからという理由で異動させられたくらいだから、出世に興味はないのだろう。

「それに、純奈さんは、充分可愛いと思います」

息が止まった。頭の中に、エコーがかかったように貴嶺の言葉が回る。

「う、あ、わ、私がですか⁉　こんな目ダヌキみたいな、私がですか⁉」

友人達からは、目ばかりが大きいタヌキ顔と言われる純奈の顔。

可愛いなんて、一体どこが？　と自分で突っ込みたい。

「はい」

貴嶺はにっこり笑う。

その顔はまさに、どこかの芸人が、惚れてまうやろー、と叫ぶに値するような笑顔だった。

「それに、偶然にもほどがあるほど、あなたとは縁がありました」

そう言って瞬《まばた》きをする、切れ長で綺麗な形をした目。純奈をまっすぐに見つめてくるその目は、とても誠実に見えた。

「お互いに、結婚を考えてみませんか？」

さっきの笑顔を見た瞬間から、純奈は彼の魔法にかかってしまったようだ。

口元に笑みを浮かべる貴嶺から、いつの間にか目が逸《そ》らせなくなっている。

「は、はい……」

気付けば、純奈は頷いていた。

「すみません……どうやらタイムリミットがきたようです」

笑みを深めた貴嶺は困った風にそう言って、椅子から立ち上がる。そして純奈の傍まで来ると、カップを持っていた手を上から握ってきた。

「俺は外国で仕事をすることが多くて、なかなか会う時間が取れないかもしれません。でも、できるだけ時間を作って、会えるように努力します。ですから、必ず連絡をください。お待ちしています」

お待ちしています⁉

純奈は呆然と貴嶺を見上げ、何度も瞬きをした。

貴嶺は最後に純奈の手を強く握ってから離すと、頭を軽く下げて歩いて行ってしまう。

コートを翻《ひるがえ》しコーヒーショップを出て行く背中を見送り、椅子に座ったままの純奈はテーブルの上にある名刺を手に取った。

仕事用の名刺に、プライベートらしい携帯電話番号とメールアドレスが書いてある。

少し右上がりの、読みやすい綺麗な字だった。

「……………どう、しよ……」

純奈は男の人が苦手で、自分が結婚することなんて今まで考えてもこなかった。

なのに、貴嶺に言われてちょっと結婚を考えてみたりして、もう心の中は支離滅裂《しりめつれつ》になっている。

これで、もしお付き合いとかになると、そのうち否《いや》が応《おう》でも——

「スッポンポンの刑はいや……」

名刺を額《ひたい》に当てて、そのままテーブルに突っ伏した。

貴嶺のことは嫌いじゃないが、その先にある行為が未知すぎて怖い。

キスも、その先も、どうすればいいのかまったくわからない。だいたいキスって、目を閉じるタイミングっていつなの。というか、唇をくっつけるだけじゃダメなんだよね。

もう、無理だ。泣きそうだ。心が破裂しそうだ。

とっても素敵な新生貴嶺。

もし彼に惚れてしまったら、純奈は自分が一体どうなってしまうのか、まったくわからなかった。

☆
★
☆

貴嶺と別れフラフラしながらレストランに戻ると、純奈は貴嶺の母親から平謝りされた。

見合いで女性を一人置いて帰るなんてと、純奈の連絡先を聞きだし、必ず貴嶺に謝罪の連絡をさせると言って帰っていった。

ところが、三日経っても四日経っても、一週間経っても貴嶺からの連絡はない。

でも、彼の母親からは頻繁《ひんぱん》に連絡があった。それはたいてい貴嶺がまだ連絡していないようで申し訳ないという内容で、ついでに貴嶺は今どこにいると教えてくれたりするのだ。

貴嶺は今、オマーンにいるから。貴嶺は今、スペインにいる、今はサンマリノ共和国にいるから、などなど。一体何度渡航しているのやら、だ。

スペインの場所はわかっても、オマーンやサンマリノ共和国の場所など見当もつかない。

海外からは、その都度無事に帰って来ているらしいが、貴嶺から連絡は来なかった。

『ごめんなさいね……忙しい息子なのよ。連絡する時間くらいあるだろうにね……ほほほ』

困ったようなその言い方で、貴嶺にはうるさく言っているのだろうな、と想像できた。貴嶺は本当に忙しいのだろう。本人もできるだけ時間を作って、と言っていたくらいなのだ。

別に、来ない電話を待つのはいい。だけど、時間が経つにつれて、この前あったことが夢だったようにも思えてくる。

あれだけのイケメンだから、やっぱり純奈ではなく他の誰かと、と考えてみたり。そうかと思えば、本屋で安い英語の教材を見つけて買ってみたり。

貴嶺から連絡も来ないのに何をやっているんだろう、と純奈は教材を前にむなしくなる。

そうして、連絡がないまま二週間が経ったある日、高橋家の電話が鳴った。

「はい、高橋です」

『ああ、純奈さん？　貴嶺の母ですけれども』

あ、と思って目を閉じた。あまり取りたくない電話だった。貴嶺から連絡がこない理由を、第三者から説明され続けるのはなかなかキツイ。

『ごめんなさいね。今、時間あるかしら？』

「はい、大丈夫です」

純奈は、受話器を持ち直した。

『先日のお見合いだけど、なかったことにしてほしいの』

「えっ……」

純奈は、突然のことに言葉を失う。貴嶺の両親は、この見合いに乗り気だと思っていた。そうでなければ、逐一《ちくいち》、貴嶺が今どこにいるかなど電話してこないだろう。

……もしかして、貴嶺から断るように連絡があった？

「そう……ですよね。貴嶺さん、私にはもったいないような方ですし」

やっぱりそうだよなぁ、と思う反面、あの時言われたことを思い出して唇を噛む。

縁は大事にしたいとか、お互いに結婚を考えてみませんか、とか言っていたのに……

異性のことでこんなに一喜一憂《いっきいちゆう》することなんて、今までの純奈にはなかったことなのに。

『そうじゃなくて……貴嶺が、純奈さんから連絡がこないなら、こちらからするのは迷惑だろうって。もしかしたら、断りたいのにどうしていいかわからないのかもしれないって、貴嶺がね』

「えっ？」

『親ばかりが真剣になって、二人の気持ちが定まっていないのに、本当に悪いことをしてしまったわ。貴嶺のこと、気に入ってもらえなかったのは残念だけど、本当にありがとう、純奈さん』

「ええっ⁉」

純奈の驚いた声に、貴嶺の母も驚いたように答える。

『あ、何か？　もう、失礼ばかりで、本当にごめんなさい』

「い、い、いえっ！　私、貴嶺さんのこと、お断りしたいとは思ってないんですけど‼」

え？　と電話の向こうから困惑した声が聞こえる。

『じゃあ、あの、どうして、貴嶺に連絡を……してあげないの、かしら？』

「いえ、あの、連絡をさせると、お母様がおっしゃったので……」

『まぁ⁉　まぁ、まぁ、私がそう言ったから、純奈さん、貴嶺からの連絡を待っていてくれたの？』

我ながら、相手の連絡を待っていた、ということに驚く。さらに驚くのは、お断りしたいとは思ってない、という自分の言葉だ。

それじゃあまるで、貴嶺のことを思っているみたいじゃないか。

でも、確かに思っていた。だって、お互いに結婚を考えてみませんか、と言われて、貴嶺との未来を考えたのだ。これから先、この人となら、と。

純奈は、絶対結婚なんかしないと思っていた。なのに、貴嶺と出会い、こんな短期間で惹かれてしまって、毎日相手のことを考えるようになっていたなんて驚きだ。

恋愛なんてしたことがなくて、男の人と付き合ったこともなくて、それこそキスも何もしたことがない純奈だけど、この縁を大事にしたいと思う。

結婚を考えるきっかけなんて、きっとこんなものだろう。でも相手が貴嶺でなければ、そんな風に考えたりしなかった。たぶん、いや、絶対に。

『ごめんなさいね、私が貴嶺に電話をさせるなんて言ったから……！』

いろいろ考えて、純奈はとりあえず腹を括《くく》った。

「で、電話、してみます……貴嶺さんに」

そう貴嶺の母親に言うと、嬉しそうな声が返ってきた。

『ありがとう純奈さん。早速貴嶺に……ああ、今回は何もしないでおくわ。……じゃあ、純奈さん、よろしくお願いします』

はい、と消え入りそうな返事をすると、貴嶺の母は嬉しそうに電話を切った。

はあ、と大きな息を吐く。これでもう逃げられなくなった。

純奈は自分の部屋に行き、財布の中に入れておいた貴嶺の名刺を取り出す。

そこに書かれている携帯の番号を見つめ、スマートフォンを握り締めた。緊張で手が震えてくる。

女は度胸！　いつやるの？　今でしょ、だ。

純奈はベッドに座るとスマートフォンを作動させ、震える指で貴嶺の電話番号を押す。最後にえいっと通話ボタンを押して耳に当てた。

『はい、新生です』

ツーコールの途中で、貴嶺が出た。耳に直接響《ひび》いてくる、低い美声に息を呑む。

純奈は、自分を落ち着かせるように一つ息を吐いてから、口を開いた。

「あの、純奈です」

『ああ、どうしました?』

「……えっと、お見合いの、お返事、なんですけど」

どうしました、と聞かれて、一瞬なんて伝えようかと迷ってしまう。

でも、お見合いの返事と言ったことで、貴嶺はすぐに電話の用件を察したようだ。

『気を揉《も》ませてすみませんでした。お渡しした名刺は処分しておいてください』

「あ、えっと、そうでは、なくて……今、大丈夫ですか? お話ししても」

『……ええ、今、成田に着いたところです。ちょっと待ってください』

誰かと一緒にいるらしく、話し声が聞こえた。

追って本省に行きます、と言う声が聞こえてきて、仕事中に電話をしてしまったことがわかる。

待っていると、貴嶺がお待たせしました、と電話口に戻った。

「すみません、お仕事中に。タイミングが悪かったみたいですね」

『いえ、タイミングがいい時は、ほとんどないですから。それで、お話とはなんでしょうか？』

淡々と返される。まるで貴嶺は、見合いのことなどなんとも思っていないように感じた。

「お、お見合いのことです。連絡を……待っていてもらったと聞いて」

『……ああ、そうですね。でも、大丈夫ですよ』

気にしてません、的な感じの物言いをされて、純奈は次の言葉をいいよどむ。

『たまたま三度、偶然に出会った、それだけで決めるには大きなことでしたね』

そう冷静に言われて、気持ちがしおれそうになった。

でも純奈は、覚悟を決めて電話をしたのだ。スッポンポンの刑に処された先にある、未知の行為も含めた、結婚ということについて。

「わ、私、ビ、ビビッてて！」

『はい？』

「う、わた、私……男の人とお付き合いも何もしたことがないんです！」

ああ、言ってしまった。そう思いながら座っていたベッドに横向きで倒れる。

『そうですか』

またも淡々と返事をされて、かなりいたたまれない。

純奈は泣きそうな気分で言葉を続けた。

「ですから、け、結婚となるといろいろと一足飛びすぎて……でも、こういうのは、勢いも、必要かと」

いつやるの？　今でしょ、が頭に浮かんで、緊張で息が苦しくなる。

「こ、こういうことに関しては、小心者で、でも……もう、やるならやってしまいたいです」

私は一体何を言っているんだろう。やるならやってしまいたい、なんて意味不明すぎる。見合いの返事としては、相手に対して失礼極まりない。だって、受け取りようによっては、別に好きでもないけれど、一足飛びにやるならやってしまって楽になりたい、と言っているようにも聞こえてしまうかも。純奈は、慌《あわ》てて言葉を補足する。

「でも、あの、決して、まったく、何も思ってないわけじゃないんです。新生さんがイケメン過ぎて腰が引けてるのも確かですけど……でも、一番は、その……」

こんな支離滅裂《しりめつれつ》な言葉を、貴嶺は黙って聞いてくれている。彼は、相手の気持ちをちゃんと汲《く》んでくれる人なのだと思った。

無口だと聞いていたけれど、きっと人の話を聞くのが上手《うま》い人なのだろう。

「新生さんが、縁を大事にしたいって言ってくれた言葉が、胸に残ってて……私もそれを、大事にしたいと思ったんです」

最後まで言い終えると、純奈は知らずほっと息をついた。

もう、これ以上言うことはない。さっきの言葉は、純奈なりの結婚を了承するという精一杯の言葉だ。

『俺、今から本省に戻らないといけなくて……』

けれど、純奈の一世一代の言葉はなんだったんだという貴嶺の反応に、ちょっと泣きそうになる。

がっかりしながら貴嶺の言葉の先を待っていると。

『今日、あなたに会いたいと思ったんですけど、会えるでしょうか？』

「っは、はい、大丈夫、です！」

すぐに返事をした。

『少し遅くなると思いますが、いいですか？』

「私、家事手伝いなんで、いつでも、大丈夫、です」

純奈の言葉に、電話口で貴嶺が笑った気がした。

『じゃあ、霞ヶ関駅のＡ４番出口で。時間は、後で……いや、八時半に』

「はい」

『純奈さん』

「はい？」

『電話ありがとうございます。では、八時半に』

「は、はい」

電話を切った後、純奈はベッドの上でバタバタしてしまった。

4

『あなたは！　お見合いの途中で帰るとか、まったくあり得ない！　純奈さんが一人で戻ってきた時、本当にびっくりしたわ！　いくら仕事とはいえ、ちゃんとお見合いの時間を織り込んで行動するのが常識でしょう！　三十四にもなろうというのに、そんなこともできないから、今もあなたは独身なのよ！　本当に女心がわかってない！　今から純奈さんの連絡先を教えるから、すぐにあなたから連絡を取って謝りなさい！　もう、お母さん、本当に恥ずかしいわ、貴嶺！　聞いているの』

マシンガンのような母親の言葉を聞きながら、貴嶺は目を閉じてため息をつく。

確かに、純奈を一人コーヒーショップに置いてきたのはまずかったと思っている。

「ごめん。でも、純奈さんには連絡先を渡して……」

『あなたから！　電話！　しなさい！』

「いや、だから……」

『いやもへったくれもありません！　すぐに電話しなさい！』

そう言われても、貴嶺にも譲れないところがあるのだ。

「純奈さんが連絡をくれるまで、こっちから連絡はできない。悪いけど、こういうことは親の力を借りてすることじゃないと思うから」

貴嶺がはっきり言うと、母が黙った。

『…………純奈さんに、任せる、ってこと？』

「それは大げさ過ぎるけど。ただ、純奈さんの気持ちを大事にしたいって思うよ」

そこまで言うと、母も納得してくれたようだ。

『じゃあ、貴嶺は純奈さんが連絡をくれたら、彼女との結婚を考えるのね』

言われて、多少の戸惑いはあったものの、なんとなく彼女となら、という気持ちがある。運命を感じたとか、そんな大層なものではないが、純奈とは上手《うま》くやって行けそうな気がしたのだ。

「そうだね。もう、仕事だから切るよ？」

そう言って電話を切ろうとすると、今度はどこに行くの？　と聞かれた。

「オマーン。アラビア語圏。じゃあ、急ぐから」

そう言って電話を切る。貴嶺はポケットに外交パスポートがあることを確認して、小さなスーツケースを引っ張り飛行機の搭乗ゲートへ向かった。

☆★☆

いつの間にか貴嶺の中に、自分はこの人と結婚するだろう、という感情が芽生《めば》えていた。

だが、いくら待っても純奈からの連絡はない。

今までこんな風に自分から女性に興味を持ち、相手からの電話を心待ちにしたことなどなかった。でも純奈にその気がないのなら、貴嶺がいくら待っていても無駄だろう。

貴嶺は、連絡の来ない携帯電話を見ながら、ため息をつくのだった。

サンマリノから帰って来ても純奈からの連絡はなかったので、貴嶺は、彼女へ断りの連絡をしてくれるよう母に頼んだ。

人の縁なんてこんなものかもしれない。けれど、海外へ行くことの多い自分と結婚すれば、きっといろんな意味で純奈に苦労を掛けることになっただろう。だから、これでよかったのだと思うことにした。

貴嶺が次の仕事を終えて、空港で携帯電話の電源を入れると、ちょうど着信があった。

携帯のフラップを開き、見知らぬ番号に首を傾《かし》げる。

「すみません、電話に出ます」

同行者に伝えて、歩きながら電話に出る。

「はい、新生です」

『あの、純奈です』

声を聞いた瞬間、貴嶺の思考が止まった。だが、すぐに気を取り直す。

「ああ、どうしました?」

『……えっと、お見合いの、お返事、なんですけど』

すでに断りの電話は入れてあるはずだった。だから、見合いの返事と聞いて、断ったことに対してだろうと予想する。

「たまたま三度、偶然に出会った、それだけで決めるには大きなことでしたね」

この縁は大事にしたいと思ったが、考え方を変えれば、ただ三度会っただけだ。だから気に病《や》まないでほしい。

するとと純奈は、一呼吸おいて、思い切ったように言葉を発した。

『わ、私、ビ、ビビッてて!』

「はい?」

びびってて? 怖《お》じ気づく、と言う意味か、と頭の中で言葉を処理する。

『う、わた、私……男の人とお付き合いも何もしたことがないんです!』

「そうですか」

要するに男を知らない、ということだろうか？

他に言いようがなくて、そう返事をすると、泣きそうな声で言葉を続けてきた。

『ですから、け、結婚となるといろいろと一足飛びすぎて……でも、こういうのは、勢いも、必要かと』

要するに、結婚に伴うもの全てのことに怖《お》じ気づいている、ということだろうか。そう思って次の言葉を待つ。

『でも、あの、決して、まったく、何も思ってないわけじゃないんです。新生さんがイケメン過ぎて腰が引けてるのも確かですけど……でも、一番は、その……』

純奈の言葉を聞くうちに、一度は諦めた彼女との縁に期待している貴嶺がいる。

『新生さんが、縁を大事にしたいって言ってくれた言葉が、胸に残ってて……私もそれを、大事にしたいと思ったんです』

「俺、今から本省に戻らないといけなくて……」

そう口にしてから、言う順番を間違えたと気付いた。思い直して、今一番言いたい言葉を伝える。

「今日、あなたに会いたいと思ったんですけど、会えるでしょうか？」

『っは、はい、大丈夫です！』

すぐに返事がきて、ほっとする。

彼女の返事が嬉しい。いつになく、柄にもなく、年甲斐もないほどに。

「純奈さん」

『はい？』

「電話ありがとうございます。では八時半に」

『は、はい』

貴嶺は笑みを浮かべて電話を切った。腕時計を見ながら、この後のスケジュールを組み立てる。

本省に戻る足取りが、自然と軽くなっているように感じた。

☆★☆

待ち合わせの霞ヶ関駅に時間通りに行くと、すでに純奈が待っていた。

紺色のスプリングコートを着た純奈は、それに合わせてピンクベージュの足首までのパンツを穿《は》いていた。足元は、綺麗なフラットシューズ。その足首の細さや、まっすぐ伸びた足のラインに目を奪われる。

肩までの髪は、今日はピンク色の飾りゴムで一本に結ばれていた。

足早に近くまで行き、彼女の名を呼ぶ。

「純奈さん、お待たせしました。夜遅くにすみません」

純奈はハッとしたように顔を上げると、笑みを浮かべてぺこりと頭を下げた。

並んでみると、結構、身長差がある。

「お腹空《す》いてますか？」

「いえ……新生さんこそ、お仕事帰りで、お腹空いているでしょう？」

「俺は大丈夫です……じゃあ、どこかコーヒーショップにでも」

もしかしたら知り合いに会うかもしれないと思いながら、駅構内のコーヒーショップへ入った。

幸いなことに、店内に知り合いはいなかった。

純奈には先に席へ座っているように言い、貴嶺はブレンドコーヒーを二つと小さな菓子を買って、純奈の前の席に座った。

純奈は礼を言ってコーヒーを飲むが、少し顔をしかめたように見えた。

「ブラックは、ダメでしたか？」

「あ、いいえ！　大丈夫です」

「本当に？」

純奈は苦笑して、申し訳なさそうに俯《うつむ》く。

「実は、ダメでして。クリームと砂糖、取ってきますね」

そう言って立ち上がろうとしたので、手で制す。

「俺が取ってきます」

砂糖とクリームを取って戻ると、純奈は「ありがとうございます」と頭を下げた。

純奈は甘いコーヒーを飲んでほっとしたような笑顔になる。こういうところがいいな、と貴嶺も笑みを浮かべた。

「結婚を前提に、お付き合いしませんか？」

単刀直入に申し込んだ。会ったのは今日で四回目。まだ恋愛感情が、顔を出しているかどうか、というところだ。でも、彼女がいい、と感じた。

チャイを好きだと言った時、泣きそうな声で男性経験がないと言った時、そして今、砂糖とクリームを入れたコーヒーで幸せそうな顔をした時。

こんなに簡単に、人を思うようになることもあるのかと思った。

純奈は、貴嶺の言葉を聞いて、持っていたカップをソーサーに戻す。緊張しているのか、カップを持つ手が震えていた。

本当に初心《うぶ》なんだな、と思って顔を覗《のぞ》き込むと、割とグラマーな胸が大きく上下する。

細いのに、女らしい身体つきと綺麗でまっすぐ伸びた足。

彼女を見ていると、貴嶺の男としてのエロい部分が刺激される。もし、貴嶺がこんなことを考えていると知ったら、純奈はますます委縮《いしゅく》してしまうかもしれない。結婚を前提に言っただけで、こんなに震えているのだから。

「あ、まり、上手《うま》く付き合えないかもしれません。は、初めてなので」

「誰と付き合っても、初めてはあります」

ハッとしたように貴嶺を見上げた純奈は、目を瞬《またた》かせて、そのままテーブルに突っ伏してしまった。

「な、なんで、私なんですか？　新生さん、滅茶苦茶イケメンなのに……」

なんでと言われても、と貴嶺は首をひねる。

「縁を大事にしたいので、結婚を考えるのは、妥当かと思います」

「…………私のこと、好きなんですか？」

ストレートに聞かれて、すぐには答えられなかった。

でも、よく考えて、この人がいいと思ったのは間違いない。彼女は可愛いし、その言動は見ていて飽きない。それに、貴嶺にしては珍しく、服の中を見たいという衝動が刺激される。

普通にしていても可愛いのに、彼女とそういうことになったらどうなるのだろう、と想像しそうになって困った。そんなことを考えてしまう自分に、ため息が出る。

「た、ため息ですか？」

顔をちょっと上げた純奈は、泣きそうな顔をして眉を寄せている。

「なんでも、純奈さんがいいんです。好きですよ」

貴嶺が言うと、純奈の顔が一気に赤くなった。ギュッと目を閉じて何度も深呼吸をしている。

「わ、わかりました。……はい、です」

何かと葛藤《かっとう》するように、テーブルに突っ伏していた純奈が顔を上げる。そして、先程より少し赤味の引いた顔で、貴嶺をまっすぐに見つめてきた。

「私も、この縁を大事にしたいので、よろしくお願いします。……本当のこと言うと、結婚はしないと思っていたのですが、新生さんがチャンスをくれたので。いろいろ、至らないところもありますけど、頑張ります。目ダヌキですけど」

最後の目ダヌキに笑ってしまう。結婚はしないと思っていたなんて、よく言う。可愛い顔をしているし、スタイルだって申し分ないのに。

「こちらこそ、よろしくお願いします」

純奈の中での貴嶺はまだ、ただのイケメンレベルなのだろう。でも、今はそれでもいい。

そのうち彼女の心が、貴嶺のもとに来てくれれば。

昔からの友達は結構たくさんいるけれど、その中でも本当の友達と言えるのはたった二人。

5

松尾隆介と芳川美穂《よしかわみほ》は、純奈にとって大切な、親友と言っても過言ではない存在だ。

「えっ……あんたが？」

「マジか……？」

日曜日のファミレスで二人に貴嶺とのことを伝えると、美穂は驚きの声を上げ、隆介は目を丸くした。

「あの、新生さんだぞ？　マジか？」

「マジ、だよ。結婚前提で、お付き合いすることになった」

「新生さん、めっちゃ優秀だぞ？　七ケ国語ペラペラなんだぞ？　俺みたいに英語とフランス語喋《しゃべ》るだけの並みの職員じゃないんだぞ？」

「………隆介、凄いね。日本語の他に二ケ国語も話せるんだ。本当に、凄い」

日本語しか話せない自分には、外国語を二ケ国語話せるだけでも相当凄いことである。

「国家公務員総合職試験合格者なんだぞ？　最高学府卒業者だぞ？　左遷《させん》される前は参事官だったんだぞ？　あの若さで参事官って、凄いことなんだからな！　滅多にないんだぞ！　参事官って言えば、大使の代わりを務めることもあるくらいなんだからな。わかってんのか、純奈！」

やたらと熱を入れて貴嶺の凄さを力説してくる隆介は、貴嶺のことを尊敬しているのだろう。でも、純奈は貴嶺についてまだ知らないことばかりなのだ。そんな風に、わかってんのか、と言われても困ってしまう。

「……学歴はともかく、役職付きってこと？　偉い人、なのかな？」

国の職員で役職付きだから、偉いんだなぁ、くらいのつもりで聞いてみた。

「偉いよ！」

「そ、だね」

ヘラッと笑うと、はぁっ！　と隆介に盛大なため息をつかれる。

近くで隆介と純奈の会話を聞いていた美穂も、力なく笑った。

「隆介、まるでその人の信者みたいねぇ……でも、まぁ、そういう人が選ぶのって、割と普通でファニー系の顔だったりするじゃない？　だから、この、目ダヌキみたいな、可愛い系の純奈を選んだって、おかしくないんじゃないの？」

目ダヌキみたいな可愛い系なんて酷《ひど》い言われようだ、と思いながら純奈はカルピスを啜《すす》った。

「いいんだよ、信者でも。新生教の信者はいくらでもいるんだから。……でもまぁ、確かに、そういう人って、純奈みたいな可愛い系を選んだりするよな……」

そう言って、隆介が純奈の顔を見ながら、またため息をついた。

なに、その残念感は？　と突っ込みたかったが、ぐっと我慢する。

どうせ私はフツーですよ、と思って飲み物を啜る。

「その人、イケメン？」

美穂は純奈に聞いてきたのに、答えたのは隆介だった。さすが隆介は新生教の信者、これまた熱く言い放つ。

「超絶イケメンだよ！　眼鏡男子の王様だよ！」

国家公務員になるほど頭が良いのに、なんてバカっぽい発言。ちなみに貴嶺はもうすぐ三十四歳なので、男子というのはちょっと違うかも、と内心で突っ込みを入れた。

「男がカッコイイって言うなら、ホンモノねぇ」

ふーん、と言いながらオレンジジュースを飲み干した美穂は、お代わりと言って立ち上がる。

隆介と二人になると、隆介からの視線を強く感じる。もうまじまじという感じだ。

「お前大丈夫かよ、男と付き合ったこともないのにさ。新生さんの元カノなんて、女優の秋元亜矢《あきもとあや》らしいんだぜ？」

「えっ⁉」

秋元亜矢と言えば、美人で名の通った有名女優だ。

「なになに、秋元亜矢がどうしたの？」

戻ってきた美穂が、席に座りながら隆介に向かって首を傾《かし》げる。

「新生さんの元カノの話。なんでも、フランス大使館を撮影で使ったのがきっかけらしくてさ。遠距離だったけど、彼女の方が本気で会いに来てたらしい。秋元亜矢、フランスで熱愛、ってテレビで報道されてたことあっただろ？」

「ああ、あった！　あったね！」

美穂が人差し指を立てた。純奈もそのニュースは覚えている。

日本の一般男性と遠距離熱愛中と騒がれていた。コメンテーターが、フランスで恋に落ちるなんてオシャレですね、と言っていたのを、まったくだと思って見ていた。

その相手が貴嶺だったなんて、さすがに驚きを隠せない。

「でも、それ本当なの？」

美穂が怪訝《けげん》そうに隆介に問う。

「ウソなんかつくかよ。俺、直接、新生さんに聞いたんだもん、付き合ってましたか？って。そうしたら、内緒にしてくださいい、って言ったんだ。多くは語らなかったけど、マジだぜあれ」

並んだら、素晴らしい美男美女カップルだ。

秋元亜矢と純奈なんて、月とスッポン。あまりに違いすぎて開いた口が塞《ふさ》がらない。

「す、凄いね」

それしか言葉が出てこず、呆然と隆介を見ると、ゴホンと咳ばらいされた。

「お前、わかってるのか？　外交官の妻って大変なんだぞ。英語はできて当たり前だし、転勤も当たり前。それも外国ばかりの転勤なんだぞ？　本当に大丈夫かよ」

秋元亜矢は、英語が話せる女優としても有名だ。純奈は顔を両手で覆《おお》った。

「もう、なんか、マジ、ビビる」

超絶イケメンの貴嶺に惹かれている。それは確か。

だから、結婚を前提にお付き合いをしませんか、と言われて、はい、と答えた。だけど……

純奈はテーブルに突っ伏した。

「隆介、言い過ぎ。純奈だって、ちゃんと考えてるに決まってるでしょ？　結婚なんて、女の人生を左右する出来事なんだよ？　男に免疫《めんえき》がないこの子が、それでも結婚を前提にお付き合いするって決めたんだから。あんたはその新生さんって人を尊敬してるのかもしれないけど、その人が、純奈がいいって言ってるんだよ。他人のあんたが、二人のことをとやかく言うな！」

美穂がビシッと言ってくれて、純奈は思わず美穂に抱きついた。

「美穂、ありがとー」

「はいはい。……でも、あんた、英語頑張りなさいね。私と違って、まぁまぁいい大学出てるんだし、頭は悪くないんだから。やっぱり英語くらいできないと、旦那様に申し訳ないかもよ？」

「うっ」

「そうだな。英語くらい話せるようになれ」

隆介からも言われて、またも純奈はテーブルに突っ伏すことになった。

なぜなら純奈は、昔から英語が大の苦手なのだ。英語の教材くらいで、話せるようになるだろうか。

☆　★　☆

結婚を前提に、と言われてから一週間が経った。

あれ以降、貴嶺からはよくメールが来るようになった。でも、そのメールはいつも用件だけで、絵文字も何もない素っ気ないもの。おまけに、次の出張の行き先を告げるメールばかりだ。当然デートなんて一度もしていない。

帰ってきたら、お付き合いしている相手らしくデートに誘ってほしいが、いつなら日本にいるのか、貴嶺のメールではよくわからないのだ。

こうも素っ気ないと、なかなか付き合っているという実感が持てない。

隆介にそれとなく話を聞くと、外務省職員はサラリーマンのように、五時で仕事が終わるわけじゃないらしい。特に貴嶺は頼りにされていて、出張も多いからと言われた。

けれど、今日きたメールに、『もうすぐ日本に帰ります』とあった。

やっと日本に帰って来るんだと思ったら、なんだか顔が緩《ゆる》んでしまう。

貴嶺へ、『帰国したらメールをください』と返信していると、隆介から『飲みに行こうぜ！』とメールが届いた。

純奈は、いい気分のまま、『行く！』と返信した。

するとすぐに、『この間は言いすぎてごめんな』とメールが返ってきた。

この間のファミレスでのことを気にしていたのだろう。隆介らしい気遣いで、純奈を励《はげ》まそうとしているのかもしれない。

指定された場所は霞ヶ関の居酒屋だった。お腹も空《す》いたし意気揚々と待ち合わせの店に行くと、すでに隆介と美穂は来ていた。そして、なぜかもう一人、隆介の同期という男の人がいた。

「たくさんで飲んだほうが楽しいだろ？」

相変わらずな隆介の言葉に笑って答えたものの、なんだか食欲が落ちてしまった。

どうも、隆介は美穂にその同期の彼を紹介したかったようで、やたらと美穂にアピールしている。

しかし——

「純奈さんって、可愛いって言われませんか？」

ほろ酔いになってきた頃、突然、隆介の同期が純奈を見てそう言った。

「そんなことないよな、純奈。美穂はいつも綺麗だって言われるけどさ」

あはは、と笑いながら隆介がすかさずフォローしてきた。確かに美穂は凄く綺麗で性格もさっぱりしているから、かなりモテる。

「いや、純奈さん、可愛いですよ。特に、丸くてちょっと垂れぎみの大きな目が凄く」

もしかして、目ダヌキなこの顔は、外務省職員に受ける顔なのだろうか。

純奈も、はは、と緩く笑って美穂のほうを見る。美穂は、もうすでに飲みモードに入っていた。

「美穂？」

「や、最初から視線が純奈のほうを向いてたからね。でもこうなると、ちょっと面倒くさいね。隆介も余計な気を回さなきゃいいのに」

二人でこそこそ話していると、同期の彼とバッチリ視線が合ってしまい、愛想笑いで済ませた。

「純奈さん、今、お仕事何してるんですか?」

「……いや、今は働いてなくて、家事手伝いです……」

にこにこ笑って聞いてくるので、仕方なく答える。

どうしよう、と思っていると純奈のスマートフォンがメールの着信を告げた。

ちらりと見ると、貴嶺からのメールだった。純奈は急いで、メール画面を開く。

『帰国しました。今、何をしていますか?』

帰国、と書いてあって目を丸くするが、嬉しい気持ちが込み上げてくる。

何をしていますか? とあるので、もしかしたらこの後、会おうとしてくれているのだろうか。でも、今の純奈は急なお誘いに応《こた》えることができない。純奈はがっかりしながら返信した。

『隆介ともう一人の友人と、隆介の同期という男の人とご飯を食べています』

もうすぐ帰国しますって、今日のことだったのか。それなら、そうと教えてくれれば、飲みになんか来なかったのに、と残念に思った。

ため息をついて、目の前のカクテルを一口飲む。

「純奈さん、メールアドレス教えてくださいよ。あ、SNSでもいいので」

「SNSはやってないです……」

純奈は、あまり初対面の人にメールアドレスを教えることはない。どうやって断ろうかと考えていると、貴嶺の顔が浮かんだ。ここは、はっきり付き合っている人がいると言うべきだろうか。

すると、スマートフォンが控えめな音で、再びメールが来たことを告げた。

『また会いましょう。しばらく日本勤務です』

貴嶺らしい素っ気ないメールを見て、途端に気分が落ちる。

しばらく日本勤務だから何？　とモヤモヤした気持ちになる。素っ気ないメールはいつものことだけど、もっと言葉が欲しいと思うのは純奈のわがままだろうか。

だって、付き合っているのなら、『しばらく日本勤務です』の後にデートのお誘いとか、そういうのを言ってくれてもいいのでは、と思う。

釈然《しゃくぜん》としない気持ちのまま、もしここに貴嶺がいたらどうするだろうと考えた。メールみたいに、やっぱり素っ気ないのだろうか。気付けば純奈は、今の状況をメールしてしまった。

『隆介の同期の男の人に、メールアドレスを聞かれています。どう対処したらいいですか？　新生さんのことを言ってもいいですか？』

純奈には、急速に貴嶺へ傾《かたむ》いていく気持ちの自覚があるだけに、モヤモヤしてしょうがない。

こんなことしても貴嶺に純奈の気持ちは届かないかもしれない。そう思うと悲しくなって、ため息をつく。

何も言ってくれない、何もしてくれない。これって付き合っているって言えるのかな。これじゃ彼氏と思っていいのかすら、わからないよ。

「純奈、メール親からか？」

その時、隆介がそう言って、純奈に向かって軽く片目をつぶった。

どうやら隆介は、純奈に助け船を出してくれたらしい。もう帰っていいよ、ということだろう。隆介にとっても、純奈への同期の反応は予想外だったのかもしれない。

「あー、うん。そろそろ帰らないとダメみたい」

今は夜の九時くらい。この年だったら、まだ早い時間に入るだろう。

愛想笑いを浮かべて、スマホをしまおうとすると、電話の着信。見ると相手は貴嶺だった。

「えっ⁉　あ、ええ？」

先ほどのメールで、貴嶺のことを言っていいのか聞いたのは純奈だ。だけど、まさか直接電話をかけてくるなんて。というか、あんなメールを送ったから、電話してきたのだろうか。

どうしよう、と思っている間も電話は鳴り続ける。慌《あわ》てて通話ボタンを押そうとして、人前だったと思い出す。

「ごめんなさい、電話出ますね」

純奈は、一言断って電話に出た。

『今どこですか?』

すると、開口一番にそう言われて戸惑った。

「か、霞ヶ関駅の近くの、居酒屋にいますけど……あの、もう帰ります」

『今、霞ヶ関駅にいます。どこの居酒屋ですか?』

電話口の貴嶺の声は、いつも以上に硬くて素っ気ない。

「純奈、親だろ?　もう帰れよ、な?」

隆介がそう言って、帰りやすくしてくれる。純奈は内心の動揺を隠しながら、曖昧《あいまい》に頷いて席を立った。

「うん、ごめんね。もう帰らなきゃ」

そう言って財布を出そうとすると、隆介は払わなくていいと言った。純奈はそれに首を振って三千円渡す。

「今度奢《おご》って。じゃあ、またね、隆介、美穂」

バッグを持ち上げたところで、声をかけてきたのは隆介の同期の男だった。

「あの、メールアドレスを……」

純奈は笑みを向けて言う。

「すみません、失礼します」

純奈は頭を下げた。三人に背を向け、電話を手に持ったまま急いで居酒屋を出る。

そうして携帯の画面を見ると、いつの間にか電話が切れていて青くなった。

慌《あわ》てて電話をかけるけど、通じない。もしかしたら同時にかけているからかも、としばらく待ってみるが、相手からの着信はなかった。

「ああ……もう。なんで切っちゃったんだろう……」

今、別の男の人と一緒にいる、なんて言ったから怒ったのだろうか？　それとも、気持ちを確かめるようなメールを送ったのがまずかった？

必死に考えても、恋愛初心者の純奈には答えがわからない。

あんな貴嶺の声を聞いたのは初めてで、どうしたらいいんだろうと途方に暮れる。

居酒屋から少し離れたところで立ち尽くしていた純奈は、震える指でもう一度電話をかけた。今度はワンコールで貴嶺が出る。

「あ……よかった、出てくれて」

純奈が言うと、相手は冷静に純奈の名を呼んだ。

『純奈さん』

が、その声はすぐ近くで聞こえた気がした。歩いて辺りを見ようとすると、今度は頭上から声が聞こえてくる。

「待ってください」

驚いて振り向くと、そこに貴嶺がいた。

純奈はぽかんと目を丸くして、目の前の貴嶺を見上げる。

久しぶりに会う貴嶺は、黒っぽいスーツ姿で相変わらずイケメンだった。

少し髪が乱れているのに気付く。もしかして純奈を探してくれたのだろうか。

「松尾君の行きつけの居酒屋かと。当たりましたね」

「行きつけ？」

「俺も何度か松尾君と行ったことがあったので。メールアドレスは、教えたんですか？」

貴嶺は純奈をまっすぐ見つめて聞いてくる。やっぱり声が硬いと感じながら、純奈は首を振る。

「いいえ、教えてないです。隆介が新生さんの電話を親からの電話だろって言ってくれたので、お金払って途中で出てきました」

「そうですか」

相変わらず何を考えているか、よくわからない返事。ふと見ると貴嶺は小さなスーツケースを持っていて、本当に外国から帰ってきたばかりなのだとわかった。

「戻って、すぐにお仕事だったんですか？」

「明日、有休を貰《もら》ったので、今日中に報告書を書こうと本省に戻るところでした。報告書は、明後日《あさって》書いても大丈夫なんですけど」

そう言って純奈の髪の毛に軽く触れてくる。その手は、乱れた髪を軽く直してすぐに離れた。そういうことをされたことがない純奈は、ドキドキしてしまう。

そっと貴嶺を見上げると、彼の視線は純奈を見ていなかった。あれっと思ってその視線を追うと美穂と隆介、そして隆介の同期の男の人がいた。

「あ……」

隆介はバツが悪そうな顔をしている。美穂はと言えば、口を開いたまま貴嶺を見ていた。一人、隆介の同期がこちらに向かって歩いてくるのが見えた。

「彼氏、いたんですね。それならそうと、言ってくれればいいじゃないですか？　俺、バカみたいでしたね」

目の前まで来ると、男性が純奈を見てそう言ってきた。腹を立てている相手に対して、どうしていいかわからず、何度も瞬《まばた》きをしてしまう。

「すみません、私……あの……」

「加藤《かとう》、よせよ。純奈は悪くないだろ」

「でもさ……」

納得がいかないような顔をしているその人を見て、純奈は俯《うつむ》いた。

「純奈さんは、もともと男性が苦手でして。何か誤解があったなら、親戚として申し訳なく思います」

え？　と思って顔を上げる。加藤も意表を突かれたような顔をして貴嶺を見ている。

「は？　親戚？」

「ええ。俺と純奈さんは、二従妹《はとこ》なんです。仕事帰りに偶然彼女が見えたので、声をかけたのですが……こんばんは、松尾君」

そして貴嶺は、微妙な顔をして成り行きを見守っていた隆介に声をかける。

「松尾と知り合いですか？」

「ええ。松尾君と同じ海外邦人安全課に勤めている、新生といいます」

すると純奈を見る加藤の目から、鋭さが消えた。

「じゃあ、もしかして、参事官の？」

「いえ。元参事官です。今は何の肩書きもありません。純奈さんを許していただけますか？　大切な二従妹《はとこ》なので」

加藤は俯いて、気持ちを切り替えるようにため息をつくと頷いた。

「こちらこそ、失礼なことを言って、申し訳ありませんでした。失礼します」

加藤はそう言って、その場から立ち去る。隆介は純奈に、ごめんなと言った後、貴嶺に頭を下げて加藤を追って行った。

そうしてその場には、純奈と貴嶺と美穂が残される。

「純奈……この人が、例の彼氏になった人？」

「あ、う、うん、そう」

角を立てずにあの場を収拾してくれた貴嶺は、さすがだと思う。

でも、あれでは二人の関係はただの親戚でしかないみたいだ。

私達は本当に付き合っているの、という気持ちが、またムクムクと湧き上がってくる。

「めっちゃかっこいー……お付き合い未経験者にはこんないい男がやって来たりするんだね」

「……」

お付き合い未経験者は、今も続いていると思う。だって、お付き合いなんてまだちゃんとしていないし。

「初めまして、純奈の中学からの友達で芳川美穂って言います」

美穂の声がいつもと全然違う。それに、見たこともないような、キラキラしたよそ行きの笑みを貴嶺に向けている。純奈もこれくらいのことができれば、貴嶺にちゃんとしてもらえるのだろうか。

しかし、ちゃんとされたら、純奈もいろいろしなければならなくなって怖いし……でも、ハトコで済まされたくはないし。何やら、ぐるぐると無限ループにはまりそうだ。

「純奈は、名前の通り男慣れしてない女ですけど、よろしくお願いしますね。じゃあ、私はこれで。またいつか、ご飯でも、純奈と隆介と一緒に行きましょう?」

さりげなく誘ってる。さすが、モテ女。純奈は呆気《あっけ》にとられて、その様子を見ていた。

「時間ができましたら」

口元に少しだけ笑みを浮かべて、無難な返事をする貴嶺も上級者のように思えた。すぐにどうしていいかわからなくなる純奈と違って、二人はとても大人だ。

「じゃあ、純奈、またね！　新生さんも」

そう言って、にこにこと手を振って去って行く美穂を、純奈はただ見送っていた。


付き合っているはずなのに、ハトコだなんて紹介されて、デートにすら誘われないのは、きっと純奈に魅力がないからだ。

女子としてやっておくべき自分磨きをさぼってきたことを、盛大に後悔する。そんな自分を棚に上げて、純奈は貴嶺を試すようなメールを送ってしまった。

反省して落ち込んでいると、純奈さん、と声をかけられる。

「もう少し、食べられそうですか?」

「えっ?」

「実は、お腹空《す》いてるんです。ご飯、もう少し食べられますか？」

淡々と言われて、首を何度も縦に振る。

「緊張して、ご飯食べられなかったんです。だから私もお腹空いてます」

「そうですか。俺と一緒で、ご飯食べられます？」

さりげなく純奈の心を汲《く》み取って、きちんと聞いてきてくれる貴嶺の言葉が嬉しかった。

「も、もちろんですとも」

貴嶺は口元に笑みを浮かべて、じゃあ、と言ってスーツケースを持ち直した。

「お好み焼き、好きですか？」

その瞬間、ソースとマヨネーズがたっぷりかかったお好み焼きを想像して、お腹がグーッと鳴りそうになる。

「大好きです！　どんな感じのものですか？　関西風ですか？　タコ焼きとかありますか？　焼きそばなんかもありますか？　半熟卵がお好み焼きに挟まってたり、焼きそばの上にのってたりすると、もう感激するほど大好きです！」

思わず力説すると、貴嶺が何度か瞬《まばた》きをして、眼鏡のブリッジを押し上げた。

そうして、堪《こら》えきれなかったように顔を横に向けて笑う。

「……っふ」

付き合っている実感は持てないし、モヤモヤした気持ちもある。

でも、こうして純奈を見て笑ってくれたりすると、もうそれだけで、心が満たされていく。我ながら、バカみたいに単純だ。

「目の前で、好みに合わせて焼いてくれますよ。カウンターしかありませんが、そこでいいですか?」

「はい!」

「じゃあ、行きましょうか。ここからすぐです」

純奈は、小さいスーツケースを引いて歩く貴嶺について行く。すると、通りかかったショーウィンドウに、並んで歩く自分と貴嶺の姿が映った。

仕事帰りの貴嶺は、できる男らしくてカッコイイ。だから純奈はそんな彼の恋人に見えるように、次会う時はもっとおしゃれを頑張ろうと決意した。

「スーツケース、小さいですね。何日くらいの出張だったんですか?」

「三泊五日です。持っていくのは、換えのスーツ一着と、あとはシャツと下着くらいなので。女性はもう少し荷物が多いようですよ。男と違って化粧品などがいりますから」

「ああ、そうですね」

「ええ」

そうやって話している間に、古い一軒家に着いた。貴嶺は迷うことなく玄関を開けて入って行く。看板も何も出ていないが、中に入るとカウンター席の前に大きな鉄板のあるお店だった。

「あらまぁ、新生さん。お久しぶり。この間、遠山《とおやま》さんと古橋《ふるはし》さんがいらっしゃいましたよ」

ふくよかなオバサマがそう言って、笑顔で貴嶺を見上げてくる。

「遠山さんと古橋さんが一緒に？　良かった、食べに来なくて」

「仲野《なかの》さんもご一緒でしたよ。お二人に囲まれて、ちょっと小さくなってましたけど」

貴嶺はそれに笑みで答えてカウンターに座る。彼に倣《なら》って純奈も座った。

「可愛いお嬢さんね。新生さんが女性を連れてくるなんて初めてじゃない？」

純奈の目の前に熱いお茶とおしぼりを置きながら、オバサマがそう言うのを聞いて、貴嶺を見上げる。

「そうですね」

「新生さんのいい人？」

純奈がおしぼりで手を拭《ふ》いていると、さらにそんなことを聞かれていて、内心焦った。けれど、同じように手を拭いていた貴嶺は、淡々と答える。

「そうですね」

「あら、まぁ。今日は何を作りましょうか？」

「フルコースで。卵は半熟がいいそうです。あと、ビールも」

サラッと関係を認めた上で注文を済ませる貴嶺の横で、急にドキドキしてきた。さっきはハトコだと言ったのに、今はいい人。

「可愛い子ねぇ。新生さんの彼女さんなんて、嬉しいわ。ビールは私の奢《おご》りよ」

にこにこ笑っているオバサマは、貴嶺と純奈の前にビール瓶を置き、グラスを置いた。

なんだか、いままでのやり取りで、長く通っているお店のように感じた。そんなお店に純奈を連れてきてくれたことが嬉しい。それは、なんだか凄く特別のような気がした。

「ありがとうございます」

貴嶺は、遠慮なくと言って、ビール瓶を手に取り純奈へ向ける。

純奈はグラスを持ち上げた。すぐにビールが注《つ》がれる。

「あ、新生さんも」

「はい」

貴嶺が持ち上げたグラスに、純奈がビールを注いでいく。

そうして、二人で軽く乾杯をした後、純奈はビールを一口飲んだ。

「美味《おい》しい……」

身体に染み渡る感じがする。

「純奈さん、さっきはただ飲んでいただけですか？　松尾君の同期の彼は、他に何か言ったりしました？」

目の前の鉄板がジュージューいいだした。店のマスターらしきオジサマが野菜などを調理し始めたのだ。

「いいえ。本当にただ飲んでいただけです。それなのに、なぜかいろいろ聞かれて」

「そうですか。可愛いからでしょうね」

「えっ⁉　美穂の方が美人だと思いますけど」

「きちんと見てませんでした」

ええ⁉　あんなににこやかに会話してたのに、見てなかったたって……

「もう二度と、従妹《はとこ》だからとか、そういう方便は言いませんよ?」

ビールを飲みながら貴嶺にそう言われて、純奈は目を見張った。

だがそのすぐ後、貴嶺が頭を下げて謝罪の言葉を口にしたので、困惑する。

「すみませんでした」

「え?　あの……私が、悪かったと思うんですけど……」

純奈が戸惑いながら言うと、貴嶺は口元だけに笑みを浮かべて、軽く首を振った。

「俺が、忙しさにかまけて、あなたに何もしてこなかったから」

貴嶺の声が、先ほどと同じように少し硬くなっているのに気付き、もしかして怒っていたのではなかったのかもしれないと思う。

「こちらからお付き合いを申し込んでおきながら、定期報告のようなメールを送るだけになってしまって……これでは付き合っているとは言えません」

「あ……いえ、そんなこと……」

貴嶺は、今日まで純奈が感じていた悩みを、きちんと理解した上で謝罪してくれている。そんな彼の言葉に胸が詰まった。

「純奈さんが対応に迷ったのは、俺のせいです。すみませんでした」

そう言って、貴嶺は頭を下げてくる。本当に彼は、純奈を一喜一憂《いっきいちゆう》させる人だ。言葉は決して多くはないけれど、ストレートに伝えてくれる一言一言が、純奈には嬉しい。

「あの……もし次、ああいうことがあったら、彼氏がいるって言っていいですか？」

本当はこんなこと、貴嶺に聞くことじゃないのかもしれない。でも、何もわからない純奈に、貴嶺は真摯《しんし》な態度でまっすぐな言葉をくれた。なら純奈も、一人で悩まずに貴嶺に向き合うべきだろう。

するとと貴嶺は、彼氏ではなくて、と一度言葉を切って、純奈を見てくる。

「婚約者がいるから、と言ってください」

「え……？」

「婚約者がいるから、と言ってください。いいですか？」

「こ、こんやくしゃですか？」

結婚を前提に、というのは、つまり婚約者ということなのだろうか？

いや、でも。

純奈の少ない知識では、プロポーズをされて、「はい」と言ったら婚約者になるのでは、と思う。

いや、でも、しかし。

世間ではそうではなく、結婚を前提にした時点で、婚約者ということになるのだろうか。

ぐるぐると考え込んでいると、貴嶺がカウンターの上の純奈の手を握ってきた。

「はい。純奈さん、俺と結婚してくれますか?」

ジュージューと野菜を炒める音が聞こえる。その炒めているコテの音が聞こえなくなった。

純奈は目を見開いて、貴嶺を見つめる。

「目が、落ちそう」

「落ちませんよ! 落ちませんけど! 今、な、なんて言いました?」

「俺と結婚してくれますか? と言いました」

ゴクリと唾《つば》を呑み込んだ。

とても冷静ではいられず、純奈は目の前のグラスに半分以上残っていたビールをゴクゴク飲み干す。

「っぷはぁっ!」

唇を拭《ふ》いて、純奈はカウンターの上にあるビール瓶を手に取った。そして、空《から》になったコップになみなみと注《つ》ぐと、また一気に飲み干す。一気飲みは急激に酔いが回るが、飲まずにはいられなかった。

「よく飲みますね」

隣から冷静に声をかけられたが、純奈はとても冷静でなんていられない。

「そりゃ、飲みますよ！」

もう、この人いきなり過ぎるよ、と再びビールを注ごうとする手を、貴嶺に止められた。

「あんまり飲むと、お好み焼きが食べられませんよ？」

ビール瓶を奪われてしまったので、純奈は空のグラスをカウンターに置いた。

「ちょっと、お父さん、野菜焦げてますよ」

貴嶺のプロポーズを目撃してしまったせいか、カウンターの向こうで固まっていたオジサマに、オバサマが声をかける。

「お、おう。すまんかった」

純奈は目の前の二人を見る。目が合うと、微笑ましげな視線を向けられて、ますますどうしていいかわからなくなる。

「腹が立ったんですよ。柄にもなく」

「え……？」

そう言われて、純奈は貴嶺に視線を戻した。

「純奈さんに言い寄る男がいるってことも、二従妹《はとこ》だとお茶を濁《にご》した自分にも、凄く腹が立ちました。自分でも、本当に狭量だと思いますが、あなたは俺のものだと思ってしまいました。だから、本当に柄にもなく、出会って間もないあなたに、結婚して欲しいと思いました」

口数が少なく、いつも淡々としている貴嶺が、よく喋《しゃべ》った。

無口で、いつももっと何か喋ってよ、と思う人が、純奈に対して言葉を尽くしてくれている。

「まぁ、今日は新生さん、饒舌《じょうぜつ》ですねぇ」

貴嶺はハッとしたように目線をオバサマに向けると、手で口元を覆《おお》って俯《うつむ》いた。

何となく、恥ずかしそうというか、照れているように見える。貴嶺とはまだ、数えるほどしか会ってないけれど、確かに柄にもない感じ。でも、そこにとても好感が持てて、純奈は自然と笑みを浮かべていた。

「ありがとうございます」

純奈が頭を下げると、貴嶺はどこかバツが悪そうに、残りのビールをグラスに注《つ》いで飲んだ。

「返事が欲しいです」

返事と聞いて、純奈は途端に目を泳がせる。

ここで返事をしたら、つまり、あれだ。

チューの刑も、スッポンポンの刑も免《まぬか》れない。いや、もう全ての刑に処されることは間違いない。

結婚を前提に、という付き合いを了承した以上、遅かれ早かれ執行されることは決まっている。だけど、そうとわかっていても……

もう少し待っていただけないのだろうか、とテーブルに突っ伏した。

客は二人だけだが、店のオジサマとオバサマというギャラリーがいる。なのに、ここでプロポーズに答えなければならないのだろうか。純奈は頭を抱えて唸《うな》りたくなった。

こんな短時間で、人生を左右するようなことに返事をするのは、初めてだ。

「あ、後で、ご飯の後で、話を聞いてくれますか？　絶対に聞いてくれますか？」

すぐには顔を上げられず、机に突っ伏したままそう言うと、貴嶺に頭を撫《な》でられた。

その撫で方がひどく優しくて、ますます顔が上げられなくなる。

「聞きます」

「絶対ですよ？」

「ええ」

貴嶺の返事を聞いて、純奈はそろそろと顔を上げた。

「景子《けいこ》さん、ビールをもう一本ください」

「はい」

景子さんと呼ばれたオバサマは、にこにこしながら瓶ビールの栓《せん》を抜いて貴嶺と純奈の間に置いた。

純奈は空《から》のグラスにビールを注《つ》ぐと、気付け代わりに一気に飲んだ。

そうして口元を拭《ふ》くと、隣に座る貴嶺に向き直る。

「プロッ、プロポーズ、お受けしますっ！」

一息で言うと、純奈は、ふー、と大きく息を吐いて貴嶺を見上げた。

すると、純奈の左の髪を払うようにして、貴嶺が大きな手で頬を包んでくる。そんなことされたことがない純奈は、顔を熱くさせて固まった。

「ありがとう、必ず幸せにします」

それは、今まで見たことがないくらい優しい笑みだった。

誰もがときめくような、まぶしい笑顔。

大きな手に頬を包まれ、輝く笑顔で心臓を撃ち抜かれた純奈は、死にそうなくらいドキドキした。

耐えられずに俯《うつむ》くと、貴嶺は純奈の頬から手を離して、純奈の髪の毛を耳にかけてくる。なんでそういうことをサラッとしてくるんだろう、とドキドキしすぎて息が苦しくなってきたところで、お好み焼きが見えた。

お好み焼きを目の前の鉄板に寄せてくれたオジサマは、満面の笑みを浮かべて言った。

「新生さん、おめでとう！」

オバサマも笑顔で言った。

「おめでとう。良かったわねぇ、新生さん。ビール代、全部タダにしちゃう。どんどん飲んで！」

「ありがとうございます」

貴嶺が笑顔で二人に答える。純奈は恥ずかしくて、しばらく顔が上げられなかった。

6

「お腹いっぱいになりました？」

「凄くお腹いっぱいです」

箸《はし》を置いて時間を見ると、あと十分ほどで午後十一時になるところだった。

「景子さん、会計お願いします」

オバサマはにこりと笑って、計算を始める。

「新生さん、またいらしてね」

そう言いながら貴嶺に伝票を渡すので、純奈は慌《あわ》ててバッグから財布を出した。

それを見た貴嶺は、口元に少しだけ笑みを浮かべる。

「ビール代をサービスしてもらったので、安く済みました。財布、しまってください」

そう言って立ち上がり、スーツの上着を着る。

今日の貴嶺は、シャツは白地にやや濃いめのブルーストライプ。スーツは黒だと思っていたが、明るいところで見ると、濃いネイビーだった。ネクタイも同じネイビー。上着の下には、揃いのベストを着ている。シャツの袖口には、銀色のカフスボタン。

曲がりなりにも一流企業に勤めていた純奈だ。スーツはいやというほど見慣れており、そのスーツの仕立ての良さは一目見ればなんとなくわかってしまう。さらに、着こなし方や、手入れの良さなど……貴嶺は、その全部において百点満点。花丸付きだ。

「……さん、純奈さん？」

呼ばれていることに気付き、慌てて視線を上げる。

「帰りましょうか？」

「あ、は、はい！」

我ながら、返事をするのにどれだけかかってるんだろう。

「新生さん、お幸せに。今度は、奥さんとして連れて来てねぇ」

景子さんが、にこにこ笑って手を振る。

「そうですね。では、また」

貴嶺はガラリと音を立てて店の戸を開けると、先に純奈を出させてから自分も出る。

ここでも自然なレディーファースト。あまりのスマートさに純奈は天を仰いで目を閉じた。

「どうしました？」

声をかけられ貴嶺を見る。

「いいえ……」

「話を聞いて欲しいと言ってましたね」

「…………はい」

唾《つば》を呑み込み、覚悟を決める。

「二人で話ができるところに行きたいです」

「ここから三、四分ほど歩くと、俺の家ですけど。来ますか？」

「え、あ、わかりました」

「じゃあ、行きましょうか」

スーツケースを引いて歩き出す貴嶺の後ろ姿を見て、純奈はハッと目を見開いた。

なんて安易な返事をしてしまったんだろう！

こんな夜遅くに、一人暮らしの貴嶺の家へ行くだなんて。もしかしたら、そのまま終電がなくなってしまうかもしれない時間帯だというのに。

今頃になって、どうしよう！　と思っても、貴嶺はすでに歩き始めている。純奈がついて来ていないのに気付き、振り返って首を傾《かし》げてきた。

「どうしました？」

「いえっ！　なんでも！」

というか、嫁入り前の娘が男の家に上がり込んで、いいのだろうか。

そう思ってしまう純奈は古い？

自分にはない恋愛スキルを無理やり引き出そうにも、そもそも引き出し自体がなかった。

アレしてコレして、アレやってコレやって、と変な想像ばかり膨らんで、身体が震えてくる。

でも、話をしたいと言ってしまったし。

私、超ピンチかも！

心の中で叫びながら、純奈は貴嶺の後をぎくしゃくとついて行った。

そうしてしばらく歩くと、目的のマンションに行きつく。外観はグレーと白を基調とした綺麗なマンション。ところどころ、レンガっぽい造りになっていて、とてもおしゃれだ。

貴嶺はエントランスの前で待っていてくれた。外観に気をとられていた純奈は、小走りでエントランスへ向かう。

「す、すみません」

「いえ。どうぞ」

またもレディーファーストで、先にエントランスの中に入れてくれた。

エレベーターで十二階まで上がり、気付けば彼の部屋の前。

「どうぞ」

「は……はい」

中に入ると、貴嶺が鍵とドアロックをかけた。

その一連の動作を緊張しながら見つめていると、貴嶺と目が合い、首を傾げられる。

「どうしました？」

「いえ……はは」

家に上がって、貴嶺から少し距離を取る。初めて、独身男性の家に上がってしまった。

「どうぞ、中へ入ってください」

背をふんわりと押されて、家の中へと促《うなが》される。

あまりに自然で、そうされることが当たり前のように触れてこられるので、拒《こば》めなくて、かなり困るのだ。

貴嶺のマンションは、見たところ、1Kのようだ。でもキッチンと部屋がドアで区切られている。

「どうぞ座ってください。そこにあるクッションを座布団《ざぶとん》代わりにしてください」

ちょっと大きめのクッションが二つあって、純奈はとりあえず言われた通りに腰を下ろした。

室内には、驚くほど物が少ない。小さなテーブルの上にノートパソコン。そして、テレビとテレビ台。それにシングルベッドが一つだけ。失礼にならない程度に部屋の中を眺めていると、貴嶺から声をかけられた。

「何か飲みますか？　お茶のペットボトルしかないですが」

慌《あわ》てて貴嶺を見上げると、ネクタイの結び目に指を入れて解くところだった。こんな時間に男の人の部屋にいるというのに、男の人がネクタイを解くのは何ともいただけない。

「ああ、あの、いいえ、お構いなく！」

急いで貴嶺から視線を外し、そう答える。緊張感が戻ってきて身体が強張《こわば》ってくる。

しかし貴嶺は、冷蔵庫からお茶のペットボトルを二本取り出して、差し出してきた。

「さっき結構飲んだでしょう？　遠慮せず、どうぞ」

「……ありがとうございます」

そう言って貴嶺を見上げる。

「どうしました？」

「あ……いや、あの……なんか、この家、物が少ないなぁ、って」

貴嶺はああ、と自分の部屋を見回す。

「転勤が多いと、物を持てないので」

だから必要最低限のものしかないのだ、と説明された。

「そ、ですか」

貴嶺は純奈を見て口元だけに笑みを浮かべる。

「それで、話って、なんでしょうか？」

「え……？」

「話を、するんでしょう？」

話と言われて一気に現実に引き戻された。先ほどまで震えていた心が、蘇《よみがえ》る。

「そ、でしたね」

「結婚をして欲しいと言ったことに関してですか？」

もちろんそうだが、と思いながら目を閉じて、そしてテーブルに両手をついて、突っ伏した。

「純奈さん？」

どこか気遣うような声が聞こえて、頭にそっと手が触れる。その瞬間、純奈はガバッと顔を上げて、貴嶺から少し距離を置いた。

「あの」

「はい？」

「う、私、男の人と、お、お付き合い、したことないって、言いましたよね？」

「はい」

なんでもないことのように返事をされた。貴嶺的には、だからなんだというところだろう。

「わ、私にとっては、結婚を前提でのお付き合いも、結婚も、大変な出来事です。しかも、結婚を前提にお付き合い、って新生さんは言ったのに、お付き合いも何もしないうちに、プロポーズされて……」

純奈がどうにか言葉にすると、貴嶺は、そうですね、と言った。

そんな、さらりと流さないでほしいとくじけそうになりながら、純奈は思っていることを口にした。

「あの、できれば、きちんと時間をかけて、というか……ゆっくり行かせてほしいんですけど」

結婚を前提にするのはいい。だって、純奈だって貴嶺に惹かれている。

だから、正直に言った。結婚を考えているのだから、これくらい言ってもいいだろう。

これでいやな顔をされたら、とっても悲しいが。

「ゆっくり……そうですね。いきなり過ぎましたね」

貴嶺は少し俯《うつむ》き加減でそう言った。

「すみませんでした。純奈さんの気持ちを考えなくて。ずっと会えてなかったのに、性急過ぎましたよね」

わかってくれたみたい、と思ってほっとする。

ただ次の言葉で、その思いは消えてしまう。

「でも、できれば早く、結婚したいと思います」

目を見開いてしまった。

だって、今ゆっくり行きたいと言ったばかりなのに、なんで。

「目が落ちそう」

「落ちませんよ！」

「そうやって目が落ちそうなところも、好きです」

「す、すすす好き、って……目ダヌキですけど」

「目ダヌキが、好きですよ。そこが可愛いと思います」

「や、でも、私って、あの、大食いですし」

「食べないより、食べる人がいいです。見ていて気持ちがいい。俺も、食べるの好きです」

何を言っても冷静に返されて、追いつめられる感じ。とりあえず、お茶を飲んで落ち着こうと思ってペットボトルを開ける。一口飲んで、ギュッと目を閉じた。

「私、だから、そういうことしたことがなくて」

こんなこと言っちゃっていいのか、と思いながら口にする。しかし、これ以上なんと言っていいかわからない。

「ええ」

閉じた目を開けると、貴嶺がこちらを見つめていた。表情が変わらないからか、凄く余裕があるように見える。

「つまり、ですよ……あの……」

「キスは?」

いきなり核心をつかれて、純奈は俯《うつむ》いて首を振る。

「セックスは?」

そんなのしたことあるか！　と、思いっきり首を振った。

「手を繋《つな》いだことは?」

もういい加減に、こんな辱《はずかし》めはやめて欲しい。純奈は顔を上げて貴嶺を見た。

「だから、そういうの、何もしたことがないんですってば！」

肩で息を吐いて、なんてことを言わせるんだ、と泣きそうになる。

もうおしまいだ。こういう女は面倒くさいと思われるに決まっている。

そう思っていると、純奈の両手が大きな手に覆《おお》われた。そして、やんわりと純奈の手の下に大きな手のひらが入ってくる。

手をキュッと握られて、目を見開く。俯いていた顔を上げると、こちらを見つめる綺麗な目とバッチリ目が合った。

「あ、あにょっ！」

あの、と言いたかったのに、変な声になってしまった。

「はい」

「こ、こういうのも、本当は、む、むりというか……」

純奈にとっては、今まで誰ともしたことがないこと。大きな手と自分以外の体温から、どうしたって貴嶺を意識させられる。

今まで以上にドキドキしてしょうがない。顔が熱くなってくる。

「俺も、純奈さんも、お互いを知りません。でも、俺たちはきちんと話をして、相手を見て聞くことができる。だから、お互いを知っていくことができます」

相手を見て、話して知り合うことができる、お互いに。

「俺自身、いつもどこかに飛び回っていて、いろいろ上手《うま》くできていないことが多いと思います。でも、これからはできるだけ、あなたと会う努力をします」

真摯《しんし》に訴えられて、純奈は表情のあまり変わらない貴嶺を見つめる。

出張続きで連絡が取れないことを気にかけていたのは、むしろ貴嶺の方だったのかもしれない。凄く素っ気ないメールも、本当はいろいろ考えて、送ってくれていたのだろうか。そう思える真摯さが、目の前の貴嶺の視線と手の温もりから伝わってくる。

「遅い時間に電話をするかもしれません。迷惑をかけることもあるかもしれない。でも、あなたを知りたい。だから……」

純奈は黙って聞いていた。だから、と言った後、貴嶺が顔を伏せた。

「上手く言えません……すみません」

貴嶺が俯《うつむ》いたまま目を閉じ、それから顔を上げて純奈を見る。

返事をしなければ、と思う。

上手く言えない、と言いながらも、貴嶺は言葉をくれたのだから。

「私も、新生さんを知って、いきたいです」

純奈の素直な気持ち。そう、この新生貴嶺という人を知っていきたい。

「でも、私、いろいろ、知らないことが多くて……上手く、できないかもしれません」

言葉って難しい。こんなに悩んで心臓をバクバクさせながら言葉を口にするなんてこと、今までになかった。純奈も上手く言えない。

「俺と、知っていきませんか？」

「え？」

「純奈さんが知らないことです。俺と、知っていけばいい。こうして手を繋《つな》ぐこと、触れ合うこと、抱きしめ合うこと」

大きく息を吐く。貴嶺の言葉は、今までにないほど、純奈の心に浸透する。このドキドキが、本物なのだろうか。今まで想像でしか知らなかった、恋やその先の——

「全部、俺と経験してください」

貴嶺はしっかりと目線を純奈に合わせて、そして少し強く純奈の手を握った。

「喋《しゃべ》るのは苦手です。人との付き合いも、本当は下手《へた》です。今も上手く伝えられているか、わからない。俺は、人が考えるより、ずっと普通の男です」

そう言って笑みを浮かべる貴嶺は、本当にカッコイイ男に間違いなかった。

全てを貴嶺と経験する。知っていく。

いずれ誰かと知るかもしれないなら、それは貴嶺とがいいと純粋に感じた。

「よろしく、お願いします」

純奈は軽く頭を下げて、貴嶺を見る。

「はい」

肩で息を吐いて、大丈夫だと思った。この人となら、と。

汗ばんできた手を、そっと離そうとすると、ギュッと握られる。

「あの……?」

「はい?」

「手、離して……」

緊張して、手のひらが汗ばんでいる。手を繋《つな》ぐと、汗をかいてくるのだと知った。

「離したくないです」

視線を上げると、微笑む貴嶺とバッチリ目が合った。手の汗かき具合が、マックスになっていく。

「ゆっくり、行かせていただいていいでしょうか?」

焦ったように純奈が言うと、貴嶺は笑みをちょっとだけ消して、首を傾《かし》げて見つめてきた。

「それは……どうしましょうか」

純奈の手の甲を、貴嶺の親指が撫《な》でる。

「綺麗な手ですね。しばらくこうしていたいです」

「て、手の汗が、限界、ですっ。新生さん、気持ち悪くないんですか?」

「はい」

大きな手が、純奈の手のひらに、カリ、と爪を立てた。

その瞬間、なんだかゾクッとして、とっさに手を離そうとしたけれど、やんわりと捕まえられる。貴嶺は爪を立てた手のひらを、指の腹でゆっくり撫でてきた。

「こうして話して、さらに結婚したくなりました。どうしてでしょうね」

言いながら純奈の左手に、自身の右手を絡《から》めるようにして手を繋いでくる。

こんな手の繋ぎ方、したことない。汗が気になるから離してほしい。それに、さっきのあのゾクッとした感じを、繋いだ手から、また感じる。

「ひゃっ」

貴嶺の長い指に手首が撫でられた。純奈の服の袖の中に指が入ってきて、どうしようもなくドキドキする。身体が熱くなるような感覚に、瞬《まばた》きをして貴嶺を見上げた。

「こうやって触れられるのは、嫌ですか?」

首を傾げて、そう聞いてくる。

繋いだ手から、貴嶺の熱が伝わってくる気がした。心臓が痛いくらいに高鳴って、困る。

戸惑いながら、貴嶺から目が離せない。

「いや、じゃないけど、です……」

明らかにこの触れ方は、貴嶺が意図的に大人な触れ方をしている。これが一歩なら、かなりの進歩だ。でもちっとも嫌じゃない。相手が貴嶺だからだろうか。

「結婚、してくれますね？」

言った後、純奈の手の甲全体を、大きな手が包んだ。

「……はい」

唇が震える。今にも消え入りそうな声で答える。

貴嶺はそれを聞いた後、純奈の左手を引き寄せ、その手のひらに、軽くキスをした。

唇の感触はすぐに離れたが、その手を大きな両手が包んでいる。

ドキドキはさらに激しくなり、心臓が止まるんじゃないだろうかと思った。

身体の中から何かが込み上げてくるような、そんな変な感じさえする。

自分の身体の変化に混乱しながら、もう限界だと感じた。

「あの、はな、して」

指先が震える。

「怖がらせましたか？」

「い、いえ」

純奈が答えると、貴嶺は少しだけ笑って、包んでいた純奈の手をぎゅっと握った。

震えが止まるまで、ずっと。

これからはこの人とこうして経験していく。それを考えると、また顔が熱くなってきた。

でも貴嶺の手の温かさは心地いい。

この温かさをずっと感じていたい……そう思う純奈だった。

7

好きな人ができた。

今までにないくらい急激に惹かれてしまい、先日、想いのままにプロポーズして未来を約束した。

でも現実は、なかなか思うようにはいかない。

男慣れしていない彼女と、できるだけ会って距離を縮めたいのに――

「にゃお、辞令、貰《もら》った？」

同期の仲野桐瑚《とうご》が、自身の辞令を持って話しかけてきた。

「うん」

貴嶺は受け取ったばかりの辞令を見て、ため息をつく。

「今度はどこ？」

貴嶺のことをにゃおと呼ぶ桐瑚は、貴嶺と同じキャリア入省した大学時代からの親友だ。

「ドイツ大使館……しばらくの間、参事官に任命された」

少し前、上司の不興を買ってフランス大使館から本省勤務となった。陰で左遷《させん》と噂されているのは知っていたが、正直出世には興味がないし、このままでもいいかと思っていたところだった。それなのに、なんでまた出世コースに返り咲いたのだろうか。

「俺も、ドイツ大使館勤務」

外務省の廊下を桐瑚と並んで歩き出す。

「しばらく同じ場所で勤務できるな。にゃおと一緒に仕事ができるようになって、嬉しいよ」

貴嶺はその言葉に苦笑する。こっちは、しばらくドイツへ赴任か、と内心ため息だ。

「なぁ、にゃお」

「ん？」

「聞いたんだけどさ……お前、お好み景子でプロポーズしたらしいね？」

「情報早いな」

「この前、景子さんが俺にだけ教えてくれたんだ。それにしても、お好み焼き屋でプロポーズなんて、にゃおらしくないね」

らしくないと言われれば確かにらしくないが、貴嶺は自分の新たな面を発見した気分になった。それを引き出したのが純奈だと思うと、面映《おもは》ゆい気分になる。

「そうかな？」

知らず口元に笑みを浮かべて言うと、桐瑚は貴嶺をじっと見た。

「にゃお、結婚する？」

「そうだね」

純奈に結婚を前提にした付き合いを申し込んでおきながら、忙しくて会えずにいた。おまけにメールの上手《うま》くない貴嶺は、素っ気ない文章しか送れず、彼女を不安にさせていたらしい。

そんな状態だったにもかかわらず、純奈は貴嶺の拙《つたな》いプロポーズを受け入れてくれた。

「会わせてよ、彼女にさ」

桐瑚がそう言ってにこりと笑う。

「純奈さんに？」

貴嶺が聞くと、へぇ、と言って桐瑚が笑った。

「純奈、っていうんだ？　なんか、可愛いな」

桐瑚が確認するように、会わせてくれるだろ？　と言う。

「だって、朴念仁《ぼくねんじん》なにゃおが結婚するなんて一大事だよ。大学時代、どれだけの女を、袖にしてきたと思ってるんだ？　社会人になってからもさ。無口で、女が寄ってきても、にこりともしない。仕事のおかげで笑顔と会話はかなり上手になったけど、基本的に不器用さん。純奈さんは、そんなにゃおのことを理解してくれる女《ひと》でしょ?」

「どうかな?」

「え? 何、それ?」

プロポーズをした日、手のひらに軽く爪を立てただけで、真っ赤になった彼女。その初心《うぶ》さが、余計に貴嶺の男心を刺激したなんて思いもしないだろう。

あの時、思わずといったようにテーブルに突っ伏した彼女の胸の谷間が見えてしまった。その計算されていない仕草に煽《あお》られ、もっと触れたくなった。最初は手を繋《つな》ぐだけのつもりだったのに、手首に触れ、袖の中に手を滑り込ませた。本当は、さらに手を伸ばして彼女の柔らかそうな胸に触れたいと思ったが、触れてしまったらきっと止められない。ゆっくり行きたいという彼女を怖がらせないよう、自身の欲望を抑えるのに必死だった。

「一方的かも、俺が」

貴嶺は彼女のことが好きだ。でも純奈はまだ、そうではないだろう。

だから、不安になる。どうしてこんなに惹かれるのか、自分でも説明できないけれど、手に入れないと安心できない。純奈に対して、先走っている自覚はあった。でも純奈が欲しい、できれば早く。

それなのに、純奈とはすでに四日間も会えずにいる。会いたくても、仕事が終わるのが深夜近くだと、さすがに実家暮らしの純奈に会いに行くのははばかられる。

それに、まだ純奈の両親に正式な挨拶《あいさつ》もしていない。彼女にプロポーズをした以上、きちんと筋を通すのが男としてのけじめだろう。

しかし今の貴嶺は、どちらの時間も取れずにいる。おまけに、しばらくのドイツ赴任だ。

この仕事をしている以上、海外赴任は仕方がない。誰かがやらなければならないことだ。だが、今はもっと純奈と過ごす時間が欲しい。

自然と漏《も》れる重いため息を意識しながら、貴嶺は自分の仕事場へ向かうのだった。

☆
★
☆

その日の昼休み、両親にもドイツ赴任が決まったことを伝えようと、食事に出たついでに電話をかけた。

『ドイツ赴任？　まぁ、そう……いきなりね。純奈さんにはちゃんと話したの？　彼女、ドイツへついて来てくれるのかしらね？　ああ、でも、純奈さんドイツ語なんか話せないでしょうし……。いい貴嶺、しっかり話しなさいよ？　この前みたいに大切な話が流れたりしないように、誠実にちゃんと話すんですからね？』

ドイツへ赴任すると言っただけで、母のマシンガントークが始まった。貴嶺は目を閉じてそれが終わるのをじっと待つ。人気《ひとけ》のない場所で電話をかけているが、もし誰かいたら母の声が筒抜けだったことだろう。

「どうかな？　いきなり決まったこと……」

だから、きちんと話して、ついて来てくれるなら……と続けようとしたら、母に大声で怒鳴られた。

『何が、どうかな？　なのよ！　善は急げと言うでしょう。今日中に話しなさい！　この前みたいなすれ違いはダメよ！』

耳元で大きな声を出されて、顔をしかめる。

「純奈さんのことは、考えてるけど」

『嘘おっしゃい！　考えてたら、そんなにのんびり淡々と……もういいわ。とりあえず、早く話しなさい！　純奈さんのお母様から聞いてるわよ？　あなた、この前、純奈さんを家に泊めたそうね？　プロポーズもしたそうじゃない？　お母さんもお父さんも、そんな話聞いてないわよ？』

貴嶺はもう一度目を閉じて眼鏡を押し上げた。

本当に親は面倒くさい。貴嶺を心配してくれているのかもしれないが、正直、余計なお世話だと思う。

こういう時、親戚同士の横の繋《つな》がりというのはやっかいだ。純奈がペラペラ喋《しゃべ》るとは思わないので、もしかしたら外泊について問い詰められたのかもしれない。

「……何もしてません、純奈さんとは」

純奈を家に泊めたのは成り行きだ。

あの日、純奈が帰ると言った時には、すでに終電は行ってしまっていた。本来なら、その前に送っていくべきだったのかもしれない。

週末だったせいか、周辺のホテルも満室で、出ていこうとする純奈を無理に泊めた。

今思えば、タクシー代を渡して車で帰せばよかったと思うが、あの時はまったく考えが浮かばなかった。

もちろん何もしていない。ベッドを純奈に譲って、貴嶺は寝袋を使ってキッチンで寝た。そう母にも説明するが。

『純奈さんもそう言ってたわ。でも、世間にそれは通じないわよ？　結婚を前提に付き合っている男女が、プロポーズしたその日に同じ部屋で一夜を過ごして、何もしてないなんて信じられますか！　なるべく早く、婚約のご挨拶《あいさつ》に行きますからね。あなたは指輪でも買ってきなさい。純奈さんの左手の薬指のサイズは、七号ですってよ？　あなたが上海《シャンハイ》に行ってる間に、こちらでいろいろ進めてしまおうかと思ったけど、純奈さんがあなたと話し合うって言ってくれたから待っていたのよ。それなのに、あなたときたら、一体、いつ話し合うんでしょうね？　貴嶺』

母はきっと、あの後、貴嶺が出張で上海に行っている間に純奈と会ったのだろう。ますます純奈に対して、申し訳なく思った。

「ドイツ赴任のことは言う。とりあえず、放っておいて」

そう強く言って電話を切った。全ては自分の招いたこととはいえ、苦い気持ちが湧き上がる。

はぁ、とため息をつくと、貴嶺は気持ちを切り替え、別の番号に電話をかけた。

そして、その電話を終えると、足早に自分のデスクへと戻った。席で弁当を食べていた松尾が、貴嶺に気付いて、笑顔を向けてくる。

「新生さん、昼休み、もう終わりですか？」

「そうだね。今日は早く帰らないといけなくなって」

「もしかして、純奈と約束ですか？」

純奈の友人である松尾は、貴嶺と彼女の付き合いについても知っている。

「ドイツ赴任だそうですね？　純奈はついて行くんですか？」

そこで、貴嶺は彼が既婚者であるということを思い出し、ふと聞いてみた。

「婚約指輪は、どんなものが欲しいと思う？」

松尾は、弁当を食べる手を止めて、目を丸くして貴嶺をじっと見た。

「……純奈に、ですか？」

「もちろん」

「純奈、すっげ！　……ああ、えっと！　あいつ一流企業に勤めてたんで、かなり目が肥えてるんですよねぇ。男としては面倒なんですけど……ただ、純奈自身はこれと言ってブランドにこだわりはなかったはずです。つまり……プレゼントしたらなんでも喜びます。純奈、素直が服を着て歩いてるようなヤツなんで」

松尾の、素直が服を着て歩いてるヤツという、言葉に笑みが浮かぶ。

「目が肥えてるんだ？」

「そりゃもう。話のタネになるじゃないですか。仕事相手との。だから純奈、女性ブランドだけじゃなく、男性ブランドも男のファッション誌とかブランド雑誌を読んで勉強してましたよ」

そういえば、純奈は貴嶺のつけていた腕時計のブランドと発売年を知ってた。あれはブランドに興味があるわけじゃなく、仕事のために身に着けたスキルだったのか。

目が肥えている純奈に渡すのに恥ずかしくない、かつ彼女の細い指に似合う指輪をと考えながら、松尾に礼を言った。

「ありがとう。参考になったよ」

もしかしたら貴嶺が贈る指輪のブランドもすぐに言い当てたりして、と思うと内心笑える。

そして、貴嶺は頭の中に浮かんだブランドの店の場所を、調べるのだった。

☆★☆

「すみません、連絡していたより遅くなりました」

玄関で出迎えてくれた純奈に謝る。笑みを浮かべた純奈は、貴嶺にスリッパを出してくれた。

昨日、貴嶺は母への電話の後に、純奈へ連絡した。結婚の挨拶《あいさつ》をしに、明後日《あさって》の夜に伺《うかが》いますと。そして、その日の仕事をなんとか定時に切り上げ、純奈へ贈る婚約指輪と手土産《てみやげ》を用意した。

「いえ、あの……すみません。こちらこそ、なんか、いろいろ……その……」

純奈が両手を腕の前で合わせて顔を赤くする。

「俺が、悪かったんです。あの時は考えが至らなくて、申し訳ありませんでした」

本音を言えば、いまどきはそれくらい普通だと思うが、やはりけじめはつけなければいけない。

純奈を家に泊めたことが知られたことと、ドイツ赴任の辞令が下りたことが重なり、貴嶺の中で優先順位が変わった。私事《わたくしごと》で仕事を定時で上がるなんてことは初めてだったが、貴嶺にこの行動を起こさせたのは純奈だ。

純奈は、大きな目で貴嶺を見上げながら首を傾《かし》げている。そんな彼女に微笑みながら、早く純奈の心が貴嶺に向いてくれればいいのに、と思う。

「純奈！　上がってもらいなさい！」

純奈の母親の声が聞こえてきて、彼女は慌《あわ》てたように、どうぞと言った。

「お邪魔します」

リビングに通され、大きなソファーに座るよう勧められる。しばらくすると純奈の父親が現れたので、貴嶺は立ち上がって頭を下げた。

「はじめまして、夜遅くにすみません。新生貴嶺です」

つい癖で右手を差し出すと、純奈の父親は驚いたような顔をした。ここは日本だったと思って手を引こうとすると、相手から強く握られた。

「はじめまして、純奈の父です。どうぞ、かけてください」

貴嶺はもう一度頭を下げて、ソファーに座る。そして、正面のソファーに座る純奈の父を見た。純奈は父親似なのか、目の丸いところがよく似ている。

貴嶺の隣に純奈が座ったところで、貴嶺から話を切り出した。

「まずは、先日、無断でお嬢さんを私の家に泊めてしまい、申し訳ありませんでした」

貴嶺が頭を下げると、純奈の父が慌てたように首を振る。

「いやいや！　頭を上げてください。私も悪かったんです。純奈がどこに泊まったのかガンとして言わないもんだから、無理に聞きだしてしまって……」

「いいえ。遅くまで付き合わせてしまったのも、帰ると言った純奈さんを引き留めたのも私です。本当に軽率でした。申し訳ありません」

貴嶺がもう一度頭を下げると、いやいや、と言って純奈の父も頭を下げた。

「謝らないでください。そんなに気にされなくても大丈夫ですよ」

そう言って笑ってくれたので、少しほっとした。貴嶺は改めて居住まいを正し、口を開いた。

「本日は、正式にお許しをいただきたいと思いまして、ご挨拶《あいさつ》に伺《うかが》いました」

「正式にお許し、ですか」

「はい。純奈さんとは、結婚を前提にお付き合いさせてもらっています。まだ出会って間もないですが、先日、彼女にはプロポーズを受けてもらえました」

貴嶺はできるだけ笑顔を意識して、純奈の父を見た。彼は落ち着かなさそうに、何度も瞬《まばた》きをしている。その様子が純奈と重なり、親子だなと思う。

「お嬢さんを、私にください。お願いします」

そう言って、貴嶺は深く頭を下げた。純奈は何も言わず、隣で同じように頭を下げている。ちらりと視線をやると、少し指先が震えているような気がした。

「いや！　頭を上げてください！　ウチの娘なんかでよければ、どうぞ持って行ってください」

望んだ答えを貰《もら》えて、ほっとする。貴嶺は頭を上げて純奈の父の顔を見ると、もう一度、礼を言いながら頭を下げた。

「ありがとうございます」

そうして隣の純奈を見ると、口をぽかんと開けていた。大きな目を零《こぼ》れんばかりに見開いている。

貴嶺の視線を感じたのか、慌《あわ》てて口を閉じ、赤くなって視線を泳がせる。

「いきなり会社を辞めて、家でゴロゴロしているような娘ですが、よろしくお願いします」

純奈の父が頭を下げたので、貴嶺もまた頭を下げる。

「こちらこそ、よろしくお願いします」

「新生さんみたいな方と結婚できるなんて、娘は幸せですよ。これからは、私のことも父親だと思ってくれれば嬉しいですね」

笑いながらそう言うのを聞いて、貴嶺も口元に笑みを浮かべる。

「はい、お義父《とう》さん」

どうにか上手《うま》く、純奈の両親に挨拶できたようだ。

「あ、私のことも、母親だと思ってね、貴嶺君」

「はい、お義母《かあ》さん」

今まで席を外していた純奈の母親が、笑顔でリビングに入ってくる。純奈の両親が二人とも笑みを浮かべているのを見て、貴嶺はほっとして肩の力を抜いた。

「貴嶺君、お夕飯は？」

純奈の母から聞かれて、答える。

「職場から直行したので、まだです」

「じゃあ、食べて行って。できるまでもう少しかかるから、純奈と部屋で待っててくれる？」

そう言われて、純奈を見ると、目が合った。

「よ、よかったら、食べていってください」

純奈が言うので、返事をする。

「では、お言葉に甘えて」

「じゃあ、あの、私の部屋は二階なので」

純奈が立ち上がるのを見て、貴嶺も立ち上がる。

「失礼します」

純奈の両親に軽く頭を下げてから、純奈の後をついて階段を上った。

彼女の部屋は六畳ほどの部屋だった。シングルベッドと、床に敷いたラグ。四本脚のテーブルの上にピンク色のノートパソコン。

「狭くてあんまりキレイじゃないですけど。えっと、このラグ、ホットカーペットなんで、ここに座ってください……」

座布団《ざぶとん》を置いてくれたので、そこに座ると、純奈は貴嶺から少し離れた場所に座った。その距離に、内心ため息が出る。この距離が今の二人の心の距離だ。

貴嶺は、自《みずか》ら座布団を動かすと純奈との距離を詰めた。彼女は丸い目を瞬《またた》かせて貴嶺を見上げてくる。

「純奈さん」

「は、は、はい？」

自分の部屋だというのに、純奈の返事はどこか緊張している。貴嶺が近づいたからだろうか。

「元気でしたか？」

「はい。……あの、父と母への挨拶《あいさつ》、ありがとうございました」

純奈が頭を下げたので、首を振った。

「いえ。本当は、もっと早く挨拶に来るべきでした。純奈さんは、これで良かったですか？」

「え？」

「ご両親に結婚の挨拶をしてしまって、です。俺はあなたと、結婚する気なんですが」

先ほど感じた純奈との距離もあって、こちらの気持ちばかりを押し付けているのではないか、と貴嶺は不安に思う。

「私も、そのつもり、です……。あの……私、この間から挙動不審っていうか……今まで、男の人と二人っきりになることなんて、無かったので。ごめんなさい、まだ慣れなくて」

ぺこりと頭を下げてくる。彼女が自分と結婚するつもりだと聞いてほっとした。

「俺の、独りよがりになっていないかと、ずっと心配していたんです」

「いえ、そんなことは！　私もちゃんと、結婚したいって思ってます。だから、あの、挨拶《あいさつ》、嬉しかったです」

そう言って微笑むのを見て、自然と身体が動いた。手を伸ばして純奈の髪の毛に触れる。純奈は途端に顔を赤くして、目を伏せた。初々《ういうい》しい彼女の仕草が、とても可愛くて貴嶺は好きだ。

「サイズが合うといいんですが。婚約指輪を、受け取っていただけますか？」

驚いたように顔を上げて、純奈は目を丸くする。

「こっ！　こんにゃくゆびわ⁉　えっ⁉」

内心で、貴嶺は笑ってしまった。でも表情の乏《とぼ》しい自分は、微笑んでいるくらいにしか見えないだろう。純奈は今、かなりテンパっているようだ。

ブランドロゴが入った赤い袋から箱を取り出して差し出すと、純奈はさらに目を大きく見開く。

「かっ、かっ、かるっ⁉　えっ⁉　そ、そんな……本当に？」

「可愛いデザインで、純奈さんに似合うと思います。開けてください」

純奈は両手を握りしめた後、震える両手で赤い箱を受け取ると、ゆっくりと蓋《ふた》を開けた。瞬間、瞬《まばた》きを忘れたように目を見張って、ポカンと口を開けた。

その一連の様子が面白くて可愛くて、貴嶺は笑みを浮かべて純奈を見守る。

「バ●リーナ、パヴェ……パヴェ！　せ、先輩のより、石が、お、大きい……」

やっぱり知っていたか、と思いながら、確かそういう名前だったと記憶を探る。

親友曰《いわ》く、不器用で、気の利いたことができない貴嶺だ。だから、店員に相談して、純奈の細くて綺麗な指に似合うようなデザインを、と思って選んだ指輪だった。

「さすが純奈さん。よく知ってますね」

一目でわかるなんて、さすがによく知っていると感心した。

「付けてもらって、いいですか？　サイズが違っていたら、交換してきます」

「えっ⁉」

そのまま固まった純奈は、大振りのブリリアントカットのダイヤを小粒のダイヤが取り囲んだ指輪をじっと見る。

「指紋が、付いちゃいますけど……？」

「……指紋？　それが、なにか？」

おかしなことを言うなと思いながら、純奈が両手で持っている箱から指輪を取り出す。

「ああっ！」

「はい？」

取り出した途端、純奈が慌《あわ》てたような声を上げたので首を傾《かし》げる。

気を取り直した貴嶺は、純奈の左手を取るとその薬指に指輪を嵌《は》めた。

「きつかったり、緩《ゆる》かったりしませんか？」

「…………はい」

純奈はパチパチと何度も瞬《まばた》きをして、薬指に嵌まった指輪を見ている。

思った通り、指輪は純奈の細い指によく似合っていた。

「よく似合います」

純奈に笑みを向けると、赤くなって俯《うつむ》いた。

「あの……あ、ありがとうございます。う、嬉しいです」

そんな純奈を見て、貴嶺は言わなければならないことを言う。

「実は、報告があるんです。しばらくの間、ドイツ赴任が決まりました」

すると、口をぽかんと開けて純奈が貴嶺を見てくる。

「え？　あの……？」

「実は、それもあって、早く正式に婚約をしたかったんです。ゆっくり進めたいという純奈さんには、本当に申し訳ないと思っています」

ドイツへ付いて来てほしい、とは口に出せなかった。純奈の心がもう少し貴嶺に近づいていたら確実に言うのだが、今はまだ早いような気がする。

赴任期間は未定で、半年まではかからないだろうが、確実に三ヶ月はいることになるだろう。できれば、この状態で彼女と長く離れたくはないのだが、純奈の気持ちを考えると無理強《むりじ》いはできない。

「こちらの都合でことを急がせてしまって、本当にすみません」

貴嶺はそう言って純奈に謝った。

「ド、ドイツって、ドイツですか？」

貴嶺から離れた純奈は、戸惑ったように見上げてくる。戸惑うのも当然だろう。結婚をして欲しいと言った男が、両親に挨拶《あいさつ》をして指輪を贈った直後に、しばらく日本を離れると言うのだ。

「しばらく離れますが、許してください」

彼女を早く自分のものにしたいという気持ちは消えない。貴嶺にとって、あまり望ましいことではないが、いたしかたない。

そうして話し終えたところで、一階から純奈と貴嶺を呼ぶ声が聞こえた。

「ご飯、できたようですね」

「そう、ですね……」

「行きますか？」

「……はい」

純奈の母の料理は美味《おい》しかった。煮物中心のおかずだったが、味がしっかりしていてご飯が進む。

よく食べる純奈の箸《はし》が、あまり進んでいなかったことが、少し気がかりだった。

8

婚約指輪を貰《もら》った。

初めて貴嶺と出会ってから、一ヶ月半。お付き合いを申し込まれてからは、まだ一ヶ月も経っていない。

「純奈、指輪、ちょっと見せてぇー」

母の嬉しそうな、どこか羨《うらや》ましそうな声が聞こえて、純奈は玄関からリビングに戻る。

婚約指輪を贈ってくれた彼は、明日も仕事だからと一時間程度で帰って行った。しかも、次の仕事先はトルクメニスタンという国らしい。地理に疎《うと》い純奈は、トルクメニスタンってどこ？　というレベルだ。

「さすが、新生家の貴嶺君ねぇ。こんな素敵な婚約指輪、初めて見たわぁ」

「よかったな、純奈。嫁に行くことができて」

「それにしてもねぇ、この時期にドイツへ赴任なんて……遠距離ねぇ。でも、官職付きで行くくらしいわよ？」

「あの若さで？　凄いじゃないか！」

リビングのソファーでそう話しながら、でもなぁ、と父が言う。

「ドイツか……。何年か行くんだろう？」

「……よくわかんない」

純奈が言うと、母はため息をついた。

「ついてきてほしいって言われた？」

「それは、言われなかったけど……」

ついてきてほしいとは言われなかった。この場合、純奈は、一体どうすればいいのかわからない。貴嶺が戻ってくるのをただ待っていればいいのだろうか？

「ちゃんと詳しいこと聞きなさいね。明日から外国に行くっていうから、今日は深く聞かなかったけど……」

「何年か行くのなら、ついて行くのが筋だろう。結婚するんだから」

父に言われて、うん、と歯切れの悪い返事をすると、呆れたようにため息をつかれた。

「貴嶺君は外交官だ。これからも、外国に赴任することはあるだろう。彼と結婚すると決めた以上、きちんと赴任先について行きなさい。純奈は妻になるんだから」

一度も外国に行ったことのない純奈は、はっきり言って不安しかない。

でも、父の言う通り、結婚をすると決めたのだから、ついて行くのが筋だろう。というよりも、貴嶺と離れている方が不安だ。

貴嶺のことを好きになってきているのに、離れて暮らすのは悲しい。これから二人で知り合っていこうと言ってくれたのに、純奈は彼のことをまだ何も知らない。

「わかった。今度、新生さんとちゃんと話す。ついて行く、って言うね」

両親もわかったように頷いてくれた。

「部屋に行くね」

純奈は立ち上がって、自分の部屋に戻ってドアを閉める。

そしてベッドに座って、左手の薬指に嵌《は》まった指輪を見た。どうしてもいたたまれず、ベッドにうつ伏せになる。枕に顔を埋《うず》めて、独り言をこぼした。

だって、言わずにはいられなかったのだ。

「びっくりするよ、いくらなのよ、このリング！　しかも、お嬢さんをくださいって、お父さんに言った！　こんな短期間でどうしてあんな美形イケメンが私みたいな目ダヌキを気に入ったのよ⁉　もちろん嬉しいけど！　嬉しいんだけど、男の人と付き合ったことがないって、何もしたことがないって言ったのに！　ゆっくり行きたいって言ったら困るって言うし！　しかも……ドイツに行くって、なんで⁉　いきなり過ぎるよ！　私もドイツに行けってこと⁉　いや、行くけどね！　行くんだけど！　もっと話してよ、新生さん！」

わーん、と盛大に独り言を言いまくって、純奈は左手の薬指を見る。

指輪に嵌まったダイヤモンドは透明度が高く、部屋の電気の光の下でもキラキラ光っていた。

こんなものをくれるなんて、もう、純奈はお手上げだ。

「あの、凄く素敵で優しいイケメンが……目ダヌキで男を知らない私を好き？」

あぁー、と変なうめき声を出し、ギュッと目を閉じる。

「もう、無理。結婚しないと。いやするけど、するつもりだけど。いや、あの人なら全然してもいいし、した方がいいし、手を握られても全然嫌じゃなかったし、好きになっていると思うし、いいけど！　いいんだけど……‼」

何だか泣きそうな気分。

「キスってどうするの……セックスって、私は何をすればばっ……！」

もうこれは、誰かに聞くしかない。キスもセックスも経験があって、こんなことを聞けるような相手は親友の美穂しかいない。

「美穂……美穂！」

純奈は焦って、スマートフォンを取り出す。それから美穂の電話番号を出して通話ボタンを押した。

数コールで美穂が出てくれた時、救いの神様に繋《つな》がった、と心から思ってしまった。

☆★☆

「純奈、……男の家に泊まってマジでなんもしてないの？」

「えっ……？」

なんもしてないの？　と聞かれて、手を握られたことを思い出した。それに袖口から貴嶺の綺麗な指が入ってきたことと、手のひらにキスをされたことを思い出す。

「て、手、握られただけ……」

「そんなんで顔赤くしないでよ。結婚するっつう男女が一つ屋根の下に二人きりなんて、普通なんかあるでしょ？　マジでそれだけ？」

力一杯頷くと、はぁ、とため息をついて、美穂はドリンクを飲む。

「まぁ、いいや」

ファミレスの一角、禁煙席の一番端《はじ》っこで、ドリンクを飲みながら声を抑えて言う。

「男の家に泊まる。イコール、セックスしてますって誤解されてもしょうがないよ。それに、家に泊まるってことは、相手にも期待させるってことじゃん。新生さんも可哀想だわ。もう、早く嫁に行ったら？　純奈」

「だから！　……それに伴うアレコレをどうしようって話でしょ！」

言いながら、本当に泣きそうだ。なのに美穂はため息をついて、首を振る。

「知らないよ。あんなイイ男がさ、エッチなことに不慣れなわけないから、任せとけば？　やることとなんて誰だって一緒だし、テクなしには見えなかったから平気だって。純奈の、E65カップの胸を見たら、超真面目《まじめ》な童貞君でも勃《た》つからさ」

勃つから、と聞いて、純奈はテーブルに突っ伏す。

「あ、胸の谷間見っけ。そうやって突っ伏すのはいいけど、服考えてしたら？　胸の谷間見えるよ？」

ガバっと起きて、純奈は服の胸の辺りを引き上げる。

貴嶺の家に泊まった時も今日と同じ服を着ていた。もしかして、貴嶺にも見えていた……？

服の胸元を握りしめて、真っ赤になって固まる。

「新生さん、一晩よく耐えたよねぇ。襲われても文句は言えないだろうに。どうする？　純奈で処理してたら？」

貴嶺を思い浮かべ、処理という言葉から連想するアレコレに純奈の許容量はパンク寸前だ。

「しょ、しょり……なんの？　やめて……！」

「誰もが通る道なんだから、もう観念したら？」

「だって……！」

「男と付き合えば、誰だって初めてがあるわけ。確かに私は経験者だよ？　でも、男が違えば、その人とは初めてになるの。もちろん私だって自信なんかないし、恥ずかしいよ？　普通に」

でも、と思いながら下唇を噛む。

「一度やってしまえば、二度目の人は割と平気って、美穂言ったじゃん……」

カラカラと音を立ててメロンソーダをかき混ぜて、純奈は目を泳がせる。

「言ったかもね……でも、恥ずかしいのは本当だよ。だって、相手の前で足を開くんだから当然じゃない？」

しばらく脳が停止した。そして、貴嶺の前で足を開いている自分を想像する。

自分でも見たことがない場所を貴嶺に見られて、そしてそこに……

「……あ、ああ、むりぃ……」

　思わずまたテーブルに突っ伏して、本気で泣きそうになる。

「あれだけハイスペックなイケメンに、教えてもらえるなんて光栄じゃない。頑張れ、純奈！」

　相談は、頑張れの一言で終わってしまった。結局、何の参考にもならない。

「それにしても、隆介遅いね。今日は早く仕事上がれるって言ってたのに」

　美穂は隆介も誘っていたらしい。クラス会を境にまた頻繁《ひんぱん》に会うようになった。純奈としては嬉しいのだが、隆介の奥さんは怒らないのだろうかと心配になる。

　そんなことを考えながら顔を上げると、ファミレスの入り口から隆介と知らない男の人が入ってくるのが見えた。

「まーた、誰か連れて来た。……ああ、でも、新生さんと違ったタイプのイケメン。わー、カッコイイ！　純奈、見て見て」

　見てます、と思いながらこちらに歩いてくる隆介たちを目で追う。席まで来ると、隆介はなぜか苦笑いを浮かべ、見知らぬイケメンはにこり笑った。

「こんばんは……どっちが、純奈さん？」

　瞬《まばた》きをして手を上げると、彼は純奈を見て爽《さわ》やかに笑う。

　貴嶺は目鼻立ちがはっきりしていて、パーツの整った正統派のイケメン。でも目の前の彼は、端整な中にも、ちょっと崩れたワイルドさのあるイケメンだった。

「なによもう、また純奈狙いの男連れてきたの？　いい加減にしろ、隆介！」

美穂がそう言って隆介を殴る仕草をする。

「や！　違うし！　俺が連れてきたわけじゃないって……新生さんの同期で、仲野桐瑚さん」

「あなたが美穂さん？　隣に座ってもいいですか？」

「はい、もちろんです」

了承した美穂の隣に座った仲野という人は、斜め向かいにいる純奈を見てにこりと笑う。純奈の隣には隆介が座った。

「君がにゃおの、婚約者かぁ」

「………は？　にゃお？」

何を言われたのかわからず目を丸くすると、仲野が笑みを浮かべて説明した。

「新生のこと。にーおって、猫の鳴き声みたいでしょ？　だから学生時代から、にゃおって呼んでるの」

貴嶺はそう呼ばれて、どんな反応をするのだろう。普通に振り向くのか、それとも、やめろと言うのか。どちらかというと普通に振り向きそう。そんなことを想像したら、可笑《おか》しくなった。

「可愛いですね、にゃおって呼び方」

「実際、にゃおは可愛いとこあるけどね」

にこっ、と笑って純奈をじっと見てくる。そして、その顔のまま言った。

「にゃおが言ったほど、可愛くないね」

パチパチと瞬《まばた》きをして、純奈は頷いた。

「そうですね。そんなに可愛くはないと思います」

「嘘。可愛いよ。にゃおに会わせてって頼んでも会わせてくれないから、松尾君に頼んじゃった。突然ごめんね、純奈さん」

いきなり可愛くないね、と言われたり、謝られたり、彼の真意をどう取ればいいのだろう。

「にゃおが今、どこにいるか知ってる？」

「あ、はい……えーっと……と、とる、とるく？」

「トルクメニスタン」

「そう、そこです！」

馴染《なじ》みのない国名で、すぐにぱっと出てこない。

「にゃお、ドイツ赴任ギリギリまで帰って来ないかも。ちょっと難しい交渉頼まれたみたいだし……」

仲野がそう言うのを聞いて、横から隆介が口を挟んできた。

「仲野さん！　それは守秘義務では？」

「言ったってわからないさ。だって、純奈さん、にゃおの仕事について知らないだろ？　仕事ぶりも。ねぇ、松尾君」

隆介は肩で息を吐いて、純奈を見て仲野を見る。

「たとえ難しい交渉が絡《から》んだとしても、新生さんは予定通り帰ってきます。今までも、期限内にきちんと成果を出して、予定より早く帰って来てますし、赴任ギリになることはないかと」

「松尾君、にゃおの能力の高さ、よくわかってるね？」

「もちろんです」

「そんなにゃおがさ、こんなに早く婚約を決めたことに興味があるんだよなぁ。俺、にゃおが結婚を決める時はさぁ、きっといろいろ計算した上でベストな選択をするんだろうって思ってた。あとは外務省的な意識と理解と周りの認識？」

最後がよくわからないが、つまり純奈は「なんで貴嶺がお前なんかと結婚するんだよ」と言われている？

「それこそ、私が一番わかりません。今度、新生さんに聞いてみたいと思います」

「どうしてにゃおが計算して結婚すると思ってたか、聞かないの？」

意味ありげな表情を浮かべてそう言われて、純奈はまた首をひねる。

「なんでですか？」

聞かないの？　と言われたので、聞いてほしいのかと思って聞き返す。

「にゃおは、同期の誰よりも早く高い官職についた。本人は出世に興味はなかったみたいだけど、外交官としての能力が高かった。交渉術は緻密《ちみつ》で計算されていて、どんな難しい交渉もまとめてみせる。そんなにゃおだから、結婚も淡々と自分の利になるような、それなりの家の娘、もしくは外国人とすると思ってた」

外国人との結婚は、確かに貴嶺に似合いそうだと思った。それにしても、結局のところ、この人は何が言いたいのだろう。

「つまり、私じゃ、ダメだという……？」

「ううん、別に。にゃおが好きで選んだ人なら誰でもいい。ただ、ちょっと意外だっただけ」

にこっ、と笑って純奈を見てくる仲野の視線を受け止め頷く。

「仲野さんは、私じゃ不満なんですね？」

面と向かってそう言われるのは、気分のいいものではないけれど、そう思う人がいてもおかしくない。

だって、貴嶺が純奈を選ぶなんて自分でもまだ信じられないし。

「うーん、不満っていうか、俺、にゃおのこと愛してるし、大好きだからね。思うところもあるわけさ」

「…………えっ？」

「だから女と結婚するなら、幸せになって欲しいんだ。それだけのこと」

皆が目を丸くして、仲野を見た。

「愛してるし、大好き？」

ごくりと唾《つば》を呑み込んで、純奈は仲野の言った言葉を繰り返す。

「そうだよ。俺、にゃおのことが、ずっと好きなんだ」

隆介を見ると、隆介も驚いたような顔をしている。

つまり仲野は、貴嶺に、恋を？

だったら、いきなり出てきて婚約などした純奈のことが面白くないのも当然だろう。

「メールアドレス教えて、純奈さん」

「えっ？」

「メルアド、教えて。にゃおが帰ってきたら、一緒に飲みに行こう？」

イケメンがにこりと笑って、携帯電話を出す。

その携帯電話は、スマートフォンではなく、ガラケー。

しかも貴嶺とおそろいの携帯に、純奈の乙女心がちょっと疼《うず》いた。

貴嶺のことをにゃおと呼ぶ、ライバルかもしれないイケメンの登場に、ポッと出の純奈は分《ぶ》が悪いような気がした。

☆　★　☆

それから四日後、本当に仲野から飲みに行こうとメールが届いた。

指定された場所はやはり霞ヶ関で、純奈の知らない店だった。

中に入ると、個室のようになっていて、仲野はすでに席に座って飲んでいた。

「こんばんは」

「こんばんは、純奈さん。どうぞ、何飲む？」

「あ……えっと、ビールを」

席に座ると、手際よくビールを頼んだ仲野は、純奈を見てにこりと笑う。

「もうすぐ、にゃおも来るよ」

「え……？　新生さんが？」

「手こずるかと思ってた仕事、難なく終わらせてきたらしい。にゃおらしくて嬉しかったね」

すぐに純奈のビールと、仲野が頼んでいたらしい料理がやってくる。

「新生さんは、隆介……松尾君の言う通り、仕事凄く、できるんですね」

「当たり前。俺は、にゃおを目指してるんだから」

そう言って笑う仲野も、本当にイケメンだ。イケメンの周りにはイケメンが集まるものなのだろうか?

「い、いつから新生さんのこと好きなんですか?」

ここ最近ずっと考えていたことを、思い切って聞いてみた。固唾《かたず》を呑んで答えを待つが、答えはなかなか返ってこなかった。

「うーん、と……」

仲野ははぐらかすような笑みを向ける。そして、純奈から視線を外したかと思うと、ぱっと表情を輝かせた。

「にゃお、こっち!」

その、輝くような笑顔は、なんやねん。思わず心の中で関西弁の突っ込みを入れる。

店の入り口には貴嶺がいて、純奈を見て驚いた顔をしていた。

「純奈さん……? どうして、桐瑚と?」

貴嶺は純奈がいることを知らされてなかったようだ。足早に席にやってくる。

「俺が無理に知り合いになった。邦人課の松尾君の伝手《つて》で。だってにゃお、全然紹介してくれないし」

ため息をついた貴嶺は、この間と同じスーツケースを持っていた。店員にスーツケースを預けると、仲野の隣に座った。

「この仕事が終わったら、紹介するつもりだった」

「難しい案件だったのに、早く片付けて来たね」

「まあ、なんとか。それより、勝手に純奈さんと知り合いになってるなよ」

貴嶺がどこかむっとした様子で文句を言う。こういう顔もするんだな、と思った。

「あの、私、大丈夫です」

するとと眼鏡のブリッジを押し上げ、貴嶺が気遣わしげに純奈を見てくる。

「ほら、純奈さんも大丈夫って言ってる」

「お前が言うことじゃない」

あからさまにため息をついた貴嶺に、仲野がお猪口《ちょこ》を渡して日本酒を注《つ》ぐ。

「にゃおの好きな銘柄。美味《うま》いよ？」

「誤魔化すな」

貴嶺は日本酒を飲んだ後、目の前の純奈に申し訳なさそうに声をかける。

「すみません。ちゃんと紹介するつもりでした。これは、大学時代からの友人で、仲野桐瑚といいます。同期入省した仲間でもあります」

貴嶺が改めて桐瑚を紹介してくれた。

「はい……」

本当に仲のいい友人のようだ。好きに言い合いながら、お互いを信頼しているのが窺《うかが》える。二人のやり取りには、純奈の入れない空気があった。

仲野が貴嶺と築いてきた時間には、到底かなわない。貴嶺を愛しているから幸せになってほしいと言った仲野ほどの情熱は、純奈にはない。それは純奈自身が一番わかっている。

でも、恋をしている。貴嶺に惹かれていると思う。ただ、恋愛初心者の純奈には、それなりの段階が欲しいのだ。にもかかわらず、いきなりプロポーズして、できれば早く結婚したいとまで言ったくせに、貴嶺は指輪だけ渡して、一人でドイツに行くつもりだろうか。

結婚の挨拶《あいさつ》をしてくれた日。貴嶺は帰り際、いろいろ話すことがあるので次会った時にでも、と言った。

なのに、その話をするのはいつだろう。挨拶に来た日からすでに六日も経っている。もしかしたらドイツに行くまで、もう一週間もないのではないか。

このまま何も話をしないで、純奈を置いて行くのだろうか。

だとしたら、貴嶺は無責任だ。

何もかも初めてな純奈に、気を持たせるだけ持たせて、好きにさせておいて、そんなのは酷《ひど》い！

「にゃお、ドイツへ行く前に、あと一回出張あるでしょ？　荷物の整理は大丈夫？」

「持っていくのはほとんど身の回りの物だけ。この一年身軽に過ごしてきてよかったかもね」

え⁉　と思って思わず顔を上げた。

あと一回出張があるなんて、聞いていない。なんでそんな大事なことを、純奈には話してくれないんだろう。

「ベッドは？」

「リサイクルショップに出すことにした。持ってはいけないし。残り数日くらいなら、寝袋でもいいかと」

二人は純奈そっちのけで会話を続ける。貴嶺は本当に、純奈と話をする気があるのだろうか……。純奈は、今日彼が帰国することだって知らされていなかったのに。

純奈は俯《うつむ》いて下唇を噛む。

「純奈さん？　どうしました？」

「……あ、いえ」

モヤモヤした感情を誤魔化すように、ビールを飲む。さっきより苦みが増したような気がした。

なんだか胸が痛い。

純奈は一人、置いてけぼりを食らっているようだ。

貴嶺は指輪まで贈ってくれた純奈の婚約者なのに。純奈だって、いろんなことにビビッてはいるけれど、貴嶺と結婚する未来をちゃんと考えているのに。

純奈は膝の上で強く両手を握った。

どうにも胸が痛くて、言わずにはいられなかった。

「あの！　仲野さんは、新生さんのことが好きなんでしょうけど、わ、私も、新生さんのことが好きです。そう思って婚約しました。だっ、だから、すみません！　私、新生さんと結婚させてもらいます！」

一気に言って、頭を下げた。

貴嶺に恋する仲野には本当に申し訳ないと思うが、純奈にも譲れない想いがあるのだ。

ところが――

「あはは！　マジで？」

「え？　……な、なんで笑うんですか⁉　こ、この前、にゃおのこと好きだって、真剣に言うから！」

「ああ、好きだよ、愛してるよ。ねえ、にゃお？」

純奈は目の前の二人を交互に見た後、貴嶺に視線を留める。彼は眼鏡のブリッジを押し上げ、眉間に皺《しわ》を寄せたまま大きなため息をついた。

「にゃおって……しかも、純奈さんに誤解されるような発言を……。純奈さんも、にゃおって言わないでください」

　もう一度ため息をついて、貴嶺は純奈をまっすぐに見て、淡々と話す。

「桐瑚は、妻子持ちです。学生結婚をして、娘は中学生。息子は小学六年生になります。誤解を生むような発言をたまにしますが、もの凄い、愛妻家です……」

「俺の奥さん、現在妊娠八ヶ月でーす。ドイツに行って産むとか言ってるから、説得中！」

　仲野がピースサインをしてそう言うのを聞いて、純奈は目を見開いた。

「純奈ちゃんって、目が大きいねぇ。あんまり開くと落ちちゃうよ？」

　さっきまで純奈さん、だったのに、今や、ちゃん付け⁉

「……ウソだったんですか？　私に話したことは……全部？」

　わなわなと震えながら聞くと、満面の笑みを浮かべて、もちろん、と言った。

「全部じゃないけど、ほとんどウソ。でも、にゃおを好きで愛してるのは本当だよ？

　友人として心から、大好き」

「な、なんでそんなウソを⁉」

「交渉術かなぁ。欲しかった言葉を、にゃおの前で言ってくれたし？」

　はぁ？　と思って貴嶺を見ると、彼は思い当たることがあるのか眼鏡を押し上げた。

「にゃお、一方的じゃないみたいだよ。ちゃんと好きだって」

　貴嶺がじっと純奈を見ている。

純奈はさっきの自分の発言を反芻《はんすう》して、一気に顔が熱くなる。あまりの恥ずかしさにテーブルに突っ伏した。

「ひっど――――い！」

いろいろ考えたのに。いろいろ覚悟をしたり、悩んだりしてたのに。

がばっと起き上がって、純奈は叫んだ！

「ウソなんて酷《ひど》い！　酷過ぎ！　あのですね！　私ははっきり言って展開の速さについて行けず、でも凄く惹かれてる人だから考えてるんですよ！　いろいろいろいろいろいろ！　本当にいろいろ考えてるんです。いきなりドイツに行くって言うから、私はどうしたらいいわけ？　とか、新生さん、いろいろ喋《しゃべ》らなさすぎだし、話せないし、話さないし、いつも日本にいないし！　私は、本当にいろいろ……もう、新生さんのせいで、ぐちゃぐちゃです！」

はぁっ、と息を吐いて、純奈は目の前のビールを一息で飲み干した。

そして店員が通ったので、すかさず生一つ、と注文する。憤懣《ふんまん》やるかたない純奈は、もう一度、深く息を吐いた。すると、目の前の貴嶺が笑った。それも声を出して、さも可笑《おか》しそうに。

「ははっ、純奈さん、何回いろいろ、って言いました？」

そんな表情初めて見た。こんな風に破顔《はがん》する貴嶺なんて、今まで一度も見たことがない。

「マジ、にゃおがそんなに笑うの初めてじゃない？　いいわ、純奈ちゃん、気に入った」

仲野も、そう言って楽しそうに笑う。二人して笑われて、面白くない純奈は下唇を噛む。悔しくて、とりあえず持ってきていた赤い箱を、貴嶺の前に置いた。

「この指輪！　もっとランク下げてください！」

「どうしてですか？」

「この指輪、めっちゃ高いじゃないですか！　そんな高価なもの怖くて指になんか付けられませんよ！」

純奈が言うと、笑みを浮かべたまま、貴嶺が赤い箱を開けて指輪を取り出した。

「ああ、もう。だからぁ……指紋が付いちゃいますって」

「これは、長年付けてもらう消耗品です。指紋が付いて、傷が付いて当たり前ですよ」

そう言って純奈の左手を取った。そしてキラキラ光る指輪を、自然に純奈の薬指に嵌《は》める。

「いつも不在ばかりですみませんでした。あと一回出張がありますが、他の人に行ってもらえるよう、お願いしてみます」

そうして愛おしそうな微笑みを純奈に向ける。その笑みにドキッとして目を逸《そ》らすと、左手の指輪に視線が行く。

「いろいろ、話がしたいです、純奈さん」

純奈が貴嶺に手を取られたまま固まっていると、仲野が上着を着て立ち上がった。

「奥さん待ってるし、俺帰る。じゃあ、にゃお、上手《うま》くやれよ」

ポンと貴嶺の肩を叩いて、仲野は振り返らずに出て行ってしまう。その後ろ姿を見送ると、この場には二人っきりだ。途端に相手を意識して、純奈の視線が不安定に揺れる。

その視線を、貴嶺に握られたままの手に留めた。その手には、貴嶺から貰《もら》った指輪が嵌《は》められている。キラキラ光を反射して、とても綺麗だ。

「この後、家に来てくれますか？」

「えっ？」

「話したいことが、いっぱいあります」

いろいろと思うところはあったが、純奈は頷いた。

いろいろと、覚悟を決めて。

9

「着きましたよ、純奈さん」

身体を軽く揺さぶられて、ただ目を閉じていただけの純奈は目を開ける。

「起きていましたか」

「目を閉じていただけです」

「そうですか」

あれから一緒に美味《おい》しいご飯を食べて、結構お酒も飲んだと思う。その後、二人でタクシーに乗って、貴嶺のマンションへ向かった。

一度来たことのある貴嶺の部屋は、元々少なかった物がほとんど無くなっていた。今は、ベッドの他は窓にカーテンがかかっているだけで、室内はがらんとしている。片付けは、ほとんどできているようだった。キッチンにも前は少し置いてあった食器がない。

「何も、ないですね」

純奈が言うと、貴嶺が振り向いた。

「そうですね。電化製品はほとんど倉庫行きです。テーブルは両親が使うと言って持って行きました」

お茶のペットボトルと水のペットボトルが三本ずつ床に並んでいるのを見て、貴嶺を見上げる。

「ベッドに座りますか。もうクッションもないので」

「あ、い、いえ、床で大丈夫です」

そう言ってベッドを背にして床に座ると、貴嶺はお茶のペットボトルをくれた。貴嶺はベッドの上に上着を置いて、純奈の隣に座った後、ネクタイを解く。その様子がまるで服を脱いでいるように見えて、純奈は落ち着かなくなった。

貴嶺は気にせず、外したネクタイもベッドに置くと、今度はシャツのボタンを外し始める。三つほどボタンを外すのを、瞬《まばた》きを忘れて見入ってしまった。

「どうかしましたか？」

「はっ？　い、いえっ！」

男の人の、というか貴嶺のそういう仕草にドキドキして仕方ない。それなのに、何を凝視しているんだろう、と顔が熱くなってくる。

「……今日はタクシーで帰りますか？」

そう言われて、この前泊めてもらったことを思い出す。

貴嶺は何度も断る純奈をベッドに寝かせ、自分は寝袋で寝たのだ。

いくらなんでも泊まるなんてことしちゃダメだった、と激しく後悔した。

「そうします」

口元に笑みを浮かべた貴嶺は、お茶のペットボトルを開けて飲んだ。

純奈も酔いを醒《さ》ますために開けて、二口ほど飲む。

「ドイツへは、一人で行こうと思ってます」

貴嶺がそう言って、純奈を見る。

「婚約をしたまま置いて行くのは、正直、悪いと思っています。……あなたと早く結婚したいと考えていましたが、こうして辞令が下りてしまいましたから。純奈さんの言う通り、ゆっくり行こうと思い直しました」

貴嶺は一度言葉を切り、目を逸《そ》らしてから、微笑んでまた純奈に視線を合わせる。

「しばらく、待たせてしまいますが」

その言葉に、純奈は目を丸くした。

さっき、貴嶺のことが好きだと言った純奈の気持ちを無視しているように感じた。

確かに、仲野の交渉術とやらにのせられて出た言葉ではあるが、あれは紛《まぎ》れもなく純奈の本心だ。

「私、結婚するって言いました。この私が、そう決心して言ったんです」

純奈は息を吐いて、貴嶺を見る。

「私は、結婚なんて一生しないって思ってました。そう、決めていたんです。私、細いくせに胸だけは大きくて。昔から痴漢とか、結構遭《あ》ってて。だから、男の人、苦手なんです。ウチは兄が結婚していて子供がいますし、親には孫がいるので、私一人結婚しなくても、って思ってて」

貴嶺は黙って話を聞いていてくれた。この人は人の話をきちんと聞いてくれる人だ。

そこが、純奈の心を動かした。なので純奈も自分の中にある本音を彼に聞いて貰《もら》いたい。

「……でも、新生さんが私の前に現れて……私と、結婚したいって言ってくれて……」

我ながらとりとめがないな、と思いつつ、上手《うま》い言葉が出てこない。でも、伝えなければ。

だって、貴嶺はドイツへ行っている間、純奈に一人で待っていてほしいと言った。貴嶺は何年も、純奈のことを婚約のまま放っておくのだと思うと、なんだか悲しくなった。

貴嶺とそんなに長い間離れているなんて、純奈には耐えられない。

純奈は覚悟を決めてお付き合いをすると言ったし、結婚すると言ったのだ。本当に一生結婚をしないと決めていた純奈が、ここまで決めた。

「結婚は……新生さんとしなかったら、私きっと一生しません。ドイツへ一緒に来てほしい、と言われたら……えっと」

貴嶺は黙って聞いている。じっと、先を促《うなが》したりせずに、純奈の話を聞いてくれている。純奈は、貴嶺のそうした心が好きだった。

「私、行きます。ドイツ語は喋《しゃべ》れませんけど。……英語もできないのに、ドイツ語って……ダメですよね。頑張れる、かな？」

頭を掻きながらそう言うと、純奈の左手が取られて、軽く握り締められる。

「本当ですか？」

面と向かって言われて、ちょっと怯《ひる》む。純奈はゴクリと唾《つば》を呑み込んだ。

「わ、私、何も用意していないし……すぐには無理だけど」

結婚するなら一緒に行く。それは純奈が心の中で決めたことだ。

「ドイツへは何年も行くんでしょう。覚悟を決めてついて行きます」

「……何年も？」

貴嶺がそこで首を傾《かし》げる。

「え？　ドイツへ行くんですよね？　転勤、じゃなくて、赴任って言うんでしたっけ？」

「いえ、そこまで大袈裟《おおげさ》なものでは……確かに、官職付きで行きますが、今回は一時的なものです」

「一時的？」

今度は純奈が首を傾げて、貴嶺に聞き返した。

「ドイツ大使館の参事官が休職したんです。理由は、任地に合わないという、まぁ、いわゆる、うつ状態になってしまって」

「うつ？」

「代わりの参事官はすでに決まっているのですが、その人が現在の仕事からしばらく離れられない状態で……。だから、その間の代理として赴任することになりました。俺は以前、フランス大使館で同じ官職に就いていたので」

「代理……。私、何年も行くものだと思ってて……だから、いろいろ覚悟、して……」

純奈が呆然として言うと、貴嶺は眼鏡のブリッジを上げた。

「しばらくの間と、何回か言ったと思うんですが……」

「し、しばらくって言っても、どれくらい、って言わなかったじゃないですか⁉」

確かにしばらく、と言われたことは覚えている。でも、そのしばらくというのは、一週間にも、一ヶ月にも、一年にだってとれると思う。

「すみません。詳しくは言えなかったので……実は期間がまだ決まっていなかったのですが、三ヶ月間に決定しました。ドイツから戻ったら、また日本の海外邦人安全課に勤めることが決まってます」

最初からそう言ってくれればいいのに。しばらくなんて曖昧《あいまい》な言葉で濁《にご》さないでほしい。

「新生さん、言葉が少ないです。ちゃんと、そういう風に詳しく言ってくれないと……私、わからないですよ」

「すみません」

貴嶺が頭を下げて、純奈を見る。彼が口下手《くちべた》だというのは、本当のようだった。

でも、短期間とはいっても、三ヶ月、貴嶺は日本にいない。

ドイツともなれば、すぐには会いに行けないし、今まで以上に会えなくなる。そんなのは嫌だ。

「父と母にも、ついて行きなさいって言われました。夫婦になるんだから、と。私もそう思います。新生さんがドイツに行くのなら、私もついて行きます」

「いいんですか？」

「はい」

貴嶺が好きだ。まだわからないところもあるけれど、不器用なりに言葉をくれる。夫婦になることに伴う、全ての刑に処されることを覚悟して、純奈は貴嶺に身を任せようと思った。

人はこうやって結婚を決めたり、誰かの傍にいようと思ったりするのかな、と、純奈は二十七年間生きてきて、初めてわかったような気がした。

「ありがとう」

貴嶺がそう言ったので顔を上げた。

言葉は少ない。でも、きっとこれが最大級の彼の気持ちだと思う。

「嬉しいです」

貴嶺が純奈の右手も取る。そうして握られると、純奈の心臓が急にドキドキ言い始めた。

「俺のこと、苦手じゃないですか？」

「え？」

「男ですけど、大丈夫ですか？」

「……はい」

ちょっと返事が遅れたけれど、きちんと返事ができた。

「あなたと同じで、俺も結婚なんかしないと思っていました。祖父の葬式で純奈さんに会うまでは」

そうして笑顔を向けてくれる。貴嶺の、こんなに柔らかい笑顔も、初めて見る。

「本当は、椎茸《しいたけ》好きです」

「えっ、本当ですか⁉」

「本当です。後から食べようと、とっておいたんです」

お葬式の精進落《しょうじんお》としの時、端《はじ》によけてあった椎茸を貴嶺の嫌いなものだと思って、純奈の嫌いな人参《にんじん》と交換してもらった。

「すみません！」

純奈が頭を下げると、貴嶺は笑みを浮かべたまま首を振る。

「言ってくれればいいのに！」

「だって、食べたそうでした」

そう言った貴嶺は、口調は相変わらず淡々としているものの、いつにない笑顔。きっと、あの時の純奈を思い出して、可笑《おか》しくなっているのだろう。恥ずかしくなって、純奈は顔を俯《うつむ》ける。

「我ながら、ずいぶん急いで結婚を決めたと思います。でも、決めたのは縁だけが理由じゃないですよ。あの頃は、いろいろ疲れてました。そんな時に純奈さんと出会って、凄く癒《い》やされました。可愛くて、明るいあなたにとても惹かれたんです」

貴嶺が、純奈のことを凄く褒《ほ》めている。癒やしと言われ、とても惹かれたと言われ、可愛いとまで言われた。ここまで言われたらもう、という感じ。

純奈は俯けていた顔を上げる。

「そ、そんな風に言ってもらったら、もう、に、逃げられないじゃないですか。……お、お付き合い、きちんとしてないんですけど、ど、どうしましょう」

もう、本当にどうしよう。ついて行くと決めた以上、これからのことを考えなければいけない。

「はい？」

「入籍とか、していった方がいいんですかね」

ポロッとそう言ってしまって、ハッ！　とする。

言ってしまってから、やってしまった、と後悔した。

こういうことは、純奈から言うべきではなかったかもしれない。でも、ついて行くなら、きちんとしないと、と思ったのだ。

「しても、いいですか？　時間がないので、式もなく入籍だけに、なりますよ？」

少し首を傾《かし》げて聞かれて、自分で言っておきながら、動揺している純奈がいる。

「…………はい」

消え入りそうな声とはまさにこのこと。

「ありがとう」

顔が熱くてしょうがない。目を伏せて、息を吐いて、それから確かめる。

「た、誕生日、近かったですよね？」

確か三月の末頃だったと、母から聞いたような気がした。

「ええ。三月二十八日です。その日にドイツへ発《た》つことになっています」

誕生日が過ぎていないことにほっとした。

「友達は、誕生日に、にゅ、入籍したそうです。だから……ですね」

「俺の誕生日に、ってことですか？」

何も言わず深く頷くと、貴嶺の大きな手が純奈の頬を包んできた。

「ありがとう。嬉しいです」

同じ言葉を何度も言われる。でも、そのたびに、なぜか心が震える。恋って不思議だ。

こんなイケメンが、純奈に優しく微笑んでいる。まるで恋愛映画みたいだなと思った。

まさか自分に、こんな恋愛映画のヒロインみたいな状況が訪れるとは、思いもしない。

だが、恋愛初心者の純奈にとって、貴嶺の大きな手に頬を包まれている今の状況は、かなりの緊急事態。あっという間に赤面し、身体が固まる。

「純奈さん、そろそろ、貴嶺と呼んでもらえませんか?」

「あ、あ、は、はい！　た、貴嶺……さん」

しどろもどろになりながら貴嶺さん、と呼ぶと、貴嶺が笑みを深める。そして貴嶺の親指が、するりと純奈の頬を撫《な》でた。

思わず顔を背《そむ》けようとすると反対の頬も貴嶺に撫でられ、そのあと大きな手で包まれる。

「逃げないでください」

「いや、あの、そうではなく、か、顔がテカって、変な汗、出てますから！」

純奈が言うと、貴嶺が、はっ、と笑って下を向く。

「変な汗?」

「はい……だから、手を離していただけると……」

そう言ったのに、貴嶺は頬から手を離すどころか、ゆっくりと顔を近づけてくる。震えるように目を閉じると、頬に柔らかい感触がした。チュと音を立てて、それが離れていく。

頬にキスされたのだとわかって、呆然とキスをされた頬に触れる。そこを包んでいた手は、いつの間にか純奈の首筋に移動していた。

「目が落ちそう」

言われて小さく首を振る。あまりにびっくりして、目を見開いていたらしい。貴嶺の顔を見ていられず、顔を俯《うつむ》けると、長い指で顎《あご》を持ち上げられた。もう片方の手は、純奈の腰に回されている。

これはもう逃げられない感じ。でも、逃げようとしていない純奈もいる。

貴嶺の顔が近づいて、純奈は瞬《まばた》きをする。今にも唇が重なりそうになって、少し顔を引いた。

すると、貴嶺の動きが一瞬止まる。だが貴嶺は、そのまま唇で純奈の唇をすくい上げるようにして、唇同士を重ね合わせてきた。重なった唇を軽く吸われて、一度それが離れる。

「あ……新生さん、あの……」

キスも初めての純奈には、どうしたらいいかわからない。自分の手のやり場すらわからず、胸の前でギュッと握りしめる。

「貴嶺です」

貴嶺に呼び方を直され、胸の前で強く握りしめていた手を取られた。そして、その手を貴嶺の腕の下から背中へと導かれる。そうすると、まるで貴嶺を抱きしめるような形になり、純奈は恥ずかしさを耐えるように下唇を噛んだ。

すると噛みしめていた下唇に、貴嶺の唇が軽く触れる。噛むのをやめると、そのまま唇が重なった。

先ほどの軽く唇を重ねたのとは違い、今度は少し粘膜が触れ合う感じ。吸われたり、唇で挟み込むようにされたり、舌で唇に触れられたり。

「……は」

知らず自分でも出したことのないような、甘い吐息が出てしまう。

純奈の唇が開くのを待っていたように、貴嶺の舌が入ってきた。初めてされる深いキスに戸惑い、びくりと身体が震える。でも、嫌だとは思わなかった。

優しく舌を絡《から》め取るキスは、純奈の意識を飛ばさせるには十分な威力があった。

唇を塞《ふさ》がれ絡められた舌に夢中で応《こた》える。息が苦しくなってくると、貴嶺が唇をずらして息ができるようにしてくれた。そうして何度も角度を変えながら、深いキスを繰り返す。どれくらいそうしていたのか、濡《ぬ》れた音を立ててゆっくりと唇が離れる頃には、純奈はぐったりと貴嶺にもたれかかっていた。

キスなんて初めてだ。それも、こんな風に舌を絡めるキスなんて。なのに、ちっとも不快じゃない。それどころか、温かくて優しくて、凄く心地よかった。

そう思う自分に戸惑いを感じながらも、濃厚なキスの余韻にうっとりしてしまう。

気付けば貴嶺のシャツを握りしめていて、純奈が慌《あわ》ててその手を離そうとすると、貴嶺がきつく腰を抱いてきた。

「あ……貴嶺、さん……あの……」

目の前の貴嶺が眼鏡を外した。彼の素顔を初めて見たが、眼鏡を外すと目がより綺麗で大きく見える。

「目、綺麗で、大きい、ですね」

「そうですか？」

「レンズのせいで、小さく見えてたんでしょうか？　瞳の色が、黒いです」

眼鏡を畳んで持ったまま、貴嶺は純奈の髪に触れる。そうして、熱をはらんだような黒い瞳が、純奈をじっと見つめてくる。

「あなたの目は、少し茶色ですね」

そう言って、目蓋《まぶた》にキスをされた。震えるように目を閉じると、再び純奈の唇が貴嶺の唇で塞《ふさ》がれる。

「……ん」

そのうち、カツン、と音が聞こえた。眼鏡が落ちた音だと思って、音がした方へと顔を向けると、唇が追ってきた。

その唇が純奈の唇に重なり、また深いキスをされる。眼鏡がないと、二人の間を隔てるものが何もなくて、余計近くに貴嶺の顔を感じた。

キスをしている。

男の人と。

純奈は、男の人とこういうことをしている自分に驚く。

上唇を吸われて濡《ぬ》れた音が聞こえた。次に下唇を吸われて、やっぱり濡れた音が聞こえる。貴嶺からのキスはひどくゆっくりで、だからこんなに心地いいと感じるのだろうか。

唇の間に、柔らかい舌を感じると、純奈は自然と唇を開いていた。

「っ……ん」

その隙間に舌が入ってきて、純奈の舌が絡《から》め取られる。

水音を立てて舌を絡めながら、気付くと上顎《あご》にも貴嶺の舌を感じた。柔らかな舌が、緩急《かんきゅう》をつけて純奈の舌や口内を刺激してくる。そのたびにゾクゾクとした感覚に身体を震わせた。

口ってこうされると凄く無防備なんだとわかる。

キスの間に頬や、髪を撫《な》でられた。身体中で貴嶺の体温を感じて、その温かさを心地よく思う。ゆっくりとしたキスがさらに深くなり、唇を重ねたまま舌を吸われて、鼻にかかった息を吐く。

「ん……っふ」

自覚せず、甘い声が出た。

その声を恥ずかしいと思う間もなく、キスの角度が変わり、その合間にたどたどしく息を吸う。純奈はいつの間にか、貴嶺の身体に強くしがみついていた。

「た、かね、さ……ん」

名を呼ぶ声を呑み込まれるように、食べられるように、唇が重なる。息苦しさに意識が遠のきそうになった。

貴嶺はそんな純奈を抱きしめて、頬や背中を撫《な》でてくる。

ふと気付くと後頭部と背中に硬い感触。

純奈は貴嶺とキスをしながら、床に押し倒されていた。でも、終わらないキスに応《こた》え続ける。情熱的な貴嶺のキスと、髪や頬を撫でてくる彼の手の心地よさに酔わされていく。

チュッという水音を立てて、貴嶺の唇がゆっくりと、純奈の唇を少し引っ張るようにして離れた。

純奈は長いキスに、はぁはぁ、と胸を喘《あえ》がせた。唇が凄く濡《ぬ》れているのを感じる。

すると、貴嶺の大きな手が純奈の首筋を撫でた。そのまま鎖骨に手を滑らせると、貴嶺の顔が純奈の首筋に埋《うず》められる。

「あっ……」

熱い吐息が肌に触れ、純奈は思わず目を閉じた。身体の奥が疼《うず》くみたいなヘンな感覚に、ギュッと貴嶺の背中のシャツを握る。その間にも、貴嶺の手は鎖骨から少しずつ下がっていき、純奈の胸のあたりで止まった。

純奈の心臓はさっきから激しく鳴りっぱなしだ。貴嶺によってもたらされる未知の感覚に、身体が震えている。

純奈の胸に置かれていた手は、もう一度首筋を撫でて離れた。貴嶺は床に手をつくと、片方の手を純奈の背に回す。そして貴嶺にしがみついている純奈の身体ごと身を起こした。

貴嶺に頭を引き寄せられた純奈は強く抱きしめられる。

「震えています」

忙《せわ》しない呼吸を繰り返す純奈は、自分を落ち着かせるように一度大きく深呼吸した。

「怖がらせましたか？」

小さく首を振って、震える手を握りしめ、額《ひたい》を貴嶺の肩に押し付ける。

「キス、初めてです」

小さくそう言うと、頬を撫でられた。

貴嶺は何も言わずに純奈から身体を離すと、床に落ちていた眼鏡を拾ってかけた。

なんだか急に素っ気なくなったような気がして、戸惑うように見上げると、すっと視線を逸《そ》らされた。

純奈は、さっきまでの自分が急に恥ずかしくなって、熱くなる顔を俯《うつむ》ける。キスの感触をリアルに思い出してしまい、落ち着かない気分になった。

「婚姻届、貰《もら》ってきます。これからしばらく、引き継ぎの仕事で連日遅くなると思うので……最悪、俺の誕生日当日まで会えないかもしれません」

貴嶺が眼鏡のブリッジを押し上げ、どこか申し訳なさそうに言ってくる。

「あ、わ、わかりました」

純奈が頷くと、貴嶺は床に置いていたバッグから携帯電話を取り出し、どこかに電話をかけ始める。

突然の行動に驚いて見ていると、彼は携帯を耳に当てながら、純奈の髪に触れて頬に指を滑らせてきた。

「タクシーを一台。新生です」

純奈の頬に触れながらそう言って、電話を切る。

「下に降りる頃には、タクシーが来ているはずです。下まで送ります」

さっきまでのアレは何だったのかと思うほど、あっさりと帰される感じだ。

もしかして、純奈のキスがダメだったのだろうか。そう思うと不安になる。

「……はい」

俯《うつむ》いて小さく返事をすると、貴嶺が純奈の上着を直してくれた。立ち上がって純奈のバッグを手に取ると、座ったままの純奈に手を差し出してくる。

その手を握って立ち上がり、背の高い貴嶺を見上げた。

純奈の不安に気付いたのか、貴嶺が困ったように苦笑する。

「これ以上、純奈さんが近くにいたら、もっと手を出してしまいそうです」

ため息まじりにそう言われた。

「え⁉」

一気に顔が赤くなったのがわかる。

「キスより……もっと？」

「ええ」

眼鏡のブリッジを押し上げながらそう言われて、貴嶺は玄関へ歩き出した。あまりの衝撃に純奈が動けずにいると、貴嶺は純奈の手を取って玄関へと促《うなが》す。

そんなことを、淡々と平坦に冷静に、抑揚もなく言わないで欲しい。顔色さえ変わっていない貴嶺を見て、大人の男の人はこんな時でも冷静でいられるんだろうか、と疑問に思う。

「本当に、そう思ってるんですか？」

玄関で靴《くつ》を履いた純奈は、貴嶺を見上げて聞いてみた。驚いたように、眼鏡の奥の綺麗な目が瞬《まばた》きをする。貴嶺はカチリと眼鏡を押し上げると、壁に手をついて純奈の身体を閉じ込めるみたいに迫ってきた。

これは、いわゆる、壁ドン⁉

純奈が驚いて目を丸くしていると、貴嶺の顔が近づいてきた。

キスをされると思って、ギュッと目を閉じると、耳元に唇を感じた。貴嶺の低い美声が、耳に息をかけながら囁《ささや》く。

「純奈さん一人、ベッドへ抱き上げてセックスするのは、簡単です」

ゾクッとした感覚に、思わず首を竦《すく》めてしまう。同じ感覚を、キスの最中にも感じた。身体の内側が変に疼《うず》くような感覚。

「でも、あなたが震えていた。それに、コンドームがありません」

純奈は、貴嶺の言葉に内心、頭を抱えた。もう本当にどうしようと思う。言い方は淡々としてるのに、内容がところどころ大人すぎる。

「唇は柔らかいし、可愛い反応をするから、もっと触りたかったのですが、理性をかき集めてやめました。だから、俺が我慢できているうちに早く帰ってください」

そう言って、貴嶺は純奈から少し身体を離して顔を覗《のぞ》き込んできた。

「俺の言っていること、わかりますか？」

純奈がゆっくり行きたいと言った時、それは、どうしましょうかと言った貴嶺。心は純奈の気持ちを汲《く》みたいと思っていても、身体はそうはいかないのだということを、身をもって教えられた。

「……はい」

返事をすると、貴嶺は純奈の頭を優しく撫《な》でて、玄関のドアを開ける。

エレベーターのボタンを押すとすぐに、ドアが開いた。

一緒に中に入ると、貴嶺に身体を引き寄せられる。貴嶺の鎖骨あたりに純奈の頭。抱きしめられているのを感じて、少し身体が震える。だけど、そのまま身体を預けていた。

すると、エレベーターの壁に背中を押しつけられて、貴嶺の唇が近づく。

「……っ」

何度も浅いキスを繰り返され、最後に濡《ぬ》れた音を立てて唇が離れた。

「可愛いです」

大きな手で首の後ろを撫でられる、その温かな感触が心地よい。ドキドキとうるさく騒ぐ心臓を意識しながら貴嶺に抱きしめられていると、エレベーターが一階に着いた。

貴嶺は抱きしめていた腕を解くと、純奈と手を繋《つな》いで歩き始める。

エントランスを抜けると、そこにはすでにタクシーが待っていた。躊躇《ためら》いながら手を離すと、その手に一万円札が渡される。

「ええっ!? あ、い、いらないです！　大丈夫です！」

一気に現実に戻った純奈が首を振ると、貴嶺は微笑んだ。

「いえ、使ってください。また連絡します」

そう言って純奈をタクシーの後部座席に座らせる。

「気を付けて帰ってください」

言われて、純奈は頭を下げた。

「ありがとうございます」

「おやすみなさい」

軽く手を振った貴嶺に手を振り返すと、すぐにタクシーは出発した。

座席に座り直した純奈は、はぁ、と大きく息を吐いた。

貴嶺に握られた手や、抱きしめられた感触が蘇《よみがえ》ってくる。

そして何よりも、キス、キス、キス。

「温かったし……唇、柔らかかった。凄く、気持ちよかったよぅ……」

タクシーの後部座席で、聞こえないくらい小さな声でつぶやく。貴嶺の顔を思い出すと、たちまち悶絶《もんぜつ》するほど恥ずかしくなった。

会うたびに貴嶺を意識する。もっと好きになる。自分には、もうあの人しかいないと思う。

男性経験のない純奈の気持ちを慮《おもんぱか》って、今日は帰してくれた。でも、もし次があったら……。

また連絡をすると言った貴嶺のことを思いながら、純奈は両手を握りしめた。

☆★☆

『他の人に行ってもらうつもりでいた出張は、行かなければならなくなりました。四日ほどで帰ってきます。行き先はトルコです』

四日ほどということは、出張から戻った三日後が、貴嶺の誕生日。つまりドイツへ発《た》つ日だ。

「誕生日まで会えないかもって言ってたけど、本当だ。そんなんで、婚姻届どうするんだろう……」

婚姻届という言葉で、その話をした時、貴嶺と何があったかを思い出してしまい、純奈の心臓がドキドキしてくる。

だって、男の人に初めて抱きしめられた。そして、キス……

「お、思い出すな！」

ベッドに突っ伏して、手足をジタバタさせる。

いつからこんな乙女思考を持つようになってしまったのか、純奈自身にもわからなかった。

それから四日後、貴嶺から、トルコから帰ってきたというメールが届いた。

そして、その翌日。

『すみません。今日こそはお宅に伺《うかが》いたいのですが、仕事が立て込んでいて遅くなるかもしれません。でも、必ず時間を作って行きます』

そのメールを読んで、きっと今日、婚姻届を持ってくるのだと思った。すでに入籍する件は父と母にも伝えてある。両親は驚いていたものの、二人の気持ちを理解してくれた。

貴嶺が今夜来ると思うと、今までになく胸が高鳴った。恥ずかしい気持ちより、今は会いたい気持ちのほうが大きい。純奈はメールを貰《もら》ってからずっとソワソワして過ごした。

しかし、純奈は貴嶺と会うことができなかった。貴嶺は仕事の合間を縫《ぬ》って昼に訪ねて来たようだ。しかも、ちょうど純奈が夕飯の買い物で出かけている時に。

「会いたいな……」

明後日《あさって》は貴嶺の誕生日で、貴嶺がドイツへ出発する日だ。

パスポートを含め、準備のできていない純奈は後から追いかけることになっている。

でも、できるだけ間を開けずに後を追いたい。次に会ったら、その辺を相談したいと思っていたのだが、出発までに彼と話す時間はあるのだろうか。急に不安になってくる。

「今日、もう一度来たりしないかな……？」

昼間、貴嶺が持ってきて純奈が記入するだけになっている婚姻届を広げ、純奈は貴嶺からの連絡を待つ。しかし、気付けば日付が変わってしまっていた。純奈はため息をついて、貴嶺の書いたところを見本に自分の名前と住所を書き、最後に慎重に印鑑を押した。

「結婚、するのかぁ」

そうつぶやいた後、顔が赤くなる。

結婚してしまったら、この届けを受理されてしまったら、待ち受けるものはひとつしかない。

受け入れると決めたのは純奈だ。だけど、いざ貴嶺と結婚した先の行為を思うと、なんだか眠れなくなってしまう。おかげでここ数日、純奈はひどく寝不足だった。

結局、翌日になっても、貴嶺からはメールが来なかった。明日にはドイツに発《た》ってしまうのに、このまま連絡がないのだろうか。

何度も迷うようにスマホを持つが、忙しい貴嶺に連絡するのを躊躇《ためら》ってしまう。悶々《もんもん》としたまま一日を過ごし、何のアクションも起こせぬまま夜になった。夕食後、お風呂に入って自室へ戻ると、婚姻届の入った封筒が目に入る。明日の貴嶺の誕生日まで、もう数時間しかない。

「どう、するのかな？」

今さらそんなことを言っても始まらない。迷惑でも、こちらから電話してみようと決心する。ベッドに座って、一つ大きく深呼吸をした。

しかし、スマートフォンを手に取ると、チカチカと点滅しているのに気付く。急いで確認すると、貴嶺からのメールが二通来ていた。

『今日、必ず行きます。家にいてください』

うそ⁉

ほんの少し目を離した間に貴嶺からメールが届いていたらしい。それに気付かず、お風呂に入ったりしていたため、届いてからずいぶん時間が経ってしまっていた。

『婚姻届、出しに行きましょう。十一時過ぎに行きます。ご両親にも伝えておいてください』

メールを読み終え、目を見開く。十一時過ぎって、と焦って部屋の時計を見るとすでに十一時半だった。

純奈は慌《あわ》てて立ち上がり、一階の両親にこのことを伝えに行こうとした。

その時。

「じゅんなぁー！　下りてきなさーい！」

首にタオルをひっかけたまま、急いで降りていくと、リビングのソファーに貴嶺が座っていた。

「えっ⁉」

スッピン、ルームウェア、髪も濡《ぬ》れたままという、超気を抜いている格好で対面してしまい、純奈はその場で固まった。

「こんばんは、純奈さん」

貴嶺はスーツ姿。床にはブリーフケース。

「あ、あの、すみません！　メール、気が付かなくて！」

「いいえ、こっちこそ連絡するのが遅くなってしまってすみません」

母が貴嶺の前にお茶を置いたので、貴嶺は頭を下げた。

「こんな時間になって、本当に申し訳ありません」

そう言って、貴嶺は再び両親に頭を下げる。

純奈がもっときちんとメールを見ていれば、ずっと携帯電話を傍に置いていれば、と後悔する。

「まぁ、いいのよ。お仕事忙しいって、純奈からも聞いているし。メールに気付かない純奈も悪いのよ」

「いいえ、純奈さんは悪くないのです。私が仕事を優先してしまったから。本当にすみません。ギリギリまで出張ばかりで」

貴嶺の言葉に、両親はそろって首を振る。

「大事なお嬢さんに結婚式も挙げないまま来てもらうことになってしまって、心から申し訳なく思います。必ず純奈さんを幸せにします」

　貴嶺はそう言って、もう一度頭を下げた。

　純奈はそれを、肩にかけたタオルを両手で持ちながらぼーっと見ていた。

　しかし、貴嶺が次に言った言葉に衝撃を受ける。

「これから二人で婚姻届を出しに行ってもいいでしょうか？　そのまま……一晩お嬢さんをお借りしたいのですが」

　その言葉を聞き、両親は二人顔を見合わせて、なんだ、と言う感じで笑う。

「一晩でも二晩でもどうぞ」

　母がそう言って、貴嶺に笑顔を向ける。

「そうだな」

　父も、複雑そうに頭を掻きながら笑っていた。

　なんなんだこの恥ずかしい展開はっ……！

　こ、こんな、両親の前でお嬢さんをお借りしたいだなんて……

「純奈、早く着替えてきなさい！　ああ、髪の毛も乾かすのよ！」

　純奈は真っ赤になって立ち尽くしていたが、母にせっつかれて部屋に戻る。混乱しつつ、とりあえず着替えを……と思って、部屋着を脱いだ。

　目の前の全身鏡に下着姿の自分が映っているのを見て、慌《あわ》てて首を振る。

「ダメだ！　こんな普通の下着は、絶対にダメ！　新しい下着、あ、どこに入れたっけ？

せ、せめて、新しい下着を！」

純奈は、急いでクローゼットの中を調べる。

袋に入ったままの新しい下着を見つけると、急いでタグを取り去り身に着けた。それから着ていく服を考えようとして、一瞬悩んだ。

「スカートの方が脱がせやすいかな？　……いやっ、そういうことじゃなくて！　ああ、でも……一晩お借りしたいって、やっぱりそういう意味だよね……」

つまり純奈は、これから貴嶺と戸籍上も、身体的にも夫婦になりにいくのだ。

覚悟していたこととはいえ、こんないきなりだなんて、心の準備が追いつかない。純奈は、叫び出したいような心境で着替えを始めた。

パンツはちょっと細身の黒、早春らしくベージュのブラウスを身に着け、その上からカーディガンを羽織った。一応、春コートも持って、靴《くつ》はバレエシューズでいいか。

純奈は着替えを終えると鏡の前で軽くメイクをする。お風呂上がりに化粧水と乳液は付けていたので、ファンデーションとチーク、色つきリップで手早く仕上げた。バッグの中身と財布の中身を確認し、簡単なお泊まりセットと婚姻届の入った封筒を持って一階に下りて行く。

「お、お待たせしました」

そう言って、貴嶺を見ると、彼が立ち上がった。

「では、夜分にお邪魔いたしました。お嬢さんを、お借りします」

「気を付けてね、貴嶺君」

母が貴嶺に微笑む。

「ありがとうございます」

貴嶺の言葉に父も頷きながら、笑顔で言う。

「ドイツでも頑張ってな」

「はい。いろいろと急に事を運んでしまい、申し訳ありませんでした。明日には純奈さんをお返しします」

頭を下げた後、貴嶺は口元に笑みを浮かべて純奈を見る。

「純奈さん」

手を差し出された。

一つ息を吐いて貴嶺の隣へ行く。差し出された手は取らなかった。両親の前で手を繋《つな》ぐのはさすがに恥ずかしい。一緒に玄関を出ると、目の前には見知らぬ車が停まっている。

車に乗るよう促《うなが》され、助手席に座って貴嶺を見る。運転席に乗り込んだ貴嶺は、シートベルトをつけて車を出した。

「これは、にいい、じゃない、貴嶺さんの車ですか？」

「いいえ、父のです。俺は持っていません。今日だけ借りました」

「今からどこへ？」

「区役所へ。俺の本籍地の役所でもいいですか？」

はい、と頷きながら、その後はどうするんだろうと思った。すると、その疑問に答えるように貴嶺が言葉を続けた。

「明日、午前十一時台のフライトでドイツへ行きます。成田空港近くにホテルを取っているので、一緒に泊まってください」

純奈は、息を止めて貴嶺を見る。

「そ、それって、あの……」

「俺と、一晩一緒に過ごしてくれますか？」

そう言うと貴嶺は、ウィンカーを出して車を路肩に停めた。サイドブレーキを引いて、運転席からまっすぐ純奈を見つめてくる。

「無理ですか？」

いつもと同じ表情、落ち着いた声。だけど、どこかが違う。

「あ、いえ、あの……」

純奈は手を握ったまま、俯《うつむ》く。正直に言えば怖い。初めてで、どうしよう、という思いが頭の中をぐるぐる回っている。

「さっき、俺の手を取ってくれませんでしたね。もし無理なようだったら、婚姻届を出した後、すみませんがタクシーで帰ってください」

「て、手を取らなかったのは、父と母の前で、恥ずかしくて……」

貴嶺の言葉の後、すぐに弁明した。

「それに、一晩、って……もう、明らかに、じゃないですか」

自分で言いながら顔が熱くなってくる。もう明らかに、エッチをすると言っているようなもので。

それを父と母にも知られていると思ったら、堪《たま》らなく恥ずかしかった。

赤くなって俯《うつむ》いていると、髪の毛を耳にかけられて、頬に触れられる。顔を上げて貴嶺を見ると、彼の親指が目の下を軽く撫《な》でた。

「すみません。配慮に欠けましたね」

小さく首を振ってそれに答える。すると、頬に触れていた手が、肩へ移動しぐいっと身体を引き寄せられた。

深夜であり、通る車は少ない。

貴嶺の顔が近づいて、キスの予感に強く目を閉じる。

純奈の唇に貴嶺の唇が重なり、すぐに深いキスへと変わった。

純奈は貴嶺のキスを受け入れながら、縋《すが》るように彼のスーツの襟《えり》を握る。

唇の角度を変える合間に息を吸うと、自然と甘い吐息が漏《も》れた。

「ん……っふ」

純奈は貴嶺の温もりに包まれ、激しく舌を絡《から》めるキスに必死になって応《こた》える。

濡《ぬ》れた音を立てて貴嶺の唇が離れると、彼は純奈を抱きしめたまま耳元に唇を寄せた。

「好きです。でも、無理強《むりじ》いは、したくない」

「……帰らない、です。今夜、一緒にいます」

今のキスは、この前の夜より凄く情熱的だった。舌が痛いほど吸われて痺《しび》れている。

会いたいと思っていたのは自分だけじゃないのだと、そう思えるキスだった。

全身が心臓になったみたいにどくどくと脈打っている。内側から何かが溢《あふ》れてくるような疼《うず》きを感じて、思わず身を縮めたくなった。

「ありがとう」

純奈は首を振って、貴嶺を見る。

「スーツの襟……皺《しわ》になっちゃった……ごめんなさい」

純奈がスーツの襟に触れながら言うと、その手を取られてキスをされる。今日の貴嶺はいつになく情熱的でドキドキしてしまう。

「構いません。区役所へ、行きましょうか」

そう言って、彼は純奈の髪を愛しそうに撫でてから身体を離す。ギアをドライブに入れて、サイドブレーキを落とした。

出会って二ヶ月。お付き合いといえるようなことはほぼゼロで、あっという間に婚約した。

でも貴嶺は、純奈がいいと言ってくれる。純奈もまた、貴嶺のことが好きだ。

それならもう、思い切って身をゆだねるしかないだろう。

貴嶺がアクセルを踏み込み、車が動き出した。

貴嶺の本籍地の区役所へはすぐに着き、婚姻届は不備もなく、あっさりと受理された。

午前零時を四十分過ぎた、三月二十八日。

純奈は高橋から新生へと名字を変えた。

新生純奈になった。貴嶺の奥さんになったのだ。

そして、二人は今、成田空港近くのホテルに向かっている。それはごく自然の成り行きのように思えた。だって、二人は夫婦なのだから、身体の関係を持つのは当たり前のことだろう。

貴嶺から連れ出された時点で、覚悟を決めていたし、一晩一緒にいると言ったのは純奈だ。

だから、ホテルのエレベーターに乗りながら、もう頑張るしかないと両手を握りしめる。

目的の階に着くと、貴嶺は先に純奈をエレベーターから出してくれた。こういう時も徹底してレディーファーストである。

「部屋はこっちです」

貴嶺に促《うなが》されるままついて行く。でも、もうすぐホテルの部屋に着いてしまうと思った瞬間、純奈の心臓が音を立てて騒ぎ出した。

こんなことなら、もっと可愛い下着を買っておけばよかったとか。こんなことなら、もっといろいろ調べて、とか……

元々考え過ぎて、最近寝不足だったにもかかわらず、再びぐるぐる考えてしまう。

けれど、あっという間に部屋の前に着いてしまい、貴嶺がカードキーで部屋を開けた。

「どうぞ」

純奈は、ごくりと唾《つば》を呑み込んで、部屋の中へ入る。

部屋はツインではなく、ダブルベッドだった。

ドキドキしながら一度目を閉じて、ゆっくりと息を吐く。そして、意を決して後ろを振り向くと、肩を引き寄せられ、さらに身体を密着させるように腰に手を回される。

「貴嶺さ……っん」

そのまま唇が重なり、キスをされた。チュッと音を立てて唇が吸われ、純奈は堪《たま》らずバッグを床に落とす。

「は……ぁ」

唇がずれる隙間から息をする。それを覚えたのは、貴嶺とのキスでだ。

大きな手に腰を撫《な》でられ、ブラウスが引き出される。そのまま服の下に温かい手が入ってきて、純奈の肌を確かめるみたいに、ゆっくりと腰から背中を撫でてくる。じかに肌を触られる感覚に、純奈は身を震わせた。

思わず逃げるように身体をよじると、貴嶺は抱きしめる腕を強めさらにキスを深めてくる。何度も角度を変えながら舌を絡《から》められ、溢《あふ》れた唾液が純奈の顎《あご》を伝った。

貴嶺の首に腕を回し、純奈は繰り返されるキスに必死に応《こた》える。しかし、貴嶺の手がブラのホックにかかったところで、慌《あわ》てて彼の胸を押した。

「あのっ！」

「はい？」

冷静な声が上から降ってきて、一瞬、怯《ひる》みながら何とか言葉を発する。

「あ、あの、お、お風呂、入らないんですか？」

唇を舐《な》めると、濡《ぬ》れていた。キスをしていたのだから当然だが、そんなことにすら、今の純奈はドキドキしてしまって顔が火照《ほて》ってくる。

「入りますか？　あなたの香りが消えそうで、嫌なのですが」

香り⁉

「な、なんですか？　それ」

「あなたからは、いつも、甘い香りがして、好きなんです」

「う……あ、あ、ありがとうございます。ですが、あの……」

「入りたいですか？」

こくこく、と何度も頷いた。先ほど入ったばかりだけど、やっぱり初めては、綺麗な身体がいい。

「じゃあ、お先にどうぞ」

「わ、私は一度入ってますから……貴嶺さんから、先に」

純奈が言うと、貴嶺はため息をついた。

「わかりました。シャワーは、マナーでしたね。がっついてすみません」

小さくキスをされて、頬を撫でられた。

「ベッドで待っていてください」

そうしてもう一度キス。このキスは少しだけ長くて、唇を吸うようにして離れた。

純奈の髪を撫でた後、背を向けてバスルームへ行く貴嶺を見送る。ドアが閉まったところで、純奈は大きく息を吐いた。

それから、ベッドの布団を捲《めく》り、その中でうずくまる。

「わーん!!　どうしよう、ドキドキして堪《たま》んない！　にい、じゃなかった貴嶺さん、何なのアノ色気は！　ううっ、頑張れ、逃げるな純奈！」

ベッドの上で丸くなり、純奈は挫《くじ》けそうになる気持ちを立て直す。

誰もが一度は通る道。

だから純奈は、全て貴嶺に任せればいいのだ。

シャワーを浴びた貴嶺が帰ってきたら、純奈ももう一度お風呂に入って……

そう思いながら、枕に突っ伏して目を閉じるのだった。

10

寝ている身体を揺さぶられた。

「ん？」

目蓋《まぶた》を上手《うま》く開けられなくて、そのまま寝返りを打った。

そうしたら、また揺さぶられて、眉間に皺《しわ》が寄る。

「お母さん？　なに……？」

そう言って目を開けると、そこにいたのは苦笑している新生貴嶺。

「おはようございます、純奈さん」

シャツにスラックス、ネクタイを締めた貴嶺が、口元に笑みを浮かべて目の前にいる。

「……っは⁉」

瞬時に状況を把握して、純奈は大きく目を見開いた。

「目が、落ちそうです」

「にい、じゃない、貴嶺さん……私っ！」

入籍して貴嶺の奥さんとなり、覚悟を決めて貴嶺とホテルに泊まった。その翌朝。

純奈は慌《あわ》てて起き上がると、転げるようにベッドから降りた。

「私……ご、ごめんなさい、すみません、申し訳ないです！」

そのまま床に座って、土下座する勢いで頭を下げた。

泣きたい、泣きそう、あまりに申し訳なさすぎて。

午前一時を過ぎてホテルにチェックインした。部屋に着いてすぐいい雰囲気になったのだが、直前になって風呂に入ってないことが気になってしまったのだ。

そこで、貴嶺にシャワーを促《うなが》されたが、純奈は先に貴嶺をシャワーに行かせた。

その間、どうしようと思いながらベッドに突っ伏していたのは覚えている。

だけど、その後の記憶がまったくない。

純奈は昨日の服を着たままで、つまり——

何も、やっていない。

「本当に、ごめんなさいぃ」

純奈が謝り倒すと、貴嶺が純奈の肩に手を添えて、身体を起こさせる。

床に片膝をついた貴嶺は、そんな純奈の顔を見て、ただ笑みを浮かべた。

「泣かなくてもいいのに」

貴嶺の指が優しく目の下を拭《ぬぐ》ってくれる。彼は純奈を立たせると、ベッドに座らせる。

「私、ちゃんと、昨日は……いえ、今日は貴嶺さんと、本当に……」

貴嶺は微笑み、純奈の身体を引き寄せた。

ふんわりと抱きしめて、それから小さなキスをする。

「わかってます。大丈夫です」

温かな大きな手で、優しく頭を撫《な》でられた。

「ごめんなさい」

もう本当に、純奈は申し訳ない気持ちでいっぱいだった。

「………純奈、あんた……やらかしたね」

「はい」

「何してんの？」

「……はいぃ」

テーブルに突っ伏した。

入籍した翌日。いつものファミレス、ドリンクバー。

純奈の目の前には、美穂に見せろと言われた、結婚指輪がある。

恋愛未経験でダメダメな純奈だが、極めつけにやらかしてしまった。説教されてもしょうがない。それでも、とにかく誰かに相談したくて美穂を呼び出したのだ。

高橋改め、新生純奈になり、夫と初めて泊まった高級ホテル。

深夜過ぎにチェックインし、気付いたら朝でした。

夫になった彼は、そのまま隣で眠ったようです。

土下座して謝り倒す妻に夫は優しく微笑み、美しいブリリアントカットダイヤモンドのついた結婚指輪を見せました。そして、驚いて目を丸くする妻の左薬指に指輪を嵌《は》めると、同じく一粒ダイヤのついた結婚指輪を自分の左薬指に嵌めさせたそうな。

そして、妻はドイツに赴任する夫を、空港で手を振って見送りましたとさ。

終了。

「わ――――ん！」

「わ――ん、じゃねぇよ。焦《じ》らしてんじゃねぇよ。眠ってんじゃねぇよ。そんなキラキラの高そうな指輪貰《もら》える立場かよ。そこまでお膳立てされて、いろいろ貰っておいて、一発もやらせないなんてどういうことだよ。私はお前がわからねぇよ。親の前で娘を連れ出した夫のメンツはどうするよ」

「美穂、酷《ひど》い！　全部、その通りだけど……」

顔を上げると、中学以来の親友の顔は呆れ果てていた。

「酷くない。夜中に両親の前から娘を連れ出すんだよ？　新生さんだってそれなりの覚悟がいったはずだよ？　しかも、自分はそのままドイツに行かなくちゃならないって……新生さん、純奈の親に電話入れたんじゃない？」

「……うん。家に帰ったら、貴嶺さんから丁寧な電話があったって」

「で？」

「で、って？」

「純奈が新生さんへの落とし前をどうつけるかってこと！　もうE65カップをもって償《つぐな》えって感じね」

さんざん説教されて、純奈はテーブルに手をついて項垂《うなだ》れる。

でも、純奈が悪いのでそう言われても仕方ないのだ。

「いつ行くか、ちゃんと話したわけ？」

「うん。この一週間以内にはって。……朝、一緒にご飯食べてる時に」

「荷物まとめて？」

「うん。なるべく早く行きますって言った。チケット、予約しないと」

純奈のことをどう思っただろう。がっかりしただろうか。優しい人だけど、純奈への気持ちが半減したりしなかっただろうか……

　本当に後悔してもしきれない。

「早く、ドイツ、行くね」

「そうね。私たちは、しばらく寂しくなるけど」

　美穂の言葉に、そうか、と思った。ドイツに行ったら、美穂ともしばらく会えなくなるんだ。

　赴任期間は、三ヶ月と言っていた。

「純奈、元気でいてよ。行くまでに、もう一回くらい会えるかな？」

「うん。いろいろごめんなさい、美穂」

「何で謝るの？　謝るなら新生さんに謝りなよ」

「うん、貴嶺さんにも謝る」

　純奈がそう言うと、美穂は微笑んで頷いてくれる。

　美穂と別れた純奈は、貴嶺にメールを送った。できるだけ早くそちらに行きますと。

☆　★　☆

『純奈さんがドイツに来るためには、いろいろと手続きを取らなければいけません。今から言うのでメモを取ってください。まず、外交パスポートを取得する必要があります。先にそれを日本で取得してください。それからビザの申請も必要です。メモの準備はいいですか？』

メールを送ったら、ドイツに着いた貴嶺が忙しい合間に電話をかけてきてくれた。

純奈は頭がパンクしそうになりながら、次々と指示されることを必死にメモしていく。

そうして翌日から、純奈は役所やら銀行やらへ奔走《ほんそう》することになった。

純奈は、あらかた準備のできたスーツケースの中を点検する。パスポート、ビザ、航空チケット、ドイツのガイドブック、地図、日本円、ユーロ、その他諸々《もろもろ》。

明日は、純奈がドイツへ出発する日だ。

せめて貴嶺が出発してから一週間後には、と思っていたのだが、必要な手続きが多くて渡航準備に二週間近くかかってしまった。

入籍翌日のメールで、なるべく早く行きますと伝えると、貴嶺は『ゆっくりでいいですよ』と返信してきた。

もしかして、貴嶺は早く来てほしくないのだろうか。

いろいろやらかしてしまった純奈に愛想を尽かしたのかもしれないと不安になってくる。

だって、怒ったり、結婚を後悔したりしてもいいようなことをしてしまったのだ。

その時のことを思い出して、純奈はスーツケースに突っ伏す。

「来てほしくないとかないよね!?　もう好きじゃなくなったとかじゃないよね!?　次はちゃんとやります！　これで嫌いになられたら、私……！」

今の純奈は乙女心全開。自分の中にこんな乙女な自分がいたなんて驚きだ。

純奈が一人でわーわー言っていると、階下から母に注意される。

「うるさいわよ、純奈！　あんた、明日の支度は終わったの？」

明日は、父は仕事だから見送れないとのことで、母と帰省してきた兄が成田まで見送りに来てくれることになっていた。しかし。

「お母さん具合悪いから静かにして！」

母は季節の変わり目で、風邪を引いて寝込んでしまった。兄も、奥さんが急性胃腸炎で入院したと連絡があり、昨日帰ってしまった。

つまり、純奈は誰の見送りもなく、一人でドイツへ旅立つ。でも、ここまで一人で準備してきた純奈は、達成感とともに一人でも大丈夫だという自信を持っていた。

「あ、指さし英語本！　あったらいいかも！　教材も持って行こう！」

しかし実際は、まったくしっかりしていなかったのだった。

☆　★　☆

翌日、純奈は飛行機に乗って、なんとかフランクフルトへ到着した。これから貴嶺のいるベルリンへ向かうのだが、外国も飛行機も初めての純奈は不安でいっぱい。

忙しい貴嶺に面倒をかけたくなくて、一人でチケットを用意したのだが、ここにきて、本当にこれで大丈夫か心配になってくる。

大丈夫ですか？　と聞かれて、思わず、はい、と答えてしまったが、意地を張らずに、貴嶺に頼めばよかったのかもしれない。

極度の緊張で、長時間のフライトの間、純奈は機内でほとんど眠ることができなかった。

「もう、飛行機には乗らん！」

こんなことを繰り返している貴嶺は本当にすごい。外交官は、実は鉄人なのかもしれないと思った。

なんとかベルリンまで辿《たど》り着いて、純奈はふらふらしながら到着ロビーのベンチに座る。肩からかけたバッグを膝に置き、スーツケースに突っ伏した。

「とりあえず、指輪、つけよう。今から、貴嶺さんと会うし……迎えに来てくれるはずだから……」

バッグから取り出した指輪を、左手の薬指に嵌《は》める。そうしてスマートフォンの電源を入れて、日付を確認した純奈は首を傾《かし》げた。日付が変わってない？

「ああ、そっか、ドイツに合わせないといけないのか」

純奈は携帯を操作して、自動の日付合わせを行《おこな》う。

「…………あれ？」

携帯の画面をじっと見て、何度も瞬《まばた》きをした。

内心の動揺を抑えながら、スマホの中に保存してある、貴嶺とのメールを確認する。

そして、大変な事態に気付いてしまった。

純奈は目を閉じて、再びスーツケースに突っ伏す。

「…………なんで一日前にドイツに着くんだろう？」

何度も確認して予約した飛行機なのに。

外交パスポートにビザ取得という、面倒な手続きまで乗り越えて来たのに。

「貴嶺さんとの約束の日、明日じゃん……」

とりあえず電話だ、と思ってスマホを手に取る。

そして、操作をしながら気付いた。

「……ドイツで、使えるようにするには、どうすればいいんだろう……」

スマホを持ったまま、額《ひたい》に手を当て項垂《うなだ》れる。

「そうだ！　指さし英語って……ここ英語じゃなくてドイツ語だよ？　あ、でも英語通じるかも！　貴嶺さんも複数の言葉話せるし。ベルリンにある日本大使館に行けば……って、いきなり職場に押しかける妻ってどうなの……しかも、こんなに遅い時間に……」

ああ、もう認めるしかない。絶対的に、純奈は失敗をした。

ベルリンに着く日を一日間違えて貴嶺に伝えるとは、本当にバカの極み。

「職場に電話をかけたらどうだろう……ああ、でも、国家公務員って職場に直接電話をかけてもいいものなのかな？　それに、公衆電話の使い方わからないや……」

初めての外国。言葉もわからない場所で、純奈は一人、途方に暮れた。すでに時間は、ドイツ時間で午後八時になろうとしている。

とりあえず、はっきりしているのは、迎えは来ないということ。そして連絡の取り方もわからないし、公衆電話を使うための小銭もない。

なんとかホテルを探して泊まるか、このまま空港で、夜を明かすしかないんだろうか？

貴嶺はまさか、純奈が一日前にドイツに着いているとは思いもしないだろう。純奈は再度スーツケースに突っ伏した。

泣きそうだ。そして泣きそうだと思った途端、本当に涙が出てきた。

いまだかつて、ここまでドジなことをやったことはない。

会社にいた頃は、仕事に定評のあった純奈だ。主任だって任されていたし、こんな絶対的な失敗なんてしたことはなかった。

絶望的な心境で項垂《うなだ》れていると肩をトントンと叩かれる。

のろのろ顔を上げると、目の前に貴嶺がいた。

「Guten Abend　純奈さん」

「…………へっ？」

「目が赤い。泣いていましたか？」

口元に笑みを浮かべた貴嶺は、スーツの上に黒いコートを着ていた。手には黒い手袋、首には同じく黒のマフラーをしている。

「……外、寒いですか？」

鼻を啜《すす》りながら言う。いつ見ても、貴嶺はもの凄く素敵でカッコイイ。

貴嶺はそんなことを聞かれるとは思っていなかったのか、苦笑した。

「今の気温は四度らしいですよ」

そう言って、純奈の頭を優しく撫《な》でる。

その瞬間、顔がクシャッと歪《ゆが》んだ。目を閉じると涙がポロリと落ちていく。

純奈は立ち上がって、勢いよく貴嶺の胸に抱きついた。

「う――――っ！」

「お義母《かあ》さんに電話してよかったです。渡航者リストを、必死で見ました」

そう言って純奈の肩をポンポンと叩く。

「会えてよかった」

さっきまであんなに途方に暮れていたのに、目の前に貴嶺がいるだけで安心できた。

もう、この人がいないと絶対にダメ。こんな風に助けに来てくれるなんて、本当にヒーローみたいだ。

「さっきまで、電話のかけ方とか、ホテルに泊まる方法とか、いろいろ考えてて……」

「はい」

「私、本当にバカで、指さし英語なんて持ってきてて……」

「ええ」

「とにかく電話しなきゃって思ったら、携帯電話の合わせ方わからなくて。公衆電話の使い方もわからなくて……」

ぐずぐず鼻を啜《すす》りながら、一人で不安に思っていた時のことを話す。

「それから？」

「もう、ホテル探さないとって思ったら、泣けてきて……貴嶺さんが来てくれて、本当に嬉しいです！」

貴嶺の胸に額《ひたい》を押し付けるようにしてギュッと抱きしめる。

「こちらこそ、来てくれて嬉しいです、純奈さん」

何度も貴嶺の腕の中で頷き、涙でぐしゃぐしゃになった顔を上げる。

「官舎へ行きましょうか。車で来ていますから」

そっと純奈の身体を離し、貴嶺が純奈の大きなスーツケースを持つ。

貴嶺に手を引かれて外に出ると、思っていた以上に冷たい風が吹き付けてきた。

「わ、寒っ！」

事前にドイツの気温を確認し、上に厚手のパーカーを着てきたが、これは確かにコートが必要な寒さだ。

足早に歩く貴嶺について、空港の出入り口付近に停まっている車のところまで行く。黒塗りの車は、有名な高級外車だった。貴嶺は純奈の手を離すと、先に助手席に乗るよう伝えてトランクに荷物を入れに行く。

純奈が助手席で待っていると、運転席に乗り込んできた貴嶺は、すぐにエンジンをかけ発車させた。

「この車は？」

「ちょっと無理を言って借りました。官舎まで少し時間がかかりますが、お腹空《す》いてないですか？」

「空いてます！」

正直に言うと、貴嶺は笑った。

「じゃあ、途中どこかに寄りましょう。ドイツは、ビールが美味《おい》しいです。あとソーセージも。飲みますか？」

貴嶺の提案はとても魅力的だった。さっきまで泣いていたのに、今は凄く楽しくなっている。

「飲みます！」

「じゃあ、決まりですね。俺は運転があるから飲めませんが、純奈さんは遠慮せず飲んでください」

言われるまで気付かないなんて！　本当にバカ。

「気付かなくて、すみません。ビールはまた今度にしましょう！」

「俺のことは気にしないで飲んでください」

本当に、どれだけこの人に気を遣ってもらってるんだろう。純奈にはもったいない人だ。が、もちろんというか、なんというか――

貴嶺が連れて行ってくれた店で、目の前に、黒ビールとともに、ソーセージと、チーズがのったパン、それに生ハムと、結んであるような形のパンらしきものがくると、その誘惑に逆らえなかった。

「いただきます！」

手を合わせて食べ始めると、どれも本当に美味しくて夢中で食べた。半分くらい食べたところで、ハッと貴嶺を見る。

「どうしましたか？」

「………いえ、美味しいです」

貴嶺は、と言えばビールの代わりに水を飲んでいた。

「よかったです。ビールのお代わりは？」

純奈のビールグラスはすでに空《から》になっている。こちらのビールは、味が濃くて美味しかった。味わい深いというかなんというか。日本のビールとは違った美味しさがある。

「もう、大丈夫です」

純奈が笑って断ると、貴嶺は微笑んで言う。

「遠慮しなくていいですよ。黒ビールの次は白ビールはいかがですか？」

言いながら店員を呼び、ビールを頼んでくれた。申し訳なく思いながら、純奈は結んだような形のパンを食べる。

「それは、プレッツェルっていうパンです」

「プレッツェル？　なんか、ポッキーみたいですね」

「そうですね」

二人でそんな会話をしながら、料理を食べていると、白ビールが来た。日本のビールと同じように見えたが、苦みが少なくて、とってもフルーティーな味わい。

「美味《おい》しい……」

今まで、ドイツのビールがこんなに美味しいとは知らなかった。

「よかったです。ドイツはビールが美味しいので、いろいろ試してみるのもいいでしょう」

そう言って、口元に笑みを浮かべる貴嶺を見つめる。お腹も心も満たされると、改めていろいろと貴嶺に対して申し訳ないという気持ちが膨らんできた。

「貴嶺さん」

「はい？」

「怒ってませんか？」

「怒る？　なぜ？」

なぜってそれは、純奈はいつ、愛想を尽かされてもおかしくないようなことをしてしまったから。

「にゅ、入籍した日、先に眠っちゃって……」

「そんなに前のことを？　夜遅かったですからね。怒ってませんよ」

「今日、一日早く、ドイツへ着いたことも……自分で航空券を用意すると言ったのに、間違えちゃって……」

「事なきを得たので、よかったです。知らない土地で一人にしなくてほっとしてます」

「こんなにいろいろ迷惑かけてるのに、自分だけビールを飲んじゃって……。もう愛想を尽かしたりしませんか？」

純奈が顔を上げると、貴嶺にしては本当に可笑《おか》しそうに笑って、純奈の左手を取った。

「愛想を尽かす？　なぜ？」

純奈の指輪の嵌《は》まった左手を見て、そして目線を合わす。

「ビールを飲んで、美味しそうにご飯を食べる純奈さんが好きですよ。指輪もちゃんとつけてくれて、嬉しいです」

純奈はギュッと目を閉じて俯《うつむ》く。下唇を噛んで、それから貴嶺を見た。

「いろいろ、すみませんでした」

「謝ることはないです。本当に外交官でよかったですよ。渡航者リストを見るとか、多少の融通《ゆうずう》が利きますからね」

そんなことを、優しい顔をして言ってくれる。こんな旦那様を得た自分は、本当に幸せだと心から思った。

「それに、意地悪しましたよ、俺」

「え？」

「外交パスポートもビザも全部あなたに用意させたでしょう？　こっちでもできたのに、意地悪しました。怒ってはいませんが、焦《じ》らされたし、我慢もしたので」

確かに、外交パスポートの用意もビザの取得も大変だった。でも、それを意地悪だとは思わない。これを全部、いつも貴嶺はやっているんだから。

「意地悪だなんて、思わなかったです」

そう言うと、貴嶺は笑みを深めて、純奈の左手を握る手に力を込める。

「大変な思いをしてまで、来てくれて嬉しいです」

そのストレートな言葉に、純奈は赤くなって俯《うつむ》いた。

「それに、純奈さんが一日早く来てくれたおかげで、時間がたくさんできました。俺、明日と明後日《あさって》、休みなんです。あなたを迎えに行く名目で」

「じゃあ、ゆっくりできますね」

「ええ。純奈さんと、ゆっくりできます」

何か含んでいるような、意味ありげな視線を送られる。

その意味がわかってしまった純奈は、ギュッと目を閉じて俯く。

「や、優しくしてください」

「はい。今日は先に眠るのは無しですよ？　眠ってたら、起こします」

今日は、先に眠ってても起こしてヤル、ってことだ。

そんな貴嶺に、純奈は返事ができなかった。

ただ、純奈の左手を握る貴嶺の手に、そっと右手を重ねた。

11

車の中は、暖かくて超眠かった。

お腹いっぱいの上、ビールも飲んだため、うとうとしてしまう。

頑張って起きていようと思うのだが、飛行機の中で全然寝られなかったこともあり、時々フワッと意識が飛ぶ。

どうにかこうにか目を開けていると、車が目的の官舎に着いた。警備の人が立つ、大きな門のある建物にびっくりして、ちょっとだけ目が覚めた。

さらに、車を降りて向かった先でも、純奈の目が覚めるような光景が広がっていた。建物の外観は質素に見えたのに、内装はびっくりするほど豪華なのだ。

「ここ、本当に官舎ですか!?」

「ええ。最近リノベーションしたそうです。どうぞ、純奈さん」

貴嶺は靴《くつ》のまま部屋の中に入って行く。

「以前は凄く古かったみたいです。ちょうど綺麗になった時に入れてよかった」

「広いですね」

「日本で言うと2LDKといったところです。リビングのほかに部屋が二つあります」

日本の2LDKより確実に広いと思いながら、純奈はきょろきょろと室内を見回した。

結構な広さのあるリビングには、大きなソファーとテーブル、そしてテレビが置かれている。相変わらず物が少ないので余計に広く感じた。

貴嶺は、コートを脱いで奥の部屋へと歩いて行く。興味を引かれ純奈も一緒について行くと、そこはベッドルームだった。部屋の真ん中に、大きなベッドが置いてある。

「……‼」

「どうしました？」

「…………いえ、ベッドが大きいな、と」

「ああ、ドイツへ着いた日に、姉が送ってきたんです。クイーンサイズだそうで、届いた時は俺も驚きました」

貴嶺は、脱いだコートをクローゼットにしまいながら、純奈に声をかける。

「シャワー浴びてきたらどうですか？」

「えっ？」

「シャワーです。一泊機内で、風呂に入れなかったでしょう？」

「あ、はい！　そうです！」

「この家は、シャワーブースのみですが。タオルは棚に置いてあるのを使ってください」

「は、はい」

「今回は、先にどうぞ」

「……はい」

一気に眠気が飛んだ。貴嶺に答える声が緊張で小さくなる。

浴室の場所を聞いて、純奈はぎくしゃくした足取りでリビングへ戻る。そこに置いてあるスーツケースを開いて、替えの下着を取り出した。

『ガーリーで行け！　色が派手？　これくらいでちょうどいいの！』

そう言った美穂を思い出す。

ドイツに発《た》つ前、美穂が会いに来て、一緒にブラとショーツを買いに行った。

純奈は美穂が選んでくれたリボンとレースがついた可愛いブラとショーツのセットを見て、覚悟を決める。そして、それと寝巻き代わりのロングワンピースを持って浴室へ向かった。

シャワーブースは、思っていたより広かった。さらに周りがガラス張りになっていて、浴室のドアを開けたら丸見えになってしまう。

「……貴嶺さん、ドア開けたりしないよね？」

深呼吸して、服を脱いだ。きっと貴嶺は、そういうことはしないだろう。

シャワーの使い方は日本とそう変わらないらしい。温かいシャワーを頭から浴びて、置いてあるシャンプーで髪を洗った。続いてボディーソープを泡立てて身体を洗いながら、ついこの後のことを考えてしまい、純奈は身体を隅々まで二度洗ってしまった。

シャワーブースを出て下着を身に着ける。初夜用にと選んでくれたのは、サーモンピンクのかなりガーリーな下着だった。でも美穂の見立ては正しく、色の白い純奈には合っていた。

「ど、どうしよう……緊張する」

純奈はその場に座り込んで、両手で顔を覆《おお》う。

「でも、誰でも通る道なんだ……」

目を閉じながら大丈夫と言い聞かせる。

美穂が言ったことを思い出し純奈は立ち上がってワンピースを着た。そして、肩より少し長めの髪を、浴室に置いてあったドライヤーで軽く乾かす。

意を決して浴室を出て行くと、貴嶺はリビングで電話をしていた。聞きなれない言葉なので、きっとドイツ語なのだろう。

貴嶺は電話を耳と肩で支えて、スラックスのベルトを緩《ゆる》めている。そうしてベルトを引き抜き、シャツの袖口のボタンを外したところでリビングにいる純奈に気付き、電話を終了させた。

立ち尽くす純奈に近づいて、口元に笑みを浮かべる。

純奈は、貴嶺の上着を脱いだ姿を見つめた。

身長に釣り合った広い肩幅から背中にかけての綺麗なライン。シュッとした脇腹から腰にかけても、細身だがとても綺麗だ。

「ベッドで待っていてください」

貴嶺は至近距離で純奈を見下ろし低く囁《ささや》いてくる。純奈は、ゴクリと唾《つば》を呑み込んで頷いた。

「はい」

「俺も、シャワー浴びてきます」

そう言って、すれ違いざま純奈の肩にかかった髪を払うようにする。イケメンがイケメン過ぎて、もういっぱいいっぱいだ。

純奈は、フラフラしながら奥の寝室へ行き、クイーンサイズのベッドに座る。

これからここで貴嶺とするんだ……そう思うと、緊張とともにどこか観念した気持ちになった。

純奈は、トクトクと早鐘を打つ心臓を意識しながら、ぱたんとベッドに倒れ込む。

男女のアレコレに恐怖心がなくなったかと言えばそんなことはない。でも、貴嶺だったらという気持ちがある。

自分は貴嶺のことが好きで、貴嶺も自分を求めてくれている。何より、二人は夫婦なのだから……と、考えながら目を閉じた。

そうすると、長旅の疲れと適度な酔いもあって、急激な眠気が襲ってくる。ふかふかしたベッドの気持ちよさに誘われて、純奈はいつの間にか、眠ってしまっていた。

☆　★　☆

髪の毛を優しく梳《す》かれる感じがした。

続いて温かい何かに頬を撫《な》でられる。それがとても気持ちよくて頬をすり寄せると、その温かい感触が首筋に移動してきた。くすぐったくて顔を背《そむ》けたら、身体の上に何かが乗ってきた。

「ん……」

『疲れてるんですね』

遠くで声が聞こえる。

そうして首筋を温かいものに撫でられた。同時に、何か冷たいものも当てられる。それを払おうとすると、温かいものに手が包まれた。

『起きてください、純奈さん』

そんなこと言われても、気持ちよくて起きたくない。

たぶん、そう答えた。すると、微《かす》かに笑う気配がする。

『しょうがない人ですね』

そんなに優しい声でしょうがないなんて言われたら、ドキドキしてしまう。

そう思って、ふにゃっと笑った。次の瞬間、足の際どい部分に温かい何かを感じて、薄目を開けた。

「起きましたか？」

「………へっ？　冷たっ！」

寝ている時、冷たいと感じたのは水のペットボトルだった。純奈の頬に当てられていたそれを、貴嶺はベッドサイドにあるローチェストに置いた。呆然とその動きを追っていた純奈は、目の前の整った顔を見つめる。

いつの間にか、ベッドにきちんと寝かされていた純奈の右半身に、貴嶺の身体が乗っている。どうやっているのか、しっかりと押さえられていて身動きすることもできない。

掛け布団が半分かかっている足元を見ると、寝巻き代わりのワンピースの裾《すそ》が、ショーツが見えるほど上げられていた。

「本当に、目が落ちそうです、純奈さん」

「あ、あのっ！」

「はい？」

わかっているけれど聞いてしまった。

「なっ、何を⁉」

貴嶺は口元に笑みを浮かべたまま、純奈の顔間近で頬杖をついた。

「眠ってたら起こしますと、言ったはずです」

貴嶺の綺麗な目が瞬《まばた》きをして、純奈を見つめてくる。

「純奈さん」

「はい」

緊張して声が上ずった。

「男と女のほとんどが経験することです。夫婦ならなおのこと、やってることです」

「…………」

「俺のことが好きだと言ったのは嘘でしょうか？」

純奈は首を振る。

貴嶺のことは好きだ。好きに決まっている。

「す、すす好きです！」

「ありがとう。俺も好きです」

そう言って、貴嶺は頬杖をついていない方の手で、純奈の頬を包む。

「だからセックスがしたいです」

ストレートに言われて、唇が震える。

「身体、許してくれませんか？」

純奈はギュッと目を閉じて、無言で頷く。すると、貴嶺が頭を撫《な》でてきた。

「俺は強引ですか？」

「……いっ！　いえっ！　貴嶺さんは至極、優しいと思います！　ただ………」

「ただ？」

「で、電気消してください！」

純奈の言葉に、貴嶺は微笑んで身体を起こした。

スウェットパンツとシャツ姿の貴嶺の後ろ姿に見惚《みと》れていると、部屋の電気が消えて真っ暗になる。ベッドの軋《きし》む音で貴嶺が戻ってきたと思ったら、目の前が少し明るくなった。

見ると、貴嶺の手の上で小さな丸いライトが青白い光を放っている。

「あまり暗いと、何も見えませんから」

「地球？」

丸いライトは、地球儀だった。青白い光を放っているせいで、青い地球のようにも見える。

「わ……」

部屋の壁にも世界地図のような影ができている。

「キレイです」

興奮して言うと、ふっと微笑まれた。

「高校の頃から使っているものです。壁に映る影が好きで」

そう言ってライトに触れると、一段階暗くなる。タッチライト式で何度か触れていくうちに完全にライトが消えた。再びライトをつけると、貴嶺がそれをサイドチェストに置いた。

「もう少し、暗く、できますか？」

純奈が頼むと、貴嶺がタッチライトに一回触れた。少し暗くなったが、まだ明るい気がした。純奈が貴嶺を見上げると、彼は先を読んだように言った。

「これ以上は暗くしませんよ？」

そうして純奈の身体の上にゆっくりと覆《おお》いかぶさってくる。初めて感じる男の人の重さに、落ち着かなくなる。

これだけ密着していたら、純奈の心臓の鼓動はきっと相手にも伝わっているだろう。何より、自分の身体の内側から湧き上がってくる、変な感覚をどうしたらいいのかと戸惑う。

「あの、もう一つ……」

「なんですか？」

頬杖をついて純奈を見下ろしてくる貴嶺は、純奈のそんなに高くない鼻を摘《つ》まむ。

「痛くないように、というのは約束できませんよ」

「ふぁんでれすか⁉」

鼻を摘まれたまま言ったので、変な言葉になった。

「あなたが行為を躊躇《ためら》う理由は、それですか？」

鼻から手を離した貴嶺がそう聞いてくるので、この際、純奈は開き直ることにした。

「やっぱり……怖いです。できれば、あまり痛くしてほしくないのが、正直な気持ちです」

「そうですか」

純奈の髪を優しく梳《す》いていた貴嶺は、そう言って体勢を変えた。

純奈の顔の横に両手をついて、上から純奈を見下ろしてくる。

「じゃあ、こう思ってください」

「え？」

「それだけ、俺が純奈さんのことを好きなのだと思ってください」

純奈は瞬《まばた》きをした次の瞬間、顔を赤くした。

「痛い分だけ？」

「そうです」

「げ、激痛だったら？」

貴嶺が苦笑した。そして、笑うのを堪《こら》えるように口元に拳《こぶし》を当てる。

「そ、そんなに笑わないでください。真剣なんです！」

貴嶺は「すみません」と言って、純奈の頬を優しく撫《な》でた。

「激痛だったら、そうしてしまうほど、あなたが好きなんです。わかってください」

痛くても、それは貴嶺が純奈を好きだからなので、受け入れて欲しいと？

「なるべく、痛くないようにします。だから、俺に身をゆだねてください」

なんというか、ここまで言ってくれる男の人はきっと他にいない。

自分でも面倒くさいことを言っている自覚がある。普通だったら怒ってもいいだろうに。

頬を優しく撫でていた手で、耳の後ろを触れられて、ゾクッとした感覚が湧き起こる。

ここまで来た。そして純奈もこの人が好き。

「はい」

そう返事をすると、貴嶺は微笑んで、純奈のワンピースの裾《すそ》を上げた。服を脱がされていく感触に、純奈の呼吸が早くなり、胸が大きく上下する。

きっとすでに貴嶺の眼前には、純奈のコンプレックスでもある胸が見えているはずだ。

純奈はいたたまれず、顔を横に逸《そ》らしてしまう。

温かい手が純奈の腕を撫でながら背中に回ったと思うと、パチン、とブラのホックが外された。胸の締め付けがなくなり、ギュッと目を閉じる。

「手を上げて」

言われるまま手を上げると、ワンピースがブラとともに脱がされた。一気に冷気を感じて身体が震える。すると、貴嶺が掛け布団を引き上げ身体を覆《おお》ってくれた。

だが、ほっとしたのも束の間、大きな手が胸に触れてくる。その瞬間、ん、と声が出て顔を横に背《そむ》けた。

この声、何、と自分で思うほど甘い声だった。

貴嶺の手が、胸を揉《も》み上げるように上下する。乳房の先端に指が触れると、キュッと摘《つ》ままれた。

「あっ……」

心臓の音がうるさい。それに、胸に触れられると、身体の内側におかしな感覚が生まれてくる。疼《うず》くような、身体を縮めたくなるような変な感覚だ。

背けていた顔を正面に戻され、貴嶺の綺麗な顔が近づいてくる。そして、純奈の唇が貴嶺の唇に奪われた。

「んん……っ」

上唇、下唇、と順に包まれながらキスをされる。それが、唇全体を覆う深いキスに変わるのは、あっという間だった。胸を揉《も》まれながら舌を絡《から》められると、どうしようもなくドキドキする。

思わず首を少し反《そ》らすと宥《なだ》めるように頭を撫《な》でられた。そのままゆっくりと首筋を撫で下ろされ、ぞくりとした感覚に身をよじる。

初めて知る感覚に、純奈は貴嶺のシャツをギュッと握った。

「っは……っ！」

唇をずらす合間に息を吸い、キスを続ける貴嶺になんとか応《こた》える。震える手で貴嶺のシャツを握っていると、その手を取られて指同士を絡めるように繋《つな》がれた。

貴嶺のもう片方の手は、純奈の胸を撫で、揺らすみたいに揉んでくる。それだけでもゾワゾワと変な気分になるのに、胸の突起を摘《つ》まんで転がされるから堪《たま》らない。お腹の辺りが疼《うず》いて、思わず膝を曲げて足の指をギュッと丸めてしまう。

どれくらいそうされていたのか、何度も貪《むさぼ》るように重ねられていた唇が、濡《ぬ》れた音を立ててゆっくりと解かれる。その時、純奈の舌が彼の舌を追った気がした。

「あ……」

うっとりと貴嶺の濡れた唇を見ている自分に驚いて、顔が熱くなる。

「キス、よかったですか？」

恥ずかしさに目を伏せて答えずにいると、貴嶺の両手が、再び胸を揉み上げてきた。

そして両方の親指が、胸の先端を転がすように撫でてくる。

「これは？」

「や、ん……」

答えられないよ、と思って首を振る。

「可愛いです」

言いながら貴嶺は純奈の首筋に顔を埋《うず》めて、そこへ唇を這《は》わせた。大きな温かい手で首筋を撫でながら、貴嶺の顔はゆっくりと首から下へ移動していく。

チュッと音を立てて鎖骨にキスをされ、唇をずらしながら胸の谷間にもキスをされた。

純奈の胸は、余すところなく貴嶺に見られている。そう思うと、湧き上がる羞恥心《しゅうちしん》で身体が震えてくる。

けれど同時に、彼の手の温かさとキスの心地よさに、純奈は羞恥心とは別のお腹が疼くようなぞわぞわした感じを味わう。

「はっ……貴嶺さ……っ」

純奈の胸の側面にキスをしながら、自分を見上げてくる貴嶺と目が合った。

貴嶺は純奈と目を合わせたまま、胸を先端の突起ごと唇の中へ迎え入れる。

「ん……っ」

わずかに背を反らし、胸から感じる甘い刺激を全身で受け取る。

じわじわと腹部から広がっていくこれが、快感というものなのだろうか。初めて体験する純奈には、はっきりとわからない。

その間にも貴嶺の唇は、純奈の胸を吸い、舌で舐《な》めてくる。

恥ずかしくて泣きそうだ。なのに、そこから目が離せず、純奈は貴嶺の舌が自分の胸の先端を舐めるのを見つめた。

純奈の視線に気付いているはずなのに、貴嶺は純奈の乳房を唇で愛撫《あいぶ》し続ける。

「っ……ん」

我慢しても口から変な声が出てしまい、恥ずかしくて腕で唇を覆《おお》った。すると、貴嶺が手を伸ばし、唇を覆っていた腕をやんわりと外される。

そして、胸の尖《とが》った部分を音を立てて吸ってくるので、また鼻にかかった変な声が出てしまった。

「やっ……声、が」

純奈の胸の上に顔を埋《うず》める貴嶺を見ると、彼は見せつけるように、舌で尖った先端を舐めた。そのまま先端を口に含んで軽く吸い、チュッと音をさせて唇を離す。

「声が、どうかしましたか？」

少し掠《かす》れたような貴嶺の声。

「だ……って、変な、声が」

「そうですか？　可愛い声です」

そう言って貴嶺は、反対の胸も同じようにする。舐められて、先端を吸われて、側面を食《は》まれる。

そのたびに、純奈の口からは変な声が出るし、お腹の辺りが疼《うず》いて堪《たま》らない。思わず足をすり合わせると、ショーツが濡《ぬ》れているような気がした。

「柔らかい。ずっと、触っていたくなる」

貴嶺の声がいつもより低く掠れているように感じる。

そんなことにも刺激されて、余計にショーツが濡れた気がした。純奈とて、この身体の反応を、まったく知らないわけではない。純奈が貴嶺を感じて、貴嶺を受け入れる準備をしているということだ。それを自覚すると、もう、本当にどうにかなりそうなくらい恥ずかしくなってくる。

なのに貴嶺は躊躇《ためら》いもなく純奈のショーツに手をかけて、スルスルと引き下ろしていった。

下着というものはなんて心許《こころもと》ないんだろう。簡単に脱がされてしまうじゃないか。それに、これじゃきっと。

「デザイン、関係ないぃ……」

どんなに可愛い下着を用意しても、こんなすぐに脱がされてしまうんじゃデザインなんて関係ない。

「可愛いですよ」

「え？」

「下着のデザイン。レースとリボンがついてて、可愛いです。レディ、というより、ガールというか」

貴嶺が少し上体を起こして、床に落としたブラを手に取る。

「カップの部分、大きいですね」

そうしてクスッと笑う。それを見て、恥ずかしさのあまり涙が出てきた。

「コ、コンプレックスなんです、そんなこと言わないでください」

胸を両手で覆《おお》って、横を向く。でも、純奈はもうほぼ裸なので、どちらにしても隠せない。すると、衣ずれの音が聞こえてくる。ちらりと視線を向けると、純奈はそこから視線を動かせなくなった。

男の人がシャツを脱ぐのを初めて見た。

思わず、唾《つば》を呑んだのは、その様子があまりにカッコよかったから。

普段の、きっちりネクタイを締めて隙なくスーツを着こなす貴嶺は、清潔感があって禁欲的なイメージ。それが貴嶺らしくて素敵だと思う。でも今、そんな人が服を脱いでいる。

「……っ」

上半身裸になった貴嶺の胸から腹部にかけては、ほどよく筋肉がついて引き締まっている。外交官は、いつも飛行機に乗って移動をしているイメージなのに、なぜ？　と思うほどいい身体つき。肩幅もしっかりあって、細身だけど、モデルのように綺麗な身体。純奈はその姿に見惚《みと》れて、ドキドキしてしまう。

男の人の裸体をこんなに近くで見たのは初めてだ。しかも、この人は自分の旦那様で、身体だけじゃなく、顔立ちまで整った美形男子。そんな人と今、裸で抱き合っている。

「あ……もう、やだ……」

こんなに綺麗な貴嶺の身体に比べ、細身の割に胸だけやけに大きいアンバランスな自分の身体が、ひどくみっともなく思えて無意識に布団を引き寄せた。

「どうしました？」

どうしましたも、こうしましたもない。

「た、貴嶺さん……」

「はい？」

「い、いい身体、してますね。モ、モテたでしょう？」

言ってしまって後悔した。自分でも、いきなり何を言ってるんだと思う。

「いいえ」

貴嶺は淡々とそう答えながら、自身のスウェットパンツに手をかけて引き下ろす。するとその下のボクサーブリーフが見えてしまい、純奈は慌《あわ》てて両手で顔を覆《おお》った。

「どうしてそう思うんです？」

そう言いながら、貴嶺は純奈の脇腹に触れ、横を向いた身体を正面にした。そして、貴嶺の裸の胸が純奈の胸に重なってくる。

こんなに密着されたら、心臓がドキドキしているのが貴嶺にも伝わってしまう。

「え、あ、だって……にい、じゃない、貴嶺さんは、イケメンだし。それに、スタイルいいし……優しい人だし……」

純奈がしどろもどろになって答えると、貴嶺がふっと笑ったような気がした。顔を覆っていた純奈の手を取り、間近から顔を覗《のぞ》き込まれる。大きな手で首筋に触れられ、頬にキスをされた。

「そんなこと言うの、あなたくらいです」

貴嶺はチュッと音を立てて頬から唇を離し、そのまま唇にも軽くキスをした。

「え……？」

「仕事優先、素っ気ない、話さない、リアクションが遅い、一緒にいても面白くない。それが俺です」

淡々と言いながら、貴嶺は純奈の胸を揉《も》み上げる。胸の谷間にキスをして、顎《あご》先にもキスをする。その行為に吐息を漏《も》らしながら、確かにと思う部分もある。けれど……

「お付き合いって……面白くてするんですか？」

純奈の足に伸ばされた手が一瞬止まって、貴嶺が視線を合わせてくる。

「一緒にいるなら楽しい方がいいでしょう。俺はそれができません」

目を伏せながら自嘲《じちょう》するように微笑んで、貴嶺は純奈の足を撫《な》でた。

「自分じゃない、他人を……ずっと面白くさせるなんて、できないと思います」

「……あなたは……」

貴嶺が驚いたように純奈を見て、頬に手を伸ばしてくる。優しくそこを撫でていた手が、くすぐるように耳の後ろに触れる。ゾクッとする感覚に、純奈は息を詰めて首を竦《すく》めた。

「あなたが痛くないように、いろいろ、してもいいですか？」

貴嶺が見惚《みと》れるような笑みを浮かべて、重ねていた身体を少し起こした。純奈の太腿の外側を撫でながら、中途半端に足に引っかかっているショーツを脱がそうとする。それに気付いた純奈は、咄嗟《とっさ》にその手を両手で捕まえた。

我ながら往生際《おうじょうぎわ》が悪いと思うが、恥ずかしいものは恥ずかしいのだ。

しかし、貴嶺は無言で純奈を見つめ、手を離すよう促《うなが》してくる。その目力に負けて、純奈は手を離した。

「片足、上げてください」

そう言いながら、純奈が足を上げるまでもなく、貴嶺は足首からショーツを抜き取ってしまう。大きな手の中に、レースとリボンがついたサーモンピンクのショーツ。貴嶺がそれを無造作にベッドの下に置くのを見て、緊張が高まった。

貴嶺は、再び身体を重ねると、純奈の首筋に顔を埋《うず》める。

吐息が純奈の耳をくすぐったと思うと、耳元で低い囁《ささや》きが聞こえた。

「あなたが欲しくて、限界です」

そう言って、貴嶺は純奈の太腿に腰を押し付けるように身体を動かす。その緩《ゆる》やかな腰の動きに、純奈の心臓が一際大きく跳ねた。

太腿に押し付けられた硬いモノ。それがわからないほど、純奈もコドモではない。

「あ……あの？」

手を取られて、手のひらにキスをされる。貴嶺は純奈の手を自身の下半身まで導き、ボクサーブリーフの上から硬くなったモノに触れさせた。

「どうなってます？」

どうなってるも何も、これは、だって、もう——

「お…………お、っきいです」

初めて触った。触れた手から感じる、温かさと、硬さ、その大きさ。

「焦《じ》らしてますか？」

手が震える。なのに貴嶺の大きな手が、純奈の手を硬いモノへとさらに押し付ける。

怖くなって首を振ると、貴嶺の手が緩んだので、急いで手を引いた。

貴嶺は半身を起して、純奈の内腿に触れてくる。その手が膝にかかったかと思うと、両手で足を開かれた。

「あっ！」

さらに貴嶺は、身体の上にかかっていた布団を取り去ってしまう。

つまり、今の純奈は、生まれたままの姿で足を開かれ、貴嶺の眼前に自分でも見たことがない場所を晒《さら》している。

それを意識した途端、あまりの恥ずかしさに身体が震えた。同時に、お腹の中がうねるような、疼《うず》くような、おかしな感覚が酷《ひど》くなる。

怖い、と思う。でも、足を閉じられない。開かれたソコが、ひどく疼いているような気がする。

「なに、する……？」

怖くなって聞いた。

純奈の怯《おび》えを、貴嶺もわかっていると思う。

「あなたを愛するだけです」

安心させるように笑みを浮かべた貴嶺は、ゆっくりと内腿を撫《な》で上げつつ下腹部へと手を滑らせていく。純奈の恐怖を宥《なだ》めるみたいに、もう片方の手で頬を撫《な》でられて、純奈は知らずその手に頬をすり寄せていた。

貴嶺の手が優しく純奈の身体に触れていく。でも、そうされると、心地よさを感じるとともに、身体がビクビクと反応してしまう。自分のそんな反応に戸惑いながら、純奈は貴嶺を見る。

貴嶺は純奈の腹部に何度もキスを落とし、徐々に身体を下へとずらして内腿にキスをした。そうして貴嶺は、なんと純奈の足の間に、顔を埋《うず》めてきたのだ。

その瞬間、純奈の口から信じられないくらい甘い声が出た。

「あ……っん」

あまりの恥ずかしさに、腕を口にやってその声を抑える。

けれど、ソコを何か柔らかく熱いものに撫でられて再び声が出そうになった。その柔らかいものが、貴嶺の舌だとわかって、堪《たま》らなく恥ずかしくなった。

純奈の誰にも触れさせたことのない部分を、貴嶺の舌が舐《な》めている。柔らかな舌の感触が、何度も下から上へとソコを撫で上げ、秘められた突起を吸われた。

「や……っ」

強い刺激に、ビクビクと身体が震える。

もう、メチャクチャ恥ずかしい。

あんなところを舐めて、キスするなんて、セックスって、セックスって……

「や……恥ずかしい、もう、やだ……っ」

もう恥ずかしさで死ねる。死んでしまう。そう思うのに、純奈の身体は感じるのを止められない。呼吸を乱しながら、純奈は甘い声を上げ続けた。

やめて欲しくてソコから貴嶺の顔を離したいのに、気付けば撫でるように貴嶺の髪に触っている。純奈は貴嶺の肩に触れ、無意識にそこに軽く爪を立てた。

「たか、ね、さん……っ」

指先が震える。お腹の底から快楽の波が広がって全身が痺《しび》れていく。

鼻にかかったような甘い声が抑えられなくて、涙が出た。

貴嶺は、音を立てながら舌でソコを舐め、中心を撫でるみたいに何度も舌を動かす。最後に尖《とが》った部分を強く吸って顔を上げた。ほっとしたのも束の間、指が純奈の内側に入ってきて、濡《ぬ》れた音を立てるから堪らない。

「や……っだ……」

背を反《そ》らし、息を詰める。貴嶺の指が中に入ってくるたびに、クチュクチュと濡れた音が耳に届く。

忙《せわ》しない息を吐きながら泣きそうになって貴嶺を見ると、綺麗な目を細めた貴嶺は純奈の中から指を抜いた。純奈の内側に触れていない方の手で、純奈の髪に触れる。

「好きです、純奈さん」

髪に触れた手が、純奈の頬を伝う涙を拭《ぬぐ》った。

軽くしゃくり上げると、頬にキスをして、広げた足を撫《な》でられる。

「……怖い」

「純奈さん」

「な、なんですか……」

「受け入れてくれる痛みの分だけ、俺はあなたが好きですよ」

優しくそう言われて、目を閉じる。するとポロリと涙が零《こぼ》れた。

純奈は初めてで、これからされる行為にどうしても恐怖を感じてしまう。なのに今、めっちゃ、感じていた。

覚悟は、もうできている。後は彼を受け入れるだけだ。純奈は、何度か大きく深呼吸する。

純奈が気持ちに折り合いをつける間、貴嶺は何も言わず待っていてくれた。

顔を上げて、貴嶺の肩に手を伸ばす。そうすると貴嶺が純奈をぎゅっと抱きしめてくれた。至近距離に貴嶺の綺麗な顔があって、純奈はその頬に触れ、ゆっくりと貴嶺の眼鏡を外す。

「邪魔でしたか？」

首を振って、枕の横に置いた。

「あ、あまり、歪《ゆが》んだ顔を見て欲しくなくて。絶対ブスになるし……」

「ブス？　可愛いですよ」

そう言うと貴嶺は笑って、自分の鼻を純奈の鼻にすり寄せた。その甘い行為に、きゅんと胸が疼《うず》いてしまう。

「か、可愛くないもん」

恥ずかしくなって、顔を横に向ける。顔をすり合わせるような、そんな恋人っぽい行為に、ドキドキが止まらない。おまけに、「もん」ってなんだよ、と、自分の幼稚な言葉に頭を抱えたくなる。

「可愛いから、そう言っているんです」

純奈の顔をやんわりと正面に戻した貴嶺が、綺麗な切れ長の目で見つめながら、そう言ってくる。

「俺は近視です。外しても、見えます」

貴嶺の顔に見惚《みと》れていた純奈は、その言葉に目を見開いた。

「目が、落ちますよ？」

これ以上ないくらい近くにある貴嶺の顔。純奈は視力が良いので、もちろんはっきり見えている。貴嶺を見て躊躇《ためら》いがちに聞く。

「めっちゃ、見えてます？」

「めっちゃ、見えてます」

純奈の口調を真似して、にこりと笑った貴嶺が、純奈の足をさらに大きく開かせる。

「あ……」

貴嶺の身体が近づく。反射的に閉じようとした足が、間に入っている貴嶺の腰で阻《はば》まれた。純奈の足を撫《な》でながら、貴嶺は身体を下にずらし内腿にキスをして、そこを強く吸う。ピリッとした痛みがあったと思ったら、そこに赤い痕《あと》。

目蓋《まぶた》が震えて、瞬《まばた》きを繰り返す。よく見ると、胸のあたりにも赤い痕がいくつも散っていた。

貴嶺は今付けた痕を撫でつつ、さらに際どい部分に赤い痕をつけてくる。

「や……」

見られているソコを隠したくて手を伸ばす。その手を取られて、手のひらにもキスをされた。唇が肌を辿《たど》り、手首にキスをして柔らかな腕の内側を強く吸われる。

その間にも、もう片方の手は純奈の足の付け根を刺激して、純奈の恐怖を溶かしていく。

そうしながら、貴嶺は自身のボクサーブリーフを下げた。そこには、初めて見る、貴嶺のモノ。

「まって……それ、入《はい》んない」

反応しきった貴嶺のモノを目の当《ま》たりにし、純奈は途端に怖気《おじけ》づいてしまう。

初心者ながら、そこまでバッチリ見る自分もどうかと思うけど。

「……大きいから、入んない」

泣きそうな声で言うと、ふ、と吐息を漏《も》らすように貴嶺が微笑んだ。そして、純奈の足の付け根から下腹部に手を這《は》わす。

「んっ……」

敏感になった純奈の身体は、それだけでも感じてしまった。

「困った人です。余計に、入れたくて、堪《たま》らなくなる」

貴嶺は濡《ぬ》れた音を立てて純奈の唇に小さくキスをした後、ローチェストに手を伸ばした。目で追うと、小さな容器を手に取るのが見える。

「コンドームです。つけた方が、痛くないでしょう」

純奈の視線に気付いた貴嶺にそう言われて、カーッと顔が赤くなった。

起き上がった貴嶺は、純奈の足に触れて微笑む。頬を包むように撫でた後、貴嶺は自身のモノにコンドームをつけた。

それを初めて見た純奈は、顔を横に向けてギュッと目を閉じる。ベッドが揺れたかと思うと、純奈の身体の隙間に、ゆっくりと硬いモノが当てられた。

「あ……」

目をギュッと閉じる。

「待って……お願い」

覆《おお》いかぶさる貴嶺の身体を押す。けれど、そんな行為をものともせず、貴嶺は腰を進めてきた。

「あっ！」

「待ててない、純奈」

熱く掠《かす》れたような声が、耳に響《ひび》く。初めて呼び捨てにされて、貴嶺を見た。

その表情は、余裕がないのがよくわかる。眉間に皺《しわ》を寄せて、何かに耐えるように苦しそうな吐息を漏《も》らしている。

「ああ、狭いです」

そう言って、ゆっくりと入ってくる貴嶺の大きなモノが、純奈の身体を開いていく。

「あ……っ！　いっ……」

涙が滲《にじ》む。歯を喰いしばって痛みに耐えた。

こんなことを乗り越えて来たなんて、世の中の女の子は強い。

貴嶺にギュウギュウしがみついて、背中に爪を立てる。

泣くように喘《あえ》ぐと、首筋を撫《な》でられた。

「力、抜いて、ください」

はぁ、と悩ましい吐息を顔に感じて、純奈は涙で潤《うる》んだ目を開ける。その拍子《ひょうし》に涙が零《こぼ》れ落ちた。貴嶺は唇を寄せて、その涙を拭《ぬぐ》ってくれる。触れてくる手や唇に、純奈を気遣う優しさを感じた。

純奈は息を吐いて、身体に入っていた力を緩《ゆる》める。

小さく礼を言った貴嶺は、純奈の身体を抱き直しそのまま一気に腰を進めた。

「ぁ……あ、あ……っ」

「……入りました」

言われて、純奈の顔が熱くなる。

「痛すぎ、です」

照れ隠しのように言うと、貴嶺が微笑んだ。

「すみません。中、気持ちいいです」

ため息を吐くように言われると、色っぽくてドキドキする。

「もっと奥まで、いいですか？　力を、抜いてください」

力を抜けと言われても、純奈の中に入っている貴嶺を意識すると難しい。

だけど、貴嶺の声に促《うなが》されるように、純奈は、はぁ、とゆっくり息を吐いた。すると、身体の力が少し抜ける。

「そう、いい子です。そのまま、身体の力、抜いていてください」

言いながら、チュ、と音を立てて頬にキスをされ、唇が軽く啄《ついば》まれる。

貴嶺の声は、純奈の中の何かを動かすようだ。耳元で囁《ささや》かれる言葉は、低くて甘い。たぶん純奈は彼の声にも感じているのだろう。初めて言われる甘い言葉に、純奈の身体は柔らかくなっていく。

「っあ!」

さらに純奈の中へと入ってくる貴嶺のモノ。まだ、先があるの? と思いながら、貴嶺の身体を強く抱きしめる。

貴嶺は、純奈の身体を抱き直して、背中を撫《な》でた。さらに、その手を滑らせお尻を揉《も》むように撫でられると、純奈の腰が揺れる。

腰を掴《つか》まれて、グッと身体を押し付けられると、貴嶺のモノが、さらに奥まで入ってきた。

「あ……っん」

自分の声じゃないみたいな、甘い声。

押し付けられた場所には、痛みもあるけれど、それとは別の感覚が強い。

「上手です。入りましたよ、全部」

首筋を撫でる温かく大きな貴嶺の手。その感触が心地よかった。

「痛いですか?」

聞かれて、一つ息を吐く。

「痛かった、けど」

「けど、なんですか？」

目の下にキスをされ、貴嶺が微笑む。純奈は瞬《まばた》きをして息を吐いた。自分の吐息が甘く熱い。

純奈は、下唇を噛んで小さく言った。

「わかん、ない」

純奈の言葉に、貴嶺は微《かす》かに笑った。首筋から鎖骨に手を滑らせ、乳房に触れてくる。貴嶺の唇が近づき唇にキスをされた。最初から舌を絡《から》めるようなキスをされ、息苦しさを感じる。

同じくらい息を乱している貴嶺の吐息も甘い。それを感じると、きゅうっとお腹の底が疼《うず》いた。同時に、自然に腰が揺れているのを感じて戸惑う。

それに気付いたのか、貴嶺が腰を動かしてくる。彼の動きに合わせて純奈の中で動く、貴嶺のモノ。

水音を立てて重ねられていた唇を離すと、開いた口から、あ、と甘い声が漏《も》れた。

貴嶺に胸を揉まれつつ、腰を揺すられる。ゆっくりと、何度も、純奈の身体の奥まで。

「純奈さんの中、すごくイイです」

貴嶺が純奈を見つめながらそう言ってきて、一気に顔が熱くなってしまう。

火照《ほて》った顔を隠すように貴嶺の肩を両手で抱いた。そうすると、貴嶺の重みを感じて、その体温を心地よく感じる。耳元で囁《ささや》かれた言葉を思い出すと、顔を見られるのが恥ずかしくなって、余計に手が離せなくなった。

するると、貴嶺の肩をがっちり掴《つか》んでいた腕を片方取られて、その手首の内側に音を立ててキスをされる。そのまま貴嶺は少し身体を起こして、純奈を見下ろしてきた。赤い顔を見られて恥ずかしく思っていると、貴嶺が微笑む。

「可愛いです」

熱い息を吐いた貴嶺は、純奈の唇に軽くキスした。

「……っん」

貴嶺の頬が少し色づいている気がする。額《ひたい》に玉のような汗を浮かべ熱をはらんだ瞳で見つめてくる貴嶺が、凄く色っぽくて目が離せない。見つめ合って、触れるだけのキスを繰り返す。

唇を離した貴嶺が起き上がるのが見えて、純奈の手は自然と貴嶺を追ってしまう。

「貴嶺さん……」

その両手を取られて、貴嶺の手と繋《つな》がれる。両方の手の甲にそれぞれキスをされると、ベッドにやんわりと戻された。

「好きです」

純奈の身体の横に手をついて、貴嶺がそう言った。心臓がやばいくらいに高鳴ってしまう。こんなに素敵な人が、純奈を好きと言うなんて。

「動きますよ？」

そう言って、もう一度唇にキスをされたかと思うと、強く腰を打ちつけられた。

「ぁ……っ」

唇から、甘い声が出る。恥ずかしくて、手で唇を押さえると、その手を優しくベッドに縫《ぬ》い留められる。

「声は、抑えては、ダメです。声を出した方が、身体が楽ですよ」

貴嶺の息が上がっているのがわかる。純奈の息も同じように上がっている。

「だ、って、はずかし……っ」

「俺しか聞いてない。可愛い声、もっと聞かせてください」

貴嶺が荒い息を吐きながら、腰を動かす速さを少しだけ上げる。そうされると、鼻にかかった甘い声が出てしまって、まるで自分が自分じゃないようだ。

最初に感じた痛さは、今は痛いと言うより熱い。

純奈の身体の中を、貴嶺の熱く硬い感触が、何度も奥まで入ってくる。

腰を動かされるたびに、身体の中で熱く主張するモノを感じて、純奈の身体も疼《うず》いてくる。そのなんとも言えない感覚に、純奈の腰が自然と揺れてしまう。

「あ、や、コレ……っや」

戸惑って貴嶺を見ると、さらに腰を動かされて甘い声が出た。

どこに逃がしたらいいかわからない疼《うず》きに、堪《たま》らなくなって首を振る。

「ん、はぁっ……何……っ？」

身体を縮めたくなって、貴嶺の腰を足で締め付けた。

込み上げる感覚に耐えるように、枕に頬を押し付ける。縋《すが》るものがないから片方の手はシーツを掴《つか》み、もう片方は枕を掴んだ。

身体の奥を、貴嶺の硬いモノで押され、そのまま腰を回される。そうされる間にも、肌を辿《たど》る大きな手が胸を揉《も》み上げ、先端を摘《つ》まむ。

絶え間なく与えられる刺激に、純奈は声を上げて背を反《そ》らせた。貴嶺は純奈の太腿を抱え上げ、その内側にキスをする。さらに、足の付け根の際どい部分や、繋《つな》がっているところの少し上を指で撫《な》でてきた。

さらなる刺激に、切ないくらい感じてしまい、純奈の身体がビクビクと反応する。

「大丈夫、イイんでしょう」

腰を揺らしながら言われた言葉は、意味がわからない。

微《かす》かに笑った貴嶺が腰を強く押し付けて、熱く深いキスをしてくる。初めての感覚に翻弄《ほんろう》されつつ、純奈はキスに応《こた》え、唇をずらす合間に鼻にかかった息を漏《も》らした。

「いい、って、なに？」

唇を解かれた後、喘《あえ》ぎながら言うと、耳元で貴嶺が笑った。

彼は、純奈の揺れる腰を両手で掴んできた。

「今、教えます」

言って、頬と唇にキスをした貴嶺が、身体を起こす。

そしてグッと奥まで強く腰を打ち付けられて、ビクッと身体が跳ねた。

今のは、むしろ気持ちよかった。もう一度されて、はっきりと気持ちよさを感じる。

ずっと待っていた刺激のように思えて、身体の疼きが強くなった。

「あん……っ！」

「イイ、ですか？」

口元だけで笑う貴嶺の顔。

貴嶺は本当に魅力的な人だ。でも、裸で身体同士が繋がっている時に、そんな風に笑われると、堪らなくエロいと思う。

「あなたは、奥が、イイみたいだ」

そう言って唇を舐《な》めた貴嶺に、さらに奥を突かれた。身体中の神経が、快感を伝えてくる。どうしようもないほど、気持ちがいい。

貴嶺の表情が、どこか変わった。男の人の顔で、純奈を見る。

そんなに表情が変わったわけではないのに、吐息やその顔色や、声音《こわね》が違う。

「イイが、わかりましたか?」

動かすとまだ痛い。でも、貴嶺のモノが当たるところは、イイ。

イイ、っていうのは快感のことだと、身をもって教えられた。

「俺は、凄く、イイです」

顔が赤くなる。言われたセリフもさることながら、貴嶺の声が凄く色っぽくて。

こんなこと、確かに実際にやってみないとわからない。知識で知っているのと、こうして身体で知るのとでは全然違う。

何度も腰を揺すられ、最奥《さいおう》を強く突かれる。それが、めちゃくちゃにイイ。

自然と腰が揺れ、純奈の快感が増す。

全身で快感を感じながら、貴嶺の肩を強く抱き直すと、耳を食《は》まれた。

ビリッとした刺激に高い声が出て、膝が貴嶺の腰に当たる。

その振動で、純奈のイイところに貴嶺のモノが当たった。

「あんっ!」

どこから出るんだという甘い声が口から漏《も》れる。

貴嶺は眉間に皺《しわ》を寄せて一瞬動きを止めると、ふっと息を吐いて微笑む。

「蹴ったら自分に響《ひび》きます」

「蹴って、ない。耳……っ」

耳を、噛むから、と言いたかったが、声にならなかった。貴嶺が腰の動きを再開したので。

「そうですね。俺のせい、でした……」

そう言って純奈の感じる部分を攻めてくる。痛いのに、イイなんて、絶対変だ。

恥ずかしいのに、腰が揺れて堪《たま》らない。

痛みよりも快感が優《まさ》ってきて、純奈はその慣れない感覚に溺《おぼ》れ何度も喘《あえ》ぐ。

貴嶺は腰を揺らしながら、純奈にキスの雨を降らした。そして、胸を揉《も》み上げ唇に小さなキスをして、そのまま純奈の首筋に顔を埋《うず》める。

そうされると貴嶺の髪や肌が純奈の身体に密着して、本当に堪らない。

「すみません」

耳元で貴嶺が囁《ささや》く。腰を揺すりつつ足の付け根を撫《な》でられ、強い快感で身体が反《そ》る。

「も……っ、ダメ」

「大丈夫、イッていいですよ」

喘ぐように息を吸って、首を振ると、舌を絡《から》めるキスをされた。直後、今まで以上に強く腰を揺さぶられる。貴嶺の腰の動きが速くなって、中に感じるモノが質量を増した気がした。

忙《せわ》しない吐息とともに、恥ずかしい声が出そうで唇を閉じる。そうすると鼻にかかった声が漏《も》れた。

片手はシーツを強く握り、もう片方の手で貴嶺の肩に強くしがみつく。

「っ……あ！　だ、め……っ！」

怖いほどの快感が込み上げ腰を反《そ》らした。でも、貴嶺の重みで思うように身体が動かない。だから余計に感じてしまった。

今まで経験したことがないような感覚が襲ってきて、ビクビクと強く身体が反応する。

もうダメだと思いながら、頭の中が真っ白になった――

そして、純奈はよくわからない感覚を解放し、一気に力が抜けた。

けれどすぐに、貴嶺が強く腰を押し付けてきて、再び快感を呼び覚まされた。

「あ……た、かね、さん……っ」

純奈は堪《たま》らなくなって、貴嶺に抱きつく。呼吸を乱しながら、二人はそのまま身体を重ね合わせていた。しかし、その余韻もまだ冷めない間に、貴嶺が身体を起こす。手で、髪の毛をかき上げるようにして、汗を拭《ぬぐ》うのが見えた。

貴嶺は純奈の足を撫《な》でて、ゆっくりと自身を純奈から抜いていく。

身体を満たしていたものがなくなることに、なぜか純奈は喪失感を覚えた。切なくなって、鼻にかかった息を漏らす。

急激に恥ずかしくなって、開いたままの足を閉じる。そうしたことで、足の間が音を立てそうなほど濡《ぬ》れていることに気付いてしまい、さらに恥ずかしくなった。

貴嶺の前に裸を晒《さら》していることに落ち着かなさを感じていると、彼が純奈の身体に覆《おお》いかぶさり、キスをしてくる。啄《ついば》むようなキスをしながら、身体の上に掛け布団を引き寄せてくれたのでほっとした。ただ、まだ息が整わないままにキスをされると、若干《じゃっかん》息苦しい。

「貴嶺さん……息、が」

言うと、貴嶺はキスをやめて、純奈の身体を引き寄せて、横抱きにしてきた。前髪を払われ、額《ひたい》にキスをされる。

「水、飲みますか？」

息を整えながら、自分も、貴嶺と同様にかなり汗をかいていることに気付く。布団に入ってほっとしたけれど、少し暑い。頷くと、貴嶺が微笑んだ。

「喉が、カラカラ……」

「いっぱい声を出したから。新しい水、持ってきます」

言いながら、首筋と頬にキスをされ、純奈は目を閉じて首を竦《すく》める。首筋を撫でられた後、貴嶺の身体が離れていった。

「待っていてください」

最後に名残《なごり》惜しそうに額にキスをして、貴嶺はベッドを降りた。貴嶺が裸なのに気付いて、純奈はすぐに目を逸《そ》らした。今はまだオールヌードは刺激が強すぎる。

「はぁ……」

ため息をついて、目を閉じた。思い浮かぶのは、赤面するほどカッコイイ貴嶺の姿。

それだけで、再びドキドキしてしまう。

けれど、ここに来るまで、ほとんど寝ていない純奈は、貴嶺が戻ってくる数分の間に、意識を手放してしまった。

そのまま深い眠りに落ちて、結局水は飲まなかった。

☆　★　☆

目が覚めて、見知らぬ白い天井に、ハッとした。

ここは、ドイツの貴嶺の官舎だったと思い出す。

すでに夜は明けていて、ベッドの隣には誰もいない。慌《あわ》てて起き上がったら、身体のあちこちが筋肉痛のようになっている。

「――――っい！」

その上、掛け布団の下の純奈は素っ裸だ。

途端に、昨夜のアレコレを思い出してしまい、ベッドに突っ伏した。布団を引き寄せて丸くなる。

貴嶺と、セックスしてしまった。

それを自覚すると、ブワッと顔が熱くなった。

「足開いた……ソコ舐《な》めるなんて……うう」

思いもしなかったことばかりされた気がする。

そんなことを悶々《もんもん》と考えていると、胸の谷間にキスマークを見つけた。よく見ると、そこだけでなく、身体のいたるところにキスマークが散っている。明るいところで見ると、恥ずかしくて堪《たま》らなくなる。

いろいろ思い出して、頭から湯気《ゆげ》が出そうになっていると、遠くでドアが開く音が聞こえた。

ドキッとして、慌ててしまう。今の純奈はスッポンポンだ。いくら昨夜さんざん見られたとはいえ、こんな明るい部屋では無理だ。

布団から顔を少し出して、昨夜脱がされたショーツを探す。しかし、どこにも見当たらない。

「なんでないの⁉」

しかも、今わかったことがある。純奈のアノ部分は、貴嶺を受け入れて、結構大変なことになっていたはずなのだ。なのに今、内腿のあたりはさらりとしている。

「もしかして……拭《ふ》かれた？」

なんて恥ずかしい。長時間の飛行機と、慣れない行為で、疲れていたのは確かだ。だからって、あんなところを拭かれて、気付かず寝ているって、女としてどうよ⁉

その状況を想像しただけで気絶しそうだ。

恥ずかしさで泣きそうになっていると、部屋のドアが開いた。

「純奈さん？　そろそろ、十時になります。起きませんか？」

どんな顔をして会えばいいのかわからず、頭まで布団をかぶって縮こまる。

そうしていると、ぎしりとベッドが揺れて、貴嶺がベッドに座った気配がした。

どうしようと思って布団の端を握りしめていると、足先に温かいものが触れた。布団から出ていた純奈の足先に、貴嶺の手が触れている。

「起きませんか？」

そう言って足先を撫《な》でられる。その手は、足の指から足首、ふくらはぎへと微妙なタッチで触れていく。その感覚に、昨日のアレコレを思い出してしまい、キュッと足を縮めた。すると、ゆっくり掛け布団が剥《は》がされたので、慌《あわ》ててそれを引っ張り身体を隠す。

「下着は洗濯中です。新しいものは、スーツケースの中ですか？」

純奈は固まった。下着を、男の人に洗濯されるなんて。それって、普通なの？　いやたぶん、貴嶺がまめなのだろう。

呆然として固まってると、布団の上から、ポンポン、と背中を叩かれて名前を呼ばれる。

「純奈さん、お腹空《す》きません？」

言われて、お腹が空いていることに気付く。

「ガーリックトーストと、ソーセージ。スクランブルエッグと、サラダ。即席だけどコーンスープ」

それを聞いた途端、お腹がぐーっと鳴った。貴嶺にも聞こえたかもしれないと思うと、恥ずかしくなる。

食べ物につられるなんて、我ながら現金すぎると思うが……

純奈は布団から顔を出し、おずおずと貴嶺を見上げる。

貴嶺は口に拳《こぶし》を当て、可笑《おか》しそうな顔をしていた。

「おはよう、奥さん」

奥さんと言う響《ひび》きに甘さを感じて、ちょっと赤くなる。貴嶺は、純奈の寝間着代わりのワンピースを頭にかぶせてくれたので、モゾモゾと布団の中で袖を通す。

ゆっくり起き上がって、髪の毛を直した。

「おはようございます」

「はい」

今日の貴嶺は、スクエア型の飾りボタンがついたデニムシャツと、グレーのパンツ。

今までスーツ姿しか見ていなかったから、なんだか新鮮だ。

「スーツ以外の服、初めて見ました」

「ああ、そうでしたね。俺は基本、こういう楽な恰好《かっこう》が好きです」

そう言いながら、純奈の髪を撫《な》でて、整えてくれる。

貴嶺はいつもと変わらず淡々としているが、視線やふとした仕草に、今までにない甘さが滲《にじ》んでいるように感じるのは気のせいだろうか。

アレは、夢じゃないよね……。

「純奈さん」

「え？」

「夢じゃありませんよ？」

夢じゃないよね、と知らず声に出していたらしい。

「痛いと言って、ほら、最初にバリっと」

そう言って貴嶺は、シャツの左肩をはだけて見せた。そこには、爪で引っ掻いたような赤い傷が何本も走っている。

「す、すみませんっ！　ごめんなさい！　痛いですよね⁉」

ベッドの上で焦って頭を下げると、ポンポンと頭を軽く叩かれる。顔を上げると、口元に微笑み。

「こんな傷はすぐ消えます。あなたの方が、痛かったはずだ」

そうして手を取られて、指先にキスされた。

「意外と、Sな自分に驚きました」

「え、えす？」

「入んない、って……言われたのに、無理にでも入れたくなりました」

微笑みながらそんなことを言われて、純奈の顔が赤くなる。

確かに、あの時、大きいから入らない、と言った。なんで覚えているんだ、と自分の記憶力を呪《のろ》いたくなった。

羞恥心《しゅうちしん》とかドキドキとか、いろんな感情がごっちゃ混ぜになって、純奈は顔を両手で覆《おお》ってベッドに突っ伏す。

「忘れてくださいぃ」

もういやだ、恥ずかし過ぎるよ。

なのに貴嶺は、極上の笑みを浮かべてこう言ったのだ。

「無理です。忘れません、一生」

一生、って……。できれば忘れてほしい。

「可愛かったです」

「そ、そんなことないもん。もう絶対、言わない、あんなこと！」

もん、と語尾につける自分もまた恥ずかしい。子供っぽいし、乙女のようだ。そんな自分に心の中で突っ込みを入れながら顔が上げられない。

「ご飯、冷めます。一緒に食べませんか？」

頭を撫《な》でられて、おずおずと顔を上げる。

そうすると気持ちを宥《なだ》めるように頬を撫でられた。

「凄く、可愛がられてる感じが、します」

「ええ。ご飯食べますか？」

あっさりと肯定した貴嶺は、純奈に手を差し出した。

赤くなったまま、純奈は頷いた。

「食べます……」

貴嶺の手に自分の手を重ねる。貴嶺が先に立ち上がり、純奈もベッドから足を下ろすと、足元にはスリッパが用意してあった。

下着、付けてない、と思いながら手を引かれていく。

リビングに出ると、ピーッという音が聞こえた。何の音だろうと首を傾《かし》げると、貴嶺が、ああ、と言った。

「洗濯が終わったようです」

「私の下着……」

「ネットに入れたまま乾燥かけたので、傷《いた》んでないと思いますが」

そのスキルはどこから……。一人暮らしをしていると自然とそうなるのだろうか。

「取ってきていいですか？」

「どうぞ」

浴室に洗濯機があるのは知っていた。

だから浴室へ行き、乾燥機を開けると、タオルなどと一緒にネットに入ったガーリーなショーツ。洗濯されたことは恥ずかしいが、ありがたくそれを身に着ける。ブラジャーはどうしたんだろう？　と探すと、浴室の中に干されていた。まさか、そんなことまでしてくれるとは、と目を丸くする。

触ってみると、まだ濡《ぬ》れていて、仕方なくノーブラのままリビングへ行く。すると、いい匂いが漂《ただよ》っていた。

「チャイ！」

テーブルの上にはコーヒーではなく、チャイが淹《い》れてある。笑顔で椅子に座ると、貴嶺も椅子に座った。

「チャイ、作ったんですか？」

「紅茶をミルクで煮出して、生姜《しょうが》と、マサラとシナモンを加えただけですが」

なんて器用な人なんだ、と思ってまじまじと貴嶺を見つめる。

お見合いの時に純奈がチャイが好きと言ったのを、覚えていてくれたのだろうか。

嬉しくて笑みを浮かべながら目の前のテーブルを見る。そこには美味《おい》しそうな朝食が並んでいた。

「いただきます」

早速チャイを飲むと、ミルクの甘さとしっかりした紅茶の味、そしてスパイスの風味がする。

「美味しい」

「よかった。身体が温まるでしょう?」

「はい」

そういえば、昨夜の外気温は四度だったらしい。部屋の中は暖かいが、身体が温まるように、という気遣いが嬉しかった。言い方はそっけないけれど、貴嶺は本当に優しい。

ガーリックトーストもスクランブルエッグも美味しかった。もちろんソーセージも美味しい。

「料理、上手ですね」

「これくらい誰にでも作れます」

そうして微笑んだ顔は、穏やかで優しい純奈の好きな顔だ。

ひとしきり朝食を食べて落ち着いた頃、純奈はどうしても気になっていたことを聞こうと思った。

しかし、内容が内容だけに、どうやって切り出そうかと赤くなって考える。

「どうしました？」

「え？」

チャイを飲む手を止めて、貴嶺が純奈を見ていた。

「あの……」

「はい？」

意を決して言いかけるが、あまりに冷静に返事をされたので、言い出しにくくなる。

「……ふ、拭《ふ》いたり、とか」

それだけで、貴嶺は聞きたいことを察してくれたようだ。そうして、はっきりと肯定した。

「シャワーを浴びてないから、精液とか付いて、ベタベタすると思ったので。純奈さんは、気絶したように眠っていましたし」

拭いたとは言わないが、拭いた理由を言った。

精液、と聞いて、純奈は堪《たま》らずテーブルに突っ伏した。

もちろん、そうだけど。精液が付くようなことをメチャクチャしたけれど。

しかも、あんなコトもこんなコトも、そんなコトまでされちゃったけど。

「一応、ゴムつけましたけど」

「わーっ！　は、恥ずかしいです！」

焦って貴嶺の言葉をストップさせる。

「なぜ？」

なぜって、なぜって……！

いっぱいいっぱいになってテーブルに突っ伏していると、優しく頭を撫《な》でられた。

「嫌でしたか？」

「……いえ、そう、いうわけではなく……ただ、恥ずかしくて……」

なんとか気持ちを伝えると、手を握られる。なので、少しずつ顔を上げると、頬を撫でられた。

「わかりました」

ほっとして表情を緩《ゆる》めると、またすぐに赤くさせられる。

「でも、拭《ふ》くのは配慮だと思うので。機会があれば、これからもさせてもらいます。それに、あなたの身体は全部見ましたから、今さらです」

恥ずかしいと言ったのに。何がわかったんだよ、と思って貴嶺を睨《にら》む。

「好きな人の身体は愛しいので、俺は、触れたいですね」

「私が太って、オバサン体型になって、いろいろ緩くなっても？　そうなっても、愛してくれますか？」

「当たり前です。外見は変わっても、好きな気持ちもその人であることも、変わらないでしょう？　それに、その頃には俺のほうが、かなりのオジサンになっていると思いますよ」

貴嶺は純奈の七つ年上。確かに、貴嶺のほうが先に年を取る。

「そうなった俺も、愛してくださいね」

もう無理。この人がいないと生きていけないかも。

わかりにくい人だけど、何事においても、優しく肯定的。この人と生きていくのがベストなのだと、自然にそう思える。貴嶺とは、まだ出会って、二ヶ月と少しだというのに。

「貴嶺さんを好きになって、よかったです」

純奈の心からの気持ち。貴嶺を好きになってよかった。好きになった人がこの人でよかった。

「ありがとう。嬉しいです」

そう言って微笑み、貴嶺の両手が純奈の頬を包む。そして、ゆっくり撫でながら言われた。

「また、セックスしましょう」

いきなり現実に引き戻されて、顔を赤くする。

「純奈さんが、好きですから」

凄く恥ずかしかったけれど、貴嶺とのアレは、正直、本当は……気持ちよかった。

イケメンは、イケメンらしく、セックスも上手らしい。

「……また、よろしくお願いします」

純奈は赤くなりながら、ぺこりと頭を下げた。

できれば、今度は痛くないように。

「はい」

なんて、素っ気ない返事。

そう思いながら、純奈を見つめる極上の微笑みに、再びテーブルに突っ伏す純奈だった。

12

昨夜、妻になったばかりの純奈と、初めてセックスをした。

「また、セックスしましょう」

自分がまさかこんな言葉を言うようになるとは、と貴嶺は思う。

「純奈さんが、好きですから」

純奈のことが好きだ。ここまで、女性のことを考えたのは生まれて初めてかもしれない。純奈と出会って、初めて相手が好きだから抱く、という本当の意味を知った気がする。

貴嶺の言葉に、純奈はなんとか頷いてくれた。

「また、よろしくお願いします」

「はい」

よろしくって、と可笑《おか》しく思う。

偶然が続いた純奈との縁。最初の出会いから二ヶ月ほどの間に、結婚し、ドイツまで来て、昨夜ようやくセックスした。正直、ここまで女性に焦《じ》らされたのは初めてだった。キスも、手を繋《つな》ぐのさえ初めてだと言っていた純奈は、昨夜、かなり恥ずかしそうにしていた。それに、怖そうで、痛そうだった。しかし、それが貴嶺の男の部分を、随分と煽《あお》ってくれたわけで。

初めてだった彼女に、少し無理をさせたかもしれない、と反省する。

今朝なかなか起きてこなかった時には心配したが、純奈は貴嶺が用意した朝食を綺麗に平らげた。それを見る限り、大丈夫そうだと安心する。

貴嶺が空《から》になった皿を重ねて立ち上がろうとすると、純奈がハッと顔を上げた。

「私が洗います！　ご飯の用意、していただいたので！」

「ああ……じゃあ、お願いします」

「はい」

そう言って、純奈が皿をキッチンへ持って行く。その後ろ姿を見て、細いなと思う。だが、身体の細さに対して、胸は豊かだった。肌も白くて柔らかく、手に吸い付くような感触で。彼女自身は自分の身体をアンバランスでみっともないと思っているようだが、スタイルはいいと思う。

「ダメだな。また抱きたい」

思い出したら、再び純奈の身体が欲しくなってくる。彼女と繋《つな》がるのは、とても気持ちがよかったし、何よりも――

「可愛かった」

貴嶺は表情があまり変わらないと言われる。でも今は、鼻の下が伸びているかもしれない。

純奈は、貴嶺に好ましい気持ちしか与えない。皿を洗っている姿を見ても可愛いと思う。今すぐ抱きしめてキスをしたい衝動をぐっと抑え、貴嶺はソファーへ移動した。

ソファーはこちらに来てから購入したものだ。今までは一人だったし、任地が年単位で変わるため、大荷物になるものは極力買わないようにしていた。でも、今回は純奈がいるから、と思い切って購入した。

しばらくすると、皿を洗い終わった純奈がソファーの近くに来た。腕まくりした袖を直しながら、こちらを窺《うかが》うように隣に座ってくる。

「何言ってるか、全然わかりません」

貴嶺は、湧き上がる衝動を紛《まぎ》らわせるため、テレビをつけて見ていた。日中はニュースや、バラエティー番組しかやっていない。当然、音声はドイツ語だ。

「そうでしょうね」

「貴嶺さん、わかる？」

「ええ」

「すごいなぁ」

「ドイツ語を教えてくれる場所があります。手配しておきました」

貴嶺が言うと、それを聞いた純奈は、貴嶺を見て頭を下げる。

「お手数かけました」

「いえ」

隣に座る純奈を意識しながら、テレビを見ていると肩に重みを感じた。

「純奈さん？」

どうやら眠くなったらしく、貴嶺に寄りかかってうとうとしている。純奈はそのままズルズルと下がっていき、貴嶺の膝へ頭が乗った。

「…………」

何も言わずその過程を見ていると、途中で純奈がハッと気付いた。慌《あわ》てて起き上がろうとする彼女の頭を、そっと撫《な》でる。

「いいですよ。このまま眠っても」

「いえ、すみません、起きます」

女性を膝枕するなんて初めてだと思いながら、新鮮な気持ちで純奈の頭を撫でた。

「いいですよ」

「すみません……でも、あの、起きます」

そう言いながら、すぐには起き上がれないようだった。どうやら彼女は、眠気に弱いらしい。以前のホテルでの寝落ちもそれで納得がいった。

「どうぞ。寝てください」

「あ……」

純奈の頭を優しく膝の上へ戻すと、申し訳なさそうに横になる。

「膝枕、初めてかも」

「俺もです」

純奈が大きな目で自分を見つめてくる。貴嶺は身を屈《かが》めてキスをした。

唇を軽く啄《ついば》むようなキスを繰り返していると、ふと純奈の手が貴嶺の足の付け根に触れた。

そんなことをされれば、身体は自然と反応を示してしまう。それじゃなくても、彼女を抱きたいと思っていたのだ。

純奈も貴嶺のソコが布地を押し上げているのに気付いたのだろう。唇を離し、何度も目を瞬《またた》かせた。

「あ、の……？」

貴嶺は何も言わずに、純奈の身体を引き起こす。彼女は、突然そうされて驚いた様子だ。我ながら、強引だと思うが止められない。

そのまま純奈の片足を取り、自分の太股を跨《また》がせるように座らせた。

「あなたが触るからですよ」

「さ、触ったつもりは……偶然、当たっただけ、です」

顔を赤くした純奈が可愛くて、またキスをしたくなってしまう。

「……っん」

最初から深いキスで彼女の唇を奪った。拙《つたな》く応《こた》えてくる舌が愛おしい。

昨夜抱いたばかり。しかも純奈は初めてだったというのに、もう触れたくなってしまう。我ながらどうしてここまで、と呆れるほどだ。これも、純奈が可愛過ぎるのが悪いのか。

「抱いていいですか」

互いの唾液で濡《ぬ》れた唇を離し、彼女の耳元に唇を寄せる。耳にキスをすると、純奈は赤い顔を俯《うつむ》けた。抱きしめて背中を撫《な》でると、甘い吐息とともに彼女の声が聞こえる。

「……ゆっくり……してくれるなら」

二度目のセックスを受け入れてくれるようなので、ワンピースの上から純奈の胸に触れる。下から揉《も》み上げると、小さく鼻にかかった声を出した。下着を着けていないそこは、触れるとすぐに胸の尖《とが》った部分が反応して硬くなるのがわかる。

「貴嶺さ……っ」

両胸を同時に揉み上げると、純奈は目をギュッと閉じて、貴嶺のシャツに両手の拳《こぶし》を当てた。手に感じる胸の柔らかさが、もっと彼女を触りたいと思わせる。

耐え切れないように貴嶺のシャツを握って、息を詰めている純奈を見ると、彼女を抱きたい気持ちが強くなった。

柔らかい胸を何度も揉み上げながら、少しずつワンピースを引き上げる。完全に露《あら》わになった張りのある大きな胸に顔を寄せ、唇で食《は》む。

「……っ」

昨夜付けた、赤い痕《あと》を辿《たど》りながら、さらに痕をつけていく。貴嶺がそこに軽く歯を立てると、純奈の身体がビクリと揺れた。

「痛かったですか？」

聞くと、小さく首を振った。俯いた彼女に目線を合わせ、口を開いて胸の尖った部分ごと乳房を口に含む。音を立てて吸い、円を描くように先端を舌で舐《な》める。しばらくそうして愛撫《あいぶ》した後、反対の胸も同じようにした。

「や……っ」

「嫌ですか？」

逃げようとする背中を撫でると、純奈は小さく首を振った。

「は、恥ずかしくて……こんな明るいところで、貴嶺さんに見られて……めっちゃ触られて。胸、恥ずかしい」

赤い顔をして下を向く。貴嶺は少し離れた身体をさらに近づけるように抱き直した。

「好きな人の身体には、触れたいです」

「んっ」

背骨を伝って、腰のあたりを撫でると、純奈が息を詰めた。

「胸、柔らかくて、綺麗だ」

そう言って唇を近づけ、乳房を食みながらそのツンと尖った部分を再び口に含む。

胸を唇で愛しながら、背中を撫で下へと手を這《は》わせた。背後から下着の中に手を入れ、丸く柔らかな尻をじかに揉むと、純奈が甘い声を漏《も》らした。

「あっ……」

尻を揉みながら、貴嶺は後ろから純奈の隙間へ指を伸ばす。

潤《うるお》い始めているそこを撫《な》でて、その先の尖《とが》った部分を軽く指で引っ掻くと、純奈の腰が揺れた。

「は……っ」

もう一度、ゆるゆると隙間を撫で、そっと中へ指を入れる。温かなソコは、貴嶺の指を受け入れてきゅっと締まった。

「ん……っぁ」

「痛いですか?」

純奈は何も言わず、貴嶺の身体をギュッと抱きしめる。

昨夜、初めて男を受け入れたばかりのソコは、まだ痛みがあるのかもしれない。純奈は身体を強張《こわば》らせ、貴嶺のシャツを強く握った。

「っ……ぁ」

そのまま慎重に中を刺激していくと、小さく声を出して腰を揺らし始める。

徐々に反応し始めた身体は、貴嶺の指を濡《ぬ》らしていく。動きがスムーズになってきたところで、指を二本に増やした。純奈は痛いとは言わず、ただ震える吐息を漏《も》らして、額《ひたい》を貴嶺の肩に押し付けてくる。

濡れてスムーズに入った指を動かすと、腰を揺らしながら純奈が強く貴嶺に抱きついてきた。

胸から唇を離すと純奈の胸が貴嶺の胸板に重なる。その柔らかさを感じながら、彼女の細い身体を抱きしめ、もう片方の手もまた純奈の隙間に這《は》わせた。そして、隙間の上の尖った部分を撫でて摘《つ》まむと、純奈の身体が震え、腰を反《そ》らせる。中から溢《あふ》れ出た液体が貴嶺の手を濡らした。

「……っ……っふ」

彼女が感じているのがわかる。息を荒くし熱くなった身体で強くしがみついてくるから堪《たま》らない。

押し付けられる身体の柔らかさが、昨夜の記憶と溺《おぼ》れるような感情を呼び起こす。それが貴嶺の男の部分を刺激して、さらに反応した自身はすでに痛いくらいだった。

片方の手は純奈の中に、もう片方の手は彼女の肩を引き寄せて、舌を絡《から》めるキスをする。朝のリビングに、お互いの息づかいと淫《みだ》らな水音が響《ひび》いていく。

貴嶺は純奈を抱きしめる手を離し、軽く唇を吸った後、キスをやめる。

水音を立てて、緩《ゆる》やかに純奈の身体の中で指を動かしながら、貴嶺は片方の手で自分のパンツのボタンを外し、ジッパーを下げた。微《かす》かな解放感を得るが、痛いくらいの反応は、すでに限界。

「貴嶺さ……っ」

純奈の少し鼻にかかった高い声が、貴嶺の名を呼ぶ。貴嶺は彼女の唇をキスで塞《ふさ》いだ。

今の状態で、そんな甘い声で名を呼ばれたら堪《たま》らない。そう思いながら再び舌を絡《から》めるようなキスをする。たどたどしく応《こた》えてくれる舌に、夢中で舌を絡ませた。

「ん……っん」

唇をずらした隙間から甘い声。中の指を少し曲げると、純奈の身体が震える。さらに奥を押すと、ビクリと腰が揺れた。

「痛かった、ですか？」

唇を触れさせたまま言うと、舌足らずに答える。

「じゃ、なく、て……も、ダメ」

もう一度指を奥まで入れて先を撫《な》でるように動かすと、腰が大きく揺れて、貴嶺のシャツを強く掴《つか》んできた。

「あっ！」

強張《こわば》る身体を宥《なだ》めるみたいに背中を撫でてやると、それにも感じたように腰が揺れる。

初々《ういうい》しい彼女の反応が可愛くて、貴嶺は純奈の首筋にキスをした。

「ああ、イイんですね」

「それ、や、です」

首を振るので、後頭部を撫でた。髪の毛を軽く梳《す》くと、純奈は目を伏せて貴嶺の肩に顔を埋《うず》める。

「なぜ？」

「……私ばかり……も、めっちゃ、恥ずかしい。こ、こんなの、普通、ですか？」

はぁ、と熱い息を吐きながら、純奈が途切れ途切れに言った。

純奈が貴嶺との行為で感じてくれている。男としてこれほど嬉しいことはない。純奈にとっては戸惑いしかない身体の反応が、貴嶺を堪らない気分にさせていく。

「俺が、あなたを気持ち良くさせているというのなら、普通かもしれません」

純奈のソコは熱く潤《うるお》い、すでに貴嶺を受け入れるのに十分すぎる反応を示している。嫌だという場所をあえて刺激しながら、下唇を噛んで快感に耐える純奈を見る。その姿が堪らなく可愛いと思った。だから指の動きを少し速くする。痛くない程度に、加減しながら。

「……っあ……っや……っ」

小さく声を出し、純奈がさらに貴嶺へ身体を押し付けてくる。震えて、貴嶺の肩を痛いくらいに掴んだ。

忙《せわ》しない息遣いに、熱い身体、そして上気した頬。

「あ……っ……あ！」

背を反《そ》らし、声を我慢しながら純奈は達した。

貴嶺の肩を痛いほど掴んでいた手から、力が抜ける。ぐったりと身体の力を抜いて、荒い息を吐きながら貴嶺に身をゆだねてきた。

声を我慢する様《さま》は、見ていて興奮した。もっと声を出していいのに、と思いながら頬から首筋へとキスをしていく。唇にも軽くキスをすると、その唇をもっと味わいたくなって、すぐに深いキスをした。

キスをしながら、指で達したばかりの純奈の背を撫《な》でる。貴嶺の行為でここまで感じてくれる彼女が、本当に愛しい。身体の相性もいいのかもしれないと、最後に啄《ついば》むようなキスをする。

キスをした後、純奈の中から指を抜いて隙間全体を撫でた。貴嶺の指を濡《ぬ》らした純奈のソコがクチュっと水音を立てる。また下着は洗濯行きだな、と思いつつ純奈の首にキスをした。

「こんな風になるの、私だけ……？」

すると、上ずった声で純奈がそう聞いてくる。その声に笑みが浮かんだ。

純奈と目線を合わせる。

「どうかな？」

そう言うと、純奈はギュッと目を閉じて貴嶺の肩に額《ひたい》を押し付ける。

「恥ずかしい……やだ」

純奈の反応が可愛いから、貴嶺はわざとそう言った。

「あなたの反応は、堪《たま》らないです」

純奈の貴嶺を受け入れる部分を指で撫でて、揺れる腰を抱きしめる。

「いいですか？」

腰を撫でると、純奈もこれからすることがわかったのだろう。

「痛く、ない？」

「そうだといいんですが」

いちいち初々《ういうい》しい反応をする純奈に、男の部分が刺激される。

指で貴嶺を受け入れる部分を撫で、浅く指を入れると水音を立てる。

「ここまで濡れていたら、大丈夫でしょう」

下から唇をすくい上げるように音を立ててキスをして、貴嶺が笑みを浮かべると純奈の頬が赤くなった。そして、恥ずかしそうに顔を伏せる。

「貴嶺さんが、さ、触るから、こうなったもん」

「そうです。俺が、しました」

貴嶺はパンツと下着を一緒に下げた。すると、痛いくらいに反応した貴嶺自身が、待ちわびたように出てくる。

純奈の尻を撫でながら腰を抱え、ショーツのクロッチ部分をずらして猛《たけ》った自身を宛《あ》てがった。

「っ……ゆっくり」

「はい」

答えて、持ち上げた腰をゆっくり落とし、純奈の中に入っていく。

温かくて、狭くて、その充足感にため息が出る。

「ん……っ」

純奈の両手が貴嶺の首に回り、強く抱きしめられる。無意識に逃げようと腰を浮かせるので、腰を掴《つか》んでそれを押さえた。

「逃げないで」

昨日の今日なので、まだ痛いのかもしれない。

純奈が何かを堪《こら》えるみたいに眉を寄せる。頬を撫《な》でると目を開けて貴嶺を見てきた。

「大きくて、いっぱい……」

こっちが、赤くなってしまうような言葉を言う。

喘《あえ》ぐように息を吐いた純奈が、腰を揺らした。

「これ、慣れる？　もう、これだけで……っは」

自分のモノは身長と見合ったサイズ。昨日も大きいと言われたことを思い出した。

「あなたが、俺に、慣れるということですか？」

貴嶺が聞くと、純奈は顔をさらに赤くして下唇を噛んだ。

こうして行為を繰り返していけば、純奈も貴嶺の身体に慣れていくはずだ。貴嶺も純奈の身体に慣れて、お互いに行為を楽しむことができるようになるだろうけれど。

「慣れたい、けど……いろいろ、触られるの、恥ずかしい。貴嶺さん、しか、無理、こんなこと」

そう言って、ギュウっと抱き付かれる。

そうなりたいけど、まだ恥ずかしい、でも貴嶺だけに許す。

そう言われて堪《たま》らない気持ちになる男のことなど、可愛い純奈にはわからないだろう。

貴嶺を抱きしめながら、純奈の内部が狭くなり、貴嶺のモノを締め付けてくる。

純奈の中に埋《うず》めた自身のモノが、疼《うず》くように反応した。今の言葉の威力が、貴嶺の快感を増幅させる。

「や……大きく、なった？」

だからそんなに舌足らずに言わないで欲しいと思いながら下から腰を揺する。すると、純奈の唇から、一際甘い声が出た。繋《つな》がっている部分から、貴嶺には彼女がこの行為に感じているのがよくわかる。むしろ気持ち良いのではないかと思うほどだ。

それを証明するみたいに、純奈は甘い声を上げて、貴嶺のシャツを握る手に力がこもった。

「んっ、ああ、貴嶺さん……っ」

親戚で、出会ったばかりなのに、結婚を決めた。そんな、人が聞いたら引くかもしれないような関係。

でも、貴嶺は純奈に恋をした。

七つも年下の、若い純奈を妻にするのに、少しの躊躇《ためら》いもなかったわけではない。でも、恋に落ちてしまったのだ。他の男に嫉妬して、オシャレとは言えないお好み焼き屋で、思い余ってプロポーズしてしまうほどに。

今まで誰にも感じなかった結婚への気持ちを、自然と意識させられた。

可愛くて、恥ずかしがり屋で、どこまでも焦《じ》らしてくれた純奈と、結婚したいと思った。

『にゃおの今までの女のタイプとまったく違うけど……それが結婚ってことかな?』

そう言って笑った親友の桐瑚を思い出して、そうなのだろうと思う。

純奈の細い腰を掴《つか》んで揺すりつつ、熱く締めつけてくる感覚に陶然《とうぜん》とする。知らず、強く腰を打ち付けていた。

「良過ぎる」

思わず、声に出してしまうほど。貴嶺は、純奈の首筋にキスをしながら、思う存分そこに吸い付きたい衝動を我慢する。あまりやり過ぎると、服では隠し切れなくなってしまう。耳の後ろを舐《な》めて、顎《あご》の下を食《は》むようにキスをする。首を上げた純奈の色の白さに、興奮した。

以前は、避妊にはあんなに気を遣っていたのに、それすらもどかしく性急に繋《つな》がった。純奈とも、初めのうちは避妊した方がいいと思う反面、したくない気持ちがある。女性に対して、こんなことを思うのは、初めてかもしれない。

「あ……っや……っ」

純奈の中がキュッと収縮し、貴嶺の身体を強く抱きしめてくる。

終わりが近いのかと思いながらさらに腰を揺すり、最奥《さいおう》を突いて緩《ゆる》く腰を回す。

たった一枚、薄い膜がないだけなのに、直接感じる純奈の身体の中は、凄く気持ちがイイ。

「やっ……貴嶺さ……っ！　ああっ！」

貴嶺の名を呼びながら身体を震わせて達する純奈が、無性に愛しかった。

貴嶺は激しく腰を打ち付け、されるがままの純奈の身体を強く抱きしめ、達した。

荒い息をついて身体を少し離すと、目を潤《うる》ませた純奈が見えて、思わずキスをする。

達したばかりなのに、下半身の熱が引かない。心も、身体の興奮も収拾がつかなくなっていた。

貴嶺は、膝の上でぐったりしている純奈の身体を抱きしめ、そのまま持ち上げる。

もっと、愛したいと思った。この身体を心のままに。

「っあ……!?」

純奈が驚くのも当然だ。こんなこと、貴嶺もしたことがない。しがみつかれて、喜んでいる自分に思わず笑ってしまった。

身体を繋《つな》げたまま寝室へ行くと、純奈の身体をベッドに降ろし、上から見下ろす。

「あ……貴嶺さん？」

「よかったですか？」

繋がったままの腰を、軽く揺すった。そうすると、目を細めた純奈は大きく息をつく。上下する豊かな胸が誘うように震えた。純奈は小さく頷くと、顔を赤くして両手で顔を覆《おお》ってしまう。

その仕草が可愛いと思った。赤く熱くなった頬を撫《な》でて、もう一度腰を揺する。

豊かな胸が揺れた。

「んっ！」

純奈の甘い声。

「もう一度、いいですか？」

下唇を噛んで、そして貴嶺の腕のシャツを握る。

「……うう、パ、パンツ、脱がせて、こ、こんなの、や……です」

今は、純奈の下着の一部を横にずらして、身体を繋げている。

「わかりました」

純奈の中から出たくはないが、仕方がない。繋がりを解くと、ん、と甘い声を出すから堪《たま》らなくなる。下着に手をかけ下げると、純奈が膝を閉じてきた。が、そのまま下げて、一気に脱がせる。

また洗濯行きになってしまった下着を見て、純奈は顔を覆った。

「普通、こんなにエッチなことする？　私、初めてでわかんない……恥ずかしいです……めっちゃ足、広げるし……」

耳まで赤くする純奈を見て、顔を覆う手にキスを落とす。

「下着、付けてたら、繋がれません」

さっき下着のクロッチをずらしたまま繋がった自分のことは、ひとまず棚に上げた。

「…………つ、つながる、って」

純奈が恥ずかしそうに言う。貴嶺が膝に触れ、ゆっくり足を広げていくと、顔を横に向けた。

「そんなに、見ない、で」

「なぜ？　あなたの身体は、全部見たい」

足の付け根に触れながら、開いた足の間に腰を入れた。そうすると顔を覆っていた手を外して、純奈が貴嶺を見上げてくる。多少、怖がっているような、恥ずかしそうな目で。

「今みたいに……身体、つ、繋げたまま、その、移動したり、普通、します？」

「……普通はしませんね」

貴嶺は、しない。

というか、身体を繋《つな》げたままどこかへ女性を運ぶなんて、貴嶺も初めてだ。だが、しがみつかれる感じが新鮮で興奮した。

「私、最初は、普通がいいです……」

そう言って、また手で顔を覆《おお》ってしまう。

「あなたの中、気持ち良くて。すみません、普通じゃなくて」

普通がいいと言う純奈の言い分もわかるが、そろそろ身体が限界。初々《ういうい》しい純奈の反応に、ここまで興奮させられるとは思わなかった。

「でも、楽しい」

言いながら、純奈の両手を顔から剥《は》がす。戸惑うように見上げてくる大きな目を見つめた。

「楽しい？」

「ええ。あなたとのセックスは楽しくて、気持ちがイイ。ずっとしていたくなる。繋がっていたくなる」

ゆっくりと首を横に振るのを見て、頬を撫《な》でる。

「いけませんか？」

「そんなこと、ないけど……でも、私……まだ、痛くて」

「痛くは、ないでしょう？」

貴嶺が笑みを向けると、純奈の顔がカーッと赤くなった。

「反応を見ていればわかります。それに……」

腰を純奈に近づける。反応しきって痛くなってきたモノを、純奈の隙間に押し当てた。すでにトロトロに潤《うるお》っているソコは、貴嶺のモノをすんなりと受け入れていく。狭い内部に包まれる感触にため息が出た。

「あ……っ！」

「こんなに潤っているのに、痛いはずはない、と……思うんですが」

貴嶺を感じて、純奈の細い腰が反《そ》る。そこを優しく撫でると、ゆっくり息を吐き、潤《うる》んだ大きな目で貴嶺を見上げてくる。

「どうですか？　痛いですか？」

純奈の腹部を撫でると、喘《あえ》ぐように息をした。そして躊躇《ためら》うみたいに下唇を噛んだ後、小さく唇を開く。

何を言ったのかよく聞こえなかった。

「ん？」

耳を近づけると、小さな声が聞こえる。

「痛く、ない、です」

その言葉に満足して、貴嶺は純奈の唇に音を立ててキスをした。

開いた白い足にもキスをすると、大きな目が何度も瞬《まばた》きをして、貴嶺を見上げてくる。

そういうのが、困るのに。

もっとしたくなってしまうのは、純奈のせいだと思う。

腰を揺すると、そのたびに純奈は鼻にかかった甘い声を出した。

男の本能を剥《む》き出しにして、純奈を抱いた。

昨夜が初めてだった純奈は、やはりちょっと痛そうだったが可愛い顔を見せてくれた。

戸惑いながら快感を感じて喘《あえ》いでいる様子に、堪《たま》らなくそそられた。

そうして貴嶺は、妻となった純奈を休みの間中、愛し続けたのだった。

☆　★　☆

二度も続けてエッチなことをすると、気持ちがよいというか指一本も動かしたくないというか、とにかく、かなり疲労するのだということを身をもって体験した。

あんなに恥ずかしかったのに、ベッドの上で開いた足を閉じるのすらおっくうになる。

純奈は今、スッポンポンで仰向けになり、コンプレックスの胸を隠すこともせず、頭の横に両手を投げ出している。

昨夜、ようやく初夜を済ませたばかりだというのに、翌朝、再びエッチなアレコレをしてしまった。おまけに、終わった後、なんと身体を繋《つな》げたままベッドへ連れて行かれ、改めて二回目に突入されるなんて。しかも純奈は、ほとんど痛みを感じなかったのだ。それを思うと、かなり恥ずかしい。

純奈はどうにか息を整えて、身体を横に向ける。すると、後ろから抱きしめられた。

「あ……っ」

思わず声が出てしまう。先ほどまでの行為の余韻で、身体が敏感になっていた。それなのに、貴嶺は純奈の身体を抱きしめながら、一番敏感になっている足の間に手を入れてくる。

「や……っ」

「拭《ふ》くだけです。中で、出したから」

足の間に、ティッシュの感触。顔が絶対真っ赤になっていると思う。淡々と、そんなことを言わないでほしい。

「自分で……」

慌《あわ》てて貴嶺の手を抑えると、肩にチュッとキスをされる。

「もう、拭き終わりました」

そうして貴嶺は、長い腕を伸ばして、近くのゴミ箱へティッシュの塊《かたまり》をポンッと投げ入れた。おかげで、足の間の濡《ぬ》れた感じは消えたのだが、どうにもいたたまれない。

恥ずかしさを堪《こら》えて唾《つば》を呑み込むと、喉がカラカラに乾いているのに気が付いた。

「お水……欲しい」

思わず声に出したものの、快感に酔っていた身体をなかなか起こすことができない。

すると、優しく髪を梳《す》かれて、背後の貴嶺の身体が少しだけ離れる。そうしたかと思うと、すぐに頬を上に向けられ、端整な顔が近づきキスされた。

「……っんぅ」

キスとともに冷たい水が喉に流れてきた。

口移しで水を飲ませるなんてと思いながらも、純奈はそれを受け入れる。

喉を潤《うるお》していく水が、凄く美味《おい》しく感じた。

「もう少し？」

聞かれて頷くと、貴嶺はペットボトルから水を口に含んで、再びキスをする。今度のキスは、少しだけ濃厚になった。純奈の唇を吸い、ゆっくり離れる。

はぁ、と大きく息を吐くと、もう一度貴嶺に髪を梳《す》かれた。

「よかったです」

耳元でそう言われる。そのまま耳にキスをされて、純奈は息を詰めた。身体の感覚が、まだ貴嶺との快感に酔っているようだ。

貴嶺の満足そうな声に、背後を見上げる。

貴嶺との行為を思い出すと、恥ずかしくて堪《たま》らなくなる。でも、恥ずかしさの中には、確かに気持ちよさもあったと自覚してしまう。

「疲れたでしょう？」

低い貴嶺の声に密かに感じながら、純奈は聞いた。

「あの、一日に何度もするのは、普通ですか？」

男の人と初めて経験する純奈には、わからないことばかり。だから、ストレートに聞いてしまった。

貴嶺が困った顔をするのを初めて見た。

彼は純奈の身体の向きを変えると、正面から抱きしめてくる。

「すみません。あなたを抱きたい気持ちが止まらなくて……。身体、辛くないですか？」

純奈を抱きしめてくる貴嶺の裸の身体は温かい。

そうされると、やっぱりまだ恥ずかしい。けれど、純奈はそれだけじゃないことを自覚してしまった。だから、貴嶺に身を寄せ小さく頷いた。すると貴嶺は、抱きしめる腕に力を入れた。

「お布団、欲しいです」

顔を赤くして純奈が言うと、貴嶺が掛け布団を引き寄せてくれた。だが、それは中途半端に下半身を覆《おお》っただけで、上半身はそのままだ。純奈が手を伸ばして布団を引き上げようとすると、その手をやんわりと止められた。

「全部隠さないで。見ていたい」

そうして手にキスをされる。

純奈が目を見開いて見上げると、貴嶺は首を傾《かし》げた。

「目が落ちそう。本当に」

くすっと笑って、純奈の下目蓋《まぶた》を撫《な》でる。その、なんとも甘い仕草に、純奈は思わず顔を逸《そ》らす。だけど、貴嶺の大きく温かい手が頬を包んできて顔を元に戻された。

「貴嶺さん、エ、エッチです」

さっきまで、あんなにいろいろしてたのに……と赤くなる。

貴嶺を直視できず、目を伏せながら言うと、頬を撫でていた手が純奈の肩から腕を通って、脇腹を撫でてくる。

「男ですから」

そして、その手が徐々に上がっていって、純奈の乳房を包む。ゆっくり胸を揉《も》み上げながら、親指が胸の先端を押すみたいに撫でてきた。その瞬間、心臓が跳ねたかと思うような疼《うず》きが込み上げる。

「エッチです。好きな人には、特に」

貴嶺は、キスをしつつ純奈の胸を揉み上げた。そうしたかと思うと、今度は腰に手を這《は》わせて、お尻を揉んでくる。

「……っ！」

純奈が唇を離して、貴嶺の手を掴《つか》むと、手の動きが一瞬止まる。だけど、すぐにその手は、再びお尻を揉んできた。

「触っては、ダメですか？」

「だ、だって、私、貧相だし。お尻、お肉、ないと思うし……触っても、楽しくなんか……」

焦ったように言う。それに、こんなエッチな触り方をされたら、またおかしな気分になってしまう。

「小さくて丸くて、可愛い。ここから足にかけて、柔らかくて、触りたくなる。あなたの身体は、色が白くてどこも綺麗です」

お尻を揉んでいた手が、純奈の太腿の内側に触れ、軽く揉まれる。

ますます落ち着かなくなって、純奈は首を振り、貴嶺の手を止めようと手を伸ばした。

「そ、そんなこと……っ」

純奈の言葉は、貴嶺にキスで呑み込まれた。貴嶺からされる深く濃厚なキスに、純奈は目を閉じてギュッと貴嶺の腕を掴む。

気付くと、片足を持ち上げられて、あっという間に貴嶺の下に組み伏せられていた。キスをしながら、大きな手に胸を揉《も》まれて、ぴんと尖《とが》った先端を摘《つ》ままれ転がされる。貴嶺が水音を立てて唇を離すと、そのまま純奈の胸へと舌を這《は》わせてきた。先端を口に含まれ舌で愛撫《あいぶ》されると、声が出そうになった。

昨日の夜まで、純奈にとって、まったく未知だった行為。それを、昨夜から貴嶺に濃厚に教えられている。胸に顔を埋《うず》める貴嶺と目が合った。彼は胸を揉んでいた片方の手を伸ばし、純奈の唇に触れてくる。思わず目を瞬《またた》かせると、貴嶺は胸から顔を上げ、唾液で濡《ぬ》れた唇で言う。

「そのまま、イイ子にしていてください」

鎖骨にキスをされ、唇を重ねる。軽く啄《ついば》まれて、水音を立てて離すと、頬にもキスをされた。

「あなたを、気持ちよくしたいんです。入れないから」

戸惑いながら、貴嶺を見ると、彼は優しく微笑んだ。そうしてまた唇にキスをして、胸に軽く唇で触れてから、脇腹にキスをしてくる。

「ふ……んっ」

自然と甘い声が漏《も》れた。貴嶺は何度も脇腹にキスをした後、臍《へそ》の隣にキスをする。

そして身体を起こした貴嶺は、純奈の足を持って大きく広げた。貴嶺の目の前に、純奈の恥ずかしい部分が晒《さら》されている。

「や……っ」

純奈が足に力を入れて閉じようとすると、貴嶺はすかさず足の間に身体を入れて、閉じられなくしてしまう。

純奈は再び襲ってきた羞恥心《しゅうちしん》で顔が熱くなる。

「広げるの、や……」

「でも、こうしている時のあなたが……」

フッと笑った貴嶺は、純奈の内腿を撫《な》で上げ、足の付け根に触れながら言う。

「一番可愛いです」

可愛いと言った貴嶺の指が、純奈の足の隙間に這わされる。ゆっくり全体を撫でられると、そこはもう反応していた
「ああ、濡れています」

貴嶺の指の動きに合わせて、水音が微《かす》かに聞こえる。身体の隙間の、尖った部分を円を描くように撫でられて、キュッと摘まれると純奈の腰がビクリと跳ねた。

「……っ！」

貴嶺のもう片方の手が、宥《なだ》めるみたいに腰に触れてくる。その感触にさえ感じてしまって、純奈は下唇を噛み、顔をベッドに押し付けた。

その間にも、隙間を撫《な》でていた貴嶺の指が純奈の身体の中へと入ってくる。長い彼の指は、身体の奥まですぐに届いてしまう。

「っ……ぁ」

貴嶺の綺麗な指が、水音を立てて何度も純奈の中を出たり入ったりする。気付けば一本から二本に増やされていた指が、時々純奈の弱い一番奥を突いてきて、どうしようもないほど感じてしまう。

「は……っん」

甘い吐息を零《こぼ》した純奈は、目を開けて貴嶺を見る。すると、微笑んだ貴嶺にキスをされた。徐々に深くなってくるキスの間も、中を擦《こす》る指は動いていて、純奈の腰を跳ねさせる。

濡《ぬ》れた唇の間から喘《あえ》ぐように息をすると、貴嶺は唇を離し身体を下にずらしていく。

そして、彼は純奈の内腿に唇を這《は》わせ、そのまま足の付け根へと、唇を滑らせていった。

純奈の足の間に顔を埋《うず》めた貴嶺は、柔らかい舌で秘めた部分を上から下へと撫で上げる。そうされると、堪《たま》らなくなって純奈の口から声が出た。

「あ……っん」

口元に拳《こぶし》を当てて、声を抑える。忙《せわ》しない息を吐きながら胸を大きく喘がせると、貴嶺の手が伸びてきて胸を揉《も》まれた。込み上げるような疼《うず》きが生まれ、純奈の身体を指先まで痺《しび》れさせる。

昨夜と同じ恥ずかしい行為に、目眩《めまい》がする。貴嶺の唇が純奈の秘めた部分を食《は》んで舐《な》め、隠れた突起を吸い上げる。貴嶺が動くたびに下半身からは濡れた音が聞こえてきた。だんだん朦朧《もうろう》としてきた純奈の足から力が抜けていく。

「あっ……たか、ねさ……っん」

貴嶺の両手が、力の抜けた純奈の太股を高く持ち上げ、足の付け根を撫でた。かすむ目を開けて下を見ると、舌を出し、決してキレイとは言えない純奈のソコを舐め上げている貴嶺と目が合った。顔を上げた貴嶺の唇が濡れている。純奈の身体から出た、モノで。貴嶺が純奈と視線を合わせたまま、再び純奈の敏感な突起を舐めるのを見て、知らず腰が跳ねた。

「イイですか？」

もちろん答えないし、答えられない。思考がぼんやりして何も考えられない。ただ自分の忙しない呼吸が耳に響《ひび》く。

貴嶺は唇に笑みを浮かべ、再び丹念に純奈の隙間を舐め始めた。

純奈は顔を逸《そ》らして熱くなった頬をベッドに押し付ける。貴嶺の舌の感触を鮮明に感じた。

「ん……っんぁ」

身体の中に、貴嶺の舌が入っている。

隙間や突起を舐《な》められ、そうしたかと思うと中に入ってくる。何度もそれを繰り返されて、純奈の身体に限界がきた。

「ダメ……あっ！」

純奈は、腰を揺らして達した。

「は……っあ」

唇を開き喘《あえ》ぎながら呼吸する。純奈の身体に触れる貴嶺の舌や手を、ぼんやり感じていると、濡《ぬ》れた音を立てて舌の感触が消えた。

「良かったみたいだ」

貴嶺が笑う気配がして、目を開けてそちらを向く。微笑んだ貴嶺が純奈の唇に親指で触れた。

「可愛いです」

その直後、背中に貴嶺の手のひらを感じ横抱きにされたかと思うと、そのまま身体をうつ伏せにされた。

「あ……」

そうされて息を詰める。息が上がっているから、少し苦しい。

貴嶺はうつ伏せの純奈を背後から抱きしめるようにして、背に唇を這《は》わせる。背骨の上を舐め上げられ、背中にキスの雨を降らされて、達したばかりの身体が震える。

「やだ……っもう」

「なぜ？　気持ちよさそうだ」

背中に温かい手が這わせられ、肩甲骨を撫《な》でられた。何度もチュと音を立ててキスをされる。

その間に、貴嶺の指が再び純奈の中を撫でてくるから堪《たま》らない。

「ん……っう」

「あなたは背中も、綺麗です」

耳に貴嶺の吐息を感じて、小さく声を出した。耳の後ろの皮膚を唇で吸われた気がした。

「もう、指、抜いて……変に、なっちゃう」

純奈は自分の言った言葉に顔が熱くなる。自分がこんな風になるなんて、思いもしなかった。

「そうなったあなたを見たい」

貴嶺の言葉攻めの威力はとんでもない。普段の口下手《くちべた》さが嘘のようだ。耳元で、そんな低く掠《かす》れた色っぽい声に囁《ささや》かれたら、純奈はそれだけでも感じてしまう。

「中が狭くなった。イイんですか？」

笑みを含んだ声で言われる。首を振って、喘ぐように息を吐くと、髪を梳《す》かれて耳にキスをされた。

「ではもっと、良くしないと」

耳の後ろにキスをされ、そこに熱く柔らかい舌を感じると、純奈の身体が震えた。貴嶺は、純奈のうつ伏せの身体を横抱きにして、中から指を引き抜く。そうして今度は、前から純奈の隙間を指で探ってきた。すぐに濡《ぬ》れた音が耳に響《ひび》いてきて、再び身体が限界へ上りつめそうだ。

「指、やだ……っ、もう、お願い……っ」

「何を、です?」

貴嶺が耳元で笑う。貴嶺の指から逃れようにも、上に乗られていてどうにもできない。だから純奈は貴嶺に与えられるまま、身体を駆け回る快感に耐え続けるしかない。

「い、痛いんだもん、だから……っん」

「嘘はダメですよ、純奈さん」

「だって……ぁ……っ」

苦しいほどの快感から解放されたくて、純奈の口から勝手に嘘が出てしまう。貴嶺は胸を揉《も》みながら、純奈の身体の奥深くに指を入れ、押し上げるようにして指先を動かしてくる。そこから生まれる新たな快感に、純奈はシーツを握って激しく喘《あえ》いだ。

「あ、貴嶺さん、お願い……」

「はい？」

返事をした貴嶺は、一旦入り口の方まで指を引いた。まだ中に入っているものの、決定的な快感をくれないから、純奈は目に涙を溜めて言った。

「もう、泣きそう……っ」

「なぜ？」

「お願い、聞いてくれないんだ、もん」

「何のお願いですか？」

耳元で、貴嶺は少し掠《かす》れた声で問うてくる。そこで貴嶺の息も上がっていることに気づいた。

貴嶺は純奈のお願いがわかっているはずなのに、わからないふりをするなんて意地悪だ。そう思って睨《にら》むと、耳を軽く噛まれて身体が震えた。

純奈の中に入っている貴嶺の指は、浅いところを行き来して濡れた音を立てている。

「届かない、よ」

「どこに？」

音を立てて肩にキスをされて、肩甲骨に舌を這《は》わされる。

もう少しなのに。決定的な何かが足りない……

「貴嶺さん……っ」

「はい？」

「どうにか、してっ……お願い」

純奈が背後の貴嶺に向かって言うと、彼の綺麗な目が瞬《まばた》きをして純奈の胸から手を離す。

「どうして欲しいか、言ってください」

そんな、と純奈の顔がカーッと熱くなった。本当に今の貴嶺は意地悪だ。きっと貴嶺もそうしたいはずなのに。だって純奈のお尻の辺りには、ずいぶん前から熱くて硬いモノが当たっている。

「それは、貴嶺さんが……っ」

「俺が？」

「したいって、思ってる……」

純奈がもごもご言うと、貴嶺が耳元で笑った。

「入れない、と約束したから。でも、あなたが、望むなら、そうします」

純奈は喘《あえ》いで、背後にいる貴嶺へと手を伸ばす。

「ん？」

貴嶺が鼻を純奈の耳に擦り付けた。こんなこと、好きな人にしかしない。そう思うとますます堪《たま》らなくて、名前を呼んだ。

「貴嶺さん、だ、大丈夫だから、いれて……っ」

「ゴム、しましょうか?」

そんなの純奈はわからない。もう、どっちでもいい。

「貴嶺さん、の、好きに、して」

「了解です」

貴嶺は、純奈の背中を撫《な》でそこにキスをしてから身体を起こす。身体にかかる重みがなくなって、息がしやすくなったかと思ったら、腰を掴《つか》まれ持ち上げられた。

「あ……」

その体勢に羞恥心《しゅうち》が増す。思わず純奈は、猫みたいに丸くなってうずくまった。

そんな純奈を見て小さく笑った貴嶺は、純奈のお尻をそっと撫でる。

「そのままで、いいです」

純奈の膝を少し開かせると、貴嶺の身体が近づいてきた。純奈の隙間に硬い感触が当たり、ゆっくりと埋められる。

硬くて大きなソレが、純奈の中をいっぱいにするのに、そう時間はかからなかった。トロトロに蕩《とろ》けたソコは簡単に貴嶺を受け入れていく。濡《ぬ》れた音を立てて入ってきた貴嶺に、純奈は震えるほど感じてしまった。

「あまり、狭くすると、困ります」

貴嶺に腰を揺すられて、小さく声を上げる。すると、繋《つな》がったまま急に身体を引き起こされ、純奈の背中に貴嶺の胸が当たった。貴嶺との繋がりがより深くなって、思わず息を呑む。待ち望んでいた刺激に、純奈の身体が喜びに震えた。

それから純奈は、何度も貴嶺に身体を揺すられて、トロトロに蕩《とろ》かされて、溶かされた。

最後はベッドにうつぶせになって、指一本すら動かせないほど、気持ちよくされてしまった。

☆　★　☆

ベッドの上に、裸で横になり腕枕をされている。それどころか、胸に抱きしめられて、時折キスまでされている。

素に戻ると、自分の置かれた状況に呆然としてしまう。

「う――――っ」

純奈はバッと布団の中に身を隠す。だって、そうせずにはいられない。

だけど、布団にもぐったらもぐったで、目の前には引き締まった貴嶺の胸板。視線を下に移せばきっとモロに下半身を見てしまうだろう。

「どうしました?」

ポンポン、とあやすように布団の上から背中を叩かれて、首を振って布団から顔を出す。

眼鏡をつけていない貴嶺の切れ長の目が、優しく純奈を見つめてきた。

恥ずかしくなって少し目を逸《そ》らすと、すでにお洗濯モードになってしまったショーツとワンピースが目に入り顔が赤くなる。

「なぜ、また顔が赤いんです？」

可笑《おか》しそうに貴嶺が微笑んだ。

わかるだろう、わかっているだろう、わかってくれよ、顔が赤い理由くらい！

心の中で叫びながら、彼とやってしまった行為を振り返ると、もう恥ずかしさの連続。

「もう無理……私のこと、どっかに埋《う》めてください」

もう、本当にダメなのだ。昨日が初めてだというのに、さっきなんて、純奈のほうから貴嶺に入れてと言ってしまった。思い返すと恥ずかし過ぎて、そんな自分をどっかに埋めてしまいたい。

「埋めませんよ、奥さんだから」

そう言って、頭を撫《な》でられる。見上げると口元に笑みを浮かべた貴嶺。

純奈の背中を撫でていた貴嶺に、身体を引き寄せられた。頭ごと胸に抱きしめられる。

「気持ち良かったですか？」

そんなことストレートに聞かないでほしい。が、純奈は自分でもびっくりするくらい乙女になっているので、こくん、と頷いた。

「よ、良かったです」

そう言うと、微笑んだ貴嶺から頰にキスをされる。これって普通なのかと思うほど、甘い雰囲気。

これが世に言うピロートークなのだろうか。

「た、貴嶺さんは、恥ずかしくないんですか？　裸ですよ？」

彼はまったくなんとも思ってないのかと思って聞いた。

「恥ずかしいです、それなりに」

「本当ですか⁉」

予想外の答えが返ってきて、まじまじと貴嶺を見つめてしまう。

彼は冷静というか、慣れているというか、この状況に抵抗がなさそうに見える。

「純奈さん」

思っていることが伝わったのか、ため息をつかれて名前を呼ばれた。

「はい？」

「男の方が、女性にどう思われるか、いつも考えています」

「……そうなんですか？」

「そうです」

「でも、貴嶺さんは、カッコイイです。身体も……素敵です」

言ってしまってから焦る。何を言っているんだ、と自分に突っ込みたくなった。

貴嶺をちらりと見ると、彼は純奈の身体を少し上へ引っ張り上げるようにして抱き直す。

「そんなに褒《ほ》めてくれるのは、あなたくらいです」

「ウソつかないでくださいよ」

もう、と思って言うと、貴嶺は首を振る。

「一生そう思っていてくれると、嬉しいです。俺は、いつも振られるので」

「貴嶺さんを振るなんて、その人の気持ちがわかんないかも」

「まだ知り合って、間もないからそう思うのではないですか？」

そうして、貴嶺が目を伏せるから、急いで首を振る。

「仕事優先、素っ気ない、話さない……？　でしたっけ？　あと、面白くない？　でも私は、その中にきちんと私のことを考えてくれている優しさを感じるし、面白くて付き合いを深めるわけじゃないです。私たちはこの先、喧嘩をすることだってあるかもしれませんよね？　でも、悪いところを挙げ連《つら》ねていくより、いいところを見つけていった方が、いいと思います。私は」

まだきちんと貴嶺を理解しているわけではないけれど、こうして、裸で抱き合ってしまうくらい、貴嶺のことを思っている純奈がいる。

「私、貴嶺さんの奥さんになったから。これからも、ずっとよろしく、したいです」

言って、貴嶺の胸に頬をくっつける。そうすると、ぎゅっと貴嶺が抱きしめてきた。

はぁ、と、息をついて、貴嶺が優しく聞いてくる。

「どこか、行きたいところありますか？」

「新婚旅行、ってことですか？」

「そうですね。結婚式さえ、挙げていませんが」

「連れて行ってくれるんですか？」

「ええ」

そう言って、貴嶺が純奈の頭を撫《な》でる。

何度目だろう、こうして頭を撫でられるのは。

貴嶺にそうされると、ドキドキするとともにほっと落ち着く。

「ドイツ観光がしたいです。ドイツ語、貴嶺さん話せるから」

嬉しくなって言うと、そうですね、と言われた。

「……でも俺、ドイツの名所についてはあまり知りません」

「ええっ!?　そうなんですか？」

ドイツ語を話せるなら、土地にも詳しいのかと思っていたから、驚いた。

「知り合いのドイツ人から言葉を習っただけなので。ああ、でもその教えてくれた人が、ベルリンにいます。よかったら近々会いに行きませんか？　一緒に」

一緒にと言われて、嬉しくなった。

「はい！　でも先に、二人でドイツ観光したいです」

「そうですね」

貴嶺に頭を引き寄せられ、髪の毛の中に大きな手を入れられる。

「近いうちに、上司に休みを申請します。いつになるか、はっきりと約束はできませんけど」

「楽しみです。またビール飲みたい」

昨夜のビールは美味《おい》しかった。貴嶺は少し声に出して笑って額《ひたい》をくっつけてくる。

「男の人って、温かいですね」

素肌でくっついている貴嶺の体温が心地いい。あまりに心地よくて、また眠気が襲ってきた。

「はい？」

「こっち寒いし、一緒に寝てると、ポカポカして。男の人って温かいんだって、初めて知りました」

「夏は暑いかもしれませんよ」

「あはは。じゃあ、クーラーつけて……」

そこでハッとする。クーラーつけっぱなしで何をするんだ、と純奈は顔を赤くした。

「そうですね。クーラーつけて、抱き合いましょうか」

さすが貴嶺は大人だ。冷静にそう言った後、純奈の唇にキスをする。

キスをされながら、純奈の胸に温かい手が触れてくる。深くなるキスと、揉《も》み上げられる乳房。

「貴嶺さん……あの……っ」

「すみません」

そう言いながら、純奈の上に貴嶺の身体が乗り上げてくる。

その重みに、半ば諦めたようなため息をついた。だって純奈も、すでに心臓がドキドキして、身体が疼《うず》いているから。

「あ……っん」

貴嶺の手が、純奈の足の付け根を撫《な》で、隙間を探る。

そうされてしまえば、身体が熱くなるのはすぐのこと。

指が中に入ってくると、腰を揺らして純奈は息を詰めた。

「ん……っ」

「すみません……優しくします」

謝りながら足を開かれるが、純奈はもう抵抗しなかった。貴嶺の行為を全て受け入れる。

甘い時間は、まだまだ続きそう……

そして、これからも一生、続いていくのだと思う純奈であった。

書き下ろし番外編

そこまで暑くない夏の日

――高橋改め、新生純奈は、ドイツで始まった新婚生活に拍子《ひょうし》抜けしたことが一つある。それは、ドイツ赴任が当初の予定より多少延び、少しずつ夏らしくなってきた頃のこと……

「貴嶺さん……」

「はい?」

彼は早朝ランニングのついでに購入してきたらしい新聞から視線を上げた。そして、純奈に問いかけるような目を向ける。

朝食を食べ終わり、ゆっくりとした朝の時間。

純奈は貴嶺の前にコーヒーを置き、自分も席に着きながら彼に声を掛けた。

「ベルリンの夏って……暑くないと思いませんか?」

「ああ、そうですね」

「やっと暖かくなったと思っても夜にはすぐ寒くなるし……日本の夏しか経験ないから

拍子抜けですよ」

温かいコーヒーが美味《おい》しい。日本だったらすでにアイスコーヒーが恋しくなる時季だ。

「ドイツと日本の位置を考えれば、普通ですよ」

旦那様がそう言うのを聞いて、純奈は口を尖《とが》らせる。

「そうですか……」

ドイツの位置、つまり地理や気候の関係性など考えたこともなかった。それに、純奈は社会科の、地理の授業が特に苦手だった。

やっぱり旦那様は伊達《だて》に日本最高学府を卒業していない。

むしろ、それくらいわかっておけよ、と自分で思ってしまい、ついため息をついてしまった。

「……ここは北海道より北にあるから、夏でも暑くないです。日本よりは過ごしやすいでしょう」

表情はたいして変わらないけど、ため息をついた純奈の様子を窺《うかが》っているのがわかる。

そんな貴嶺を見て、純奈はコーヒーを一口飲んでから笑みを向けた。

「暑くないのはいいですね。窓を開けるだけで、いいなんて。電気代がかからないし」

「こっちは、電気も水も日本よりは割高ですからね」

やはり素っ気ない言葉の羅列《られつ》。純奈はコーヒーを飲み干し、カップをテーブルに置いた。

「コーヒー、淹《い》れ直しましょうか？　冷めてしまったでしょう？　貴嶺さん、飲んでないから」

「ああ、いえ、大丈夫ですよ」

貴嶺はようやくコーヒーを飲んだ。別に純奈は不機嫌になったとか、貴嶺の言葉に拗《す》ねたとかではないのだけど。なにげなくついたため息が、彼に気を遣わせてしまったのかもしれない。

出会ってから、お付き合い期間はほぼゼロ日。それで結婚して夫婦となったのだから、いろいろとわからないこと、噛み合わないことがあって当たり前だ。

もう少し会話をしたいと思うのだけれど、それがなかなか思うようにいかないのである。

「貴嶺さん。今日の夜ご飯、何を食べたいですか？」

「俺は純奈さんが作ってくれるものなら、何でもいいです」

「何でもいいと言われても……」

「純奈さんの料理は、何でも美味《おい》しいです」

そんなこと言われても、と純奈は俯《うつむ》いてしまう。旦那様の貴嶺は、口数が少なくいつも淡々としている。会話がこれで終了してしまうのは、ちょっと寂しい。やっと二人きりの休日なのに。

大体、何でも美味しいというけれど、本当だろうか。純奈は失敗したなぁ、と思った料理を彼に食べさせたことだってある。

この前のオムライスなんか、卵が硬すぎたし、中身のチキンライスの味も少し濃かった。トロふわの卵にするつもりだったのに、やり方を調べないまま作ったからだ。だからそのあと、速攻で母にトロふわオムライスの作り方を聞いたくらいなのに。

でも彼は、そのオムライスを美味しいと言って食べてくれた。不味《まず》いと言われるよりもずっといいのだが、今みたいに、美味しい＝《イコール》何でもいい、だったらちょっと切ない。

そこで純奈は、旦那様との休日を満喫するために別の提案をしてみる。

「じゃあ、食べに行きませんか？　行きも帰りもタクシーにすれば、一緒にビールも飲めますし」

貴嶺は瞬《まばた》きをして、何も言わずに純奈を見ていた。そしてようやく、ほんの少し口元に笑みを浮かべて首を横に振る。

「できれば、家で一緒に食べましょう。ビールを飲みたいなら、俺が買ってきますから」

いや、ビールを飲みたかったわけじゃないんだけど、と思いながら、純奈は気持ちを切り替える。

「わかりました。でも、その前にお昼かな……じゃあ、えっとお昼は、何か適当に作ります。夜は、そうだなぁ……冷蔵庫にすじ肉と赤身のお肉があるから、ビーフシチューと……サラダに、カリカリに焼いたフランスパン。どうですか？ ドイツの夜ご飯っぽくないし、ちょっと重たいですけど」

貴嶺は微笑んで、頷いた。

「いいですね。美味《おい》しそうです」

やっぱり会話はあまり弾まないけれど、まぁしょうがない。彼は笑ってくれているし、良しとしよう。

純奈はビーフシチューを作るのは得意だ。肉がスプーンで切れるトロトロに煮込んだビーフシチューは、誰に食べさせてもめちゃくちゃ美味しいと言われる。

夜ご飯にビーフシチューを作るなら、もう取り掛かった方がいいだろう。

「お昼は軽くしましょうね。っていうか、朝ごはん食べたばかりなのに、食べ物のことばっかりですね、私って！」

純奈は立ち上がって冷蔵庫を開ける。そこからすじ肉と赤身のお肉、赤ワインを取り出した。赤身の肉は軽く叩いておかないと、と思いながら棚からボールを出そうとすると、貴嶺が純奈の傍までやって来た。

「どうしました？」

「いえ……すみません」

「何がです？」

「何でもいい、はなかったですね。そういうのが一番困るでしょう？」

旦那様の貴嶺はとても口下手《くちべた》な人。そして、それを自覚していて、上手《うま》く話せない自分に頭を悩ませている人。だから、その時言えなかったことを後から口にしたりする。それも全てではないけれど、いつもどう言おう、どう言ったらもっと伝わるだろうか、と考えている人。

「もう、いいですよ。おかげで、夜ご飯思いついたし。私、ビーフシチューは得意なんです。この前のオムライスみたいな、不味《まず》いやつは作りませんから」

ボールの中にドボドボとワインを入れて、半分くらい残ったワインの瓶にコルクの蓋《ふた》をギュッと入れ込む。それを冷蔵庫に戻そうとすると、貴嶺に手を掴《つか》まれた。

「貴嶺さん？」

「本当に、純奈さんの料理は美味しいです。この前のオムライスも、美味しかった」

「いいですよ！　そんなにヨイショしなくても。あれは卵が硬すぎたし、チキンライスの味が濃すぎでしたもん。なのに、上からさらにケチャップをかけちゃったから、余計に味が濃くなって不味かったでしょう？」

「だから、そんなことはないと言ってます」

貴嶺が必死にそう言うので、純奈は微笑んだ。

「わかりましたよ、貴嶺さん。ありがとうございます」

なのに彼は横を向き、眉を寄せながらため息をついた。なんで、と思っているうちに、彼は純奈の手からワインの瓶を奪うと、せっかく出したお肉を冷蔵庫へ戻してしまう。

「どうしたんですか?」

「純奈さんが、わかってくれないので。……いや、そうではなくて、とにかく俺はあなたの料理が好きです。今まで食べたどの手料理よりも、あなたの味付けや工夫が好きです。それに、俺、オムライスを食べたのはあなたの作ってくれたものが初めてなので」

「えっ⁉」

純奈は目を見開いてしまった。あんなにメジャーなものを、これまで一度も食べたことがないなんて珍しすぎる。

「な、なんでですか? 子供の頃とか、お義母《かあ》さん、作ってくれなかったんですか?」

「母は、オムライスという名のスクランブルエッグを載せた料理を作ってました。純奈さんのように、チキンライスを卵でくるんだものは初めてで。……母は料理が下手《へた》というわけではないですが、オムライスは苦手だったと、純奈さんの作ってくれたものを見てわかったんです。だから新鮮で、凄く美味《おい》しかった」

貴嶺がめちゃくちゃ喋《しゃべ》った。

彼は美味しかった、と言いたいだけなのだろう。でも、純奈がそれを本気にしなかったから。今さらだけど、美味しかったという彼の言葉に対して、ちょっといろいろ言いすぎたかもしれない。

ここまで言ってくれるのだから、彼は本当に美味しかったのかも。純奈には不味《まず》く感じても、貴嶺にとっては新鮮で美味しい料理だったのだろうと思った。

「そうですか」

「そうです」

しばらく二人の間に沈黙が走る。もっと何か言わないかな、と思って純奈は貴嶺を見上げた。

「じゃあ、今日は他に何を食べたいですか？」

純奈が拳《こぶし》を作って、マイクみたいにして貴嶺へ向けると、彼は何度か瞬《まばた》きをして柔らかく笑った。彼は口元に笑みを浮かべるだけの時が多いけれど、時々こうやって優しく笑う。

貴嶺は純奈のマイクにしていた手を包み込み、自分の方へと引き寄せた。

「では、あなたを」

「……は？」

一瞬、何を言われたかわからなかった。

だけど、すぐにその意味がわかって、純奈は顔が火照《ほて》ってくるのを感じる。

「や、あの、わ、私は食べ物じゃないですよ」

「本当は、昨日したかったけど、純奈さんは先に寝てしまったので」

確かに貴嶺よりも先に寝た。昨日も彼は遅くに帰ってきて、軽く夜食をとる貴嶺にお茶を飲みながら付き合った。その後、彼がシャワーをしに行ったから、純奈は先にベッドに入ったのだ。

旦那様とは一週間ほど抱き合っていないけど、それはそれで、純奈はしょうがないと思っていた。昨夜だって、疲れていると思ったから先に眠ったというのに。

「先に寝ちゃ、ダメでしたか?」

「いえ……ただ、眠ったあなたを起こしてまでセックスをするのは、悪いと思ったので。我慢したんですけど」

純奈の身体をさらに引き寄せ、貴嶺はギュッと抱きしめてこめかみにキスをした。

「俺が口下手《くちべた》なせいで、朝から誤解させたりして……すぐに、そういう気分にはなれないと思うけれど。……どうやって、あなたをベッドに戻すか考えていて……返事が、上手《うま》くできませんでした。すみません」

つまり、貴嶺は純奈とエッチなコトがしたかった。だから、そのことばかり考えていて、純奈との会話に上手い切り返しができなかった、ということらしい。

「貴嶺さん、そんなことばっかり考えてたんですか?」

「すみません。ダメな男ですね、本当に」

貴嶺は純奈の身体を強く抱きしめ、自分の顔を見られないようにしている。純奈もまた顔が火照《ほて》りすぎてヤバいので、それはそれでいいのだけど。

「貴嶺さんの、エッチ」

「その通りです」

「だからお肉片付けちゃったの？」

「……そうかもしれません」

貴嶺は、本当に口下手。口説《くど》いてるのかなんなのか、ちっともわからない。

純奈はまだエッチに不慣れだというのに、明日も休日だからといって抱きつぶされそう。

「私より、ビーフシチューの方が美味《おい》しいと思いますよ？」

純奈としては精一杯の抵抗を試《こころ》みる。できれば、こんな朝からエッチな雰囲気は避けたい。

だって明るいし、その明るさの中で自分を全部見られてしまうのだ。大体、貴嶺は純奈の秘めた部分に何の躊躇《ためら》いもなく唇と舌を這《は》わせてくる。願わくば、そんな恥ずかしいことをこの時間にはしたくない。

「せ、せめて、夜ご飯の下ごしらえだけでも、させて欲しいです」

必死に言い募《つの》る純奈に、貴嶺は眼鏡の奥で瞬《まばた》きをした。彼は眼鏡のブリッジを押し上げると、純奈の腰を抱いていた手をお尻へ移動させる。

「それは、できない相談です」

そう言ってもう片方の手で純奈の顔を引き寄せ、口を開きながら食《は》むようにして唇を重ねてきた。

部屋着のワンピースの上から臀部《でんぶ》を柔らかく揉《も》み上げられたかと思うと、身体がふわりと浮き上がる。

「やっ……貴嶺さ……っ」

キスで唇を塞《ふさ》がれたら、もう逃げられないと思った。

彼のキスで純奈の身体も反応してしまったから。

〝恥ずかしい〟〝まだ慣れない〟と思っていても、ほんの少し彼と抱き合えない期間があっただけで、身体が貴嶺を求めている感じだった。

この前までバージンだったのに信じられない、と途方に暮れながらも、彼の腕の温かさに酔いしれてしまっている。

ベッドに下ろされた純奈は、せめてもの抵抗で首を横に振った。

「明るいから、いや……っ」

貴嶺は少し強く純奈の唇を吸い、互いの額《ひたい》をくっつける。

「カーテン、閉めますから」

「それでも、明るい、から……私、まだ、恥ずかしい」

こうやって彼に抱かれるようになって日が浅いのだ。確かに、彼とのセックスはいつも心地よくて、なんだかんだとイカされてしまうけど。でも、それとこれとは別だった。女心というものが、恥ずかしさを増幅させている。

「だって、急に、こんな……」

「すみません、純奈さん。あとで、いくらでも俺に怒っていいですから」

「怒るなんて、そんなこと……」

純奈がそう言うと、彼は純奈から離れて寝室のドアを閉め、カーテンを閉めた。薄暗くなった部屋の中は、少し暑い。

ベッドの上で上体を起こした純奈は、貴嶺が近づいてくるのを見ている。それだけで心臓が高鳴り、息が苦しくなってきた。

貴嶺がベッドに乗り上げ、純奈の頬を両手で包む。再び額同士をくっつけて、そっと目を閉じた。

「あなたが好きで、抱きたくて堪《たま》らない」

貴嶺のようなイケメンから、純奈みたいな目ダヌキがこんなことを言われるなんて。彼と結婚したこともそうだけど、本当に信じられないほどの出来事だ。

だからもう、ここは観念するところだろう。

「ゆっくり、してください……久しぶりにすると、まだ、ちょっと、痛い……です」

彼は本当に不器用な人だ。セックスがしたいと言い出せず、食材を片付ける、という行動に出てしまう人。でも、それは全身で純奈のことを好きだと思ってるから。

「私、エッチなコトをするためにいるんじゃないんですよ？」

わざと貴嶺を責める言い方をした。すると彼は眉間に皺《しわ》を寄せて、それでも純奈の身体を押し倒す。

「そんなこと、俺が一番わかってます。こんなこと初めてで、俺も……驚いています」

耳元でため息をつきながら彼が言う。ついでに耳を食《は》まれて、そのまま唇を這《は》わされた。

「抱かせてください、純奈さん」

大きな手が純奈の胸を包み、優しく一度揉《も》み上げた。

「ゆっくり、痛くないようにします」

本当にもう、どうしたらいいだろう。

こんなことを素敵な旦那様に言われて、嫌だと言える妻がいたら教えて欲しい。

キスと少しの愛撫《あいぶ》だけで、体温の上昇は半端なく、心臓が爆発してしまいそうだ。

とても暑くて、熱くて、堪《たま》らない。

「絶対ですよ」

「約束します」

そう言って貴嶺は、純奈のワンピースの裾を捲《まく》り上げる。

「あっ！」

内腿を這う彼の手が秘めた部分を撫《な》でるのは、すぐのことだった。

☆★☆

「はぁ……っ！」

「……ん！」

貴嶺の忙《せわ》しなく動いていた腰が一度止まり、余韻を味わうように小刻みに何度か純奈を揺すり上げる。

純奈は唇を開き、喘《あえ》ぐみたいに息をした。

自分のこめかみから汗が流れるのを感じて、暑くて堪らなくなってくる。

「あ……暑っ！」

目を開けると、汗で濡《ぬ》れた貴嶺の肌が見えた。薄暗くてもまだ昼間だ。彼の火照《ほて》った肌の色やほどよく引き締まった身体がしっかり見える。

旦那様は本当にスタイルが良くて、素敵でセクシー。そしてエロい。

滴《したた》る汗に、またなんとも言えない色気があり、本当に困ってしまう。

「確かに、暑い……ああ、なんだか……」

貴嶺は少し声を出して笑った。額《ひたい》の汗を手で拭《ぬぐ》うようにかき上げると、純奈の足の付け根を撫《な》でた。その手はいつもサラリとしているのに、今日はしっとりしていた。

ゆっくりと貴嶺が腰を引いていく。そのまま純奈の中から自身を抜くと、避妊具を小さな音を立てて取り去った。時々付けないこともあるけれど、今日は余裕なさげに着けるのを見た。

「やっぱり、夏だな……クーラーつけましょうか」

裸のままベッドから下りると、貴嶺は壁に取り付けてあるクーラーのスイッチを押す。パネルを操作して、温度を下げている様子だった。

そうしてベッドに戻ってきた貴嶺は、セックスの余韻が残りまだ動けない純奈を抱きしめる。

貴嶺は純奈を嫌というほど蕩《とろ》かせた。ゆっくり、痛くないように、と言ったから、その通りにしたんだろうけど。本当に、どうしようもないほどの快感を与え、丹念に純奈を愛撫《あいぶ》してから繋《つな》がったのだ。

そんな風にされれば、純奈はもうグズグズになって、ただ声を抑えるのに必死なだけ。

「なんだか、純奈さんを初めて抱いた日に言ったことが、現実になったな」

貴嶺は純奈の前髪を掻き分けて、額に浮いた汗を拭ってくれた。

「え？　なんですか？」

「ドイツに来てくれたあなたを、何度も抱いた日のことです」

彼は純奈のこめかみ、額にとキスをして、微笑んだまま見つめてきた。

「夏はクーラーをつけて抱き合いましょうと言った」

純奈は瞬《まばた》きをして、そして思い出した。

『こっち寒いし、一緒に寝てると、ポカポカして。男の人って温かいんだって、初めて知りました』

『夏は暑いかもしれませんよ』

『あはは。じゃあ、クーラーつけて、クーラーつけて……』

『そうですね。クーラーつけて、抱き合いましょうか』

そのやり取りを思い出すと、火照《ほて》った身体がさらに熱くなった気がした。

貴嶺を見上げると、クスッと笑って純奈の頬を撫でる。

「夏に男の俺と一緒に寝ると、暑いでしょう？」

「あ、そ、それは……」

もう本当に顔が熱い。純奈はほんの少し顔を俯《うつむ》けた。

「ドイツの夏は、そんなに暑くないのに……こんなコト、するから」

「そう。でも、なんだか、俺はこれがイイですね」

俯《うつむ》けた顔を少しずつ上げて彼を見ると、小さくキスをされる。彼は唇が触れ合いそうな距離で微笑んだ。

「あなたと抱き合って、汗だくになる。それが俺には、幸せです」

小さなキスを繰り返し、そして最後に長めに押し付けられた貴嶺の唇が、ゆっくりと離れていく。

なんだかとても甘いそのキスに、純奈のまだ落ち着いていない心臓が、音を立てて高鳴った。

「……夜ご飯の食材、片付けられちゃいましたからね」

「そうですね。本当にすみません」

彼は優しく笑った。純奈もほんの少し笑って、貴嶺の頬に手で触れる。

「ん？　どうしました？」

「……もう一度、さっきみたいなキス、してください」

貴嶺はクスッと笑った後、純奈の身体を強く引き寄せた。

「お安いご用です」

音を立てて、小さなキスを繰り返す。そしてそのまま長く唇を押し付ける。ゆっくり離れていく唇は、最後に純奈の鼻先に小さくキスをした。

「ああ、冷えてきましたね」

純奈の肩を撫《な》でる彼の手はまだしっとりしている。でも温かく、少し冷えてきた純奈の肌に心地よかった。

「温かいです」

「男ですからね」

「……ちょっと冷えて、寒くなりました」

貴嶺は布団を引き寄せて、純奈の肩まで引き上げた。

「これでいいですか？」

確かにこれでいいけど、そうじゃなくて。

その先は、純奈には恥ずかしくて言えない。だって、さっきまでは抵抗みたいなことをして、明るいからセックスはしたくないと言っていたのに。

でも今は、もう一度、温かくして欲しい、抱きしめて欲しい、と思っている。

だって、貴嶺と繋《つな》がっていた身体の隙間が、彼を求めるみたいに喪失感を訴えているから。

「貴嶺さん……」

「はい？」

「さっきみたいに、汗、かきたい。クーラーつけてる、から」

貴嶺は純奈の肩先にキスをして、微笑んだ。

「しますか？　二度目」

そんなこと聞かないでよ、と純奈はプイっと横を向く。

「クーラーをつけても、身体の熱さはそうそう収まりがつかないですね」

貴嶺が純奈の足の間に、自分の足を差し入れる。

横向きで正面から抱き合ったまま、彼は純奈の身体の隙間に指を這《は》わせた。

「いい具合に、濡《ぬ》れてます」

指が一本中に入って、そしてすぐに引き抜かれる。貴嶺の言葉があまりにもアレで、純奈は彼の肩に額《ひたい》を押し付け顔を隠した。

貴嶺はそんな純奈をさらに引き寄せた。コンドームのパッケージを破る音が聞こえて、彼はそれを身に着けるために純奈から一度手を離す。

すぐにまた身体を抱き寄せて、自分のモノを純奈の隙間に宛《あ》てがった。

「貴嶺さん……好きです」

純奈の言葉に、貴嶺は微笑みつつキスをした。

「俺もです」

そう言って純奈の中に貴嶺が入ってくる。

純奈は小さく喘《あえ》いで、腰を勝手に揺らしてしまう。

貴嶺はキスをしながら純奈の身体を揺すり上げた。そうされると当然、身体の中で熱が生まれる。そしてそれが、より体温を上昇させ暑さに拍車をかけた。
——夏はクーラーをつけて。
そこまで暑くない夏の日なのに。
純奈と貴嶺は汗をかきながら抱き合った。
水分補給をしたのは、二度目のセックスの後。
セックスでのぼせた純奈は、貴嶺から口移しで水を飲まされた。
蕩《とろ》けに蕩けた額の汗を拭《ぬぐ》われつつ、純奈は貴嶺に優しく甘いキスをされるのだった。

二十九歳の堤美佳《つつみみか》がお見合いで出逢ったのは、エリート育ちのイケメンSPである三ヶ嶋紫峰《みかしましほう》。平凡な自分では相手にもされないと思ったのに彼から熱いプロポーズを受けて結婚することに！　思いがけず始まった新婚生活は幸せそのもの。だけど、美佳はどうして彼がこんなにも自分を大事にしてくれるのかがわからず、不安にもなって――。お見合い結婚から深い愛が生まれる運命のラブストーリー。

B6判　定価：640円＋税　ISBN 978-4-434-21878-1

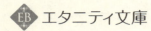

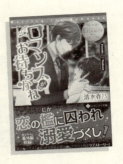

超過保護な兄に育てられ、23年間男性との交際経験がない彩香《あやか》。そんな彼女に求婚してきたのは、イケメンなものぐさ御曹司だった!?　「恋愛や結婚は面倒くさい」と言いながら、家のために彩香と結婚したいなんて！　突拍子もない彼の提案に呆れる彩香だったけど、閉園後の遊園地を貸し切って夜景バックにプロポーズなど、彼の常識外の求婚はとても情熱的で…!?

B6判　定価：640円＋税　ISBN 978-4-434-24330-1

潤《じゅん》は学園青春ものが得意な女性ドラマ脚本家。ある日、大人のラブストーリーの依頼を受けるも恋愛経験が乏しい彼女には無理難題！　困った潤は、顔見知りのイケメン・ホテルマン、日向《ひゅうが》をモデルに脚本を書くことを思いつく。しかし、モデルにさせてもらうだけのはずが、気付けば彼から"大人の恋愛講座"を受けることに！　その内容は、手つなぎデートから濃厚なスキンシップ……挙句の果てには――!?

B6判　定価：640円＋税　ISBN 978-4-434-24321-9

本書は、2015 年 4 月当社より単行本として刊行されたものに書き下ろしを加えて文庫化したものです。

EB

エタニティ文庫

君と出逢って 1

井上美珠《いのうえみじゅ》

2018年 6月 15日初版発行

文庫編集－本山由美・宮田可南子
編集長－塙綾子
発行者－梶本雄介
発行所－株式会社アルファポリス
〒150-6005 東京都渋谷区恵比寿4-20-3 恵比寿ｶﾞｰﾃﾞﾝﾌﾟﾚｲｽﾀﾜｰ5階
TEL 03-6277-1601（営業） 03-6277-1602（編集）
URL http://www.alphapolis.co.jp/
発売元－株式会社星雲社
〒112-0005 東京都文京区水道1-3-30
TEL 03-3868-3275
装丁イラスト－ウエハラ蜂
装丁デザイン－ansyyqdesign
印刷－株式会社暁印刷

価格はカバーに表示されてあります。
落丁乱丁の場合はアルファポリスまでご連絡ください。
送料は小社負担でお取り替えします。

ISBN978-4-434-24696-8 C0193